Salut mon oncle !

roman

Catalogage avant publication de BAnQ et Bibliothèque et Archives Canada

Villeneuve, Marie-Paule

    Salut mon oncle!

    ISBN 978-2-89031-796-3
    ISBN 978-2-89031-797-0 ePub

    I. Titre.

PS8593.I424S24 2012   C843'.54 C2012-941492-1
PS9593.I424S24 2012

Nous remercions le Conseil des arts du Canada ainsi que la Société de développement des entreprises culturelles du Québec de l'aide apportée à notre programme de publication. Nous reconnaissons également l'aide financière du gouvernement du Canada, par l'entremise du Fonds du livre du Canada, pour nos activités d'édition.
Gouvernement du Québec – Programme de crédit d'impôt pour l'édition de livres – Gestion SODEC.

Mise en pages : Raymond Martin
Illustration et maquette de la couverture : Raymond Martin

Distribution :
Canada
Dimedia
539, boul. Lebeau
Saint-Laurent (Québec)
H4N 1S2
Tél. : (514) 336-3941
Téléc. : (514) 331-3916
general@dimedia.qc.ca

Europe francophone
D.N.M. (Distribution du Nouveau Monde)
30, rue Gay Lussac
F-75005 Paris
France
Tél. : 01 43 54 50 24
Téléc. : 01 43 54 39 15
www.librairieduquebec.fr

Dépôt légal : BAnQ et B.A.C., 3ᵉ trimestre 2012
Imprimé au Canada

Marie-Paule Villeneuve

Salut mon oncle !

roman

Triptyque

L'auteure tient à remercier l'équipe des éditions Triptyque et son éditeur Robert Giroux, qui a de nouveau la chance de la publier; son employeur, qui lui a permis de terminer ce livre en lui refusant un poste à temps plein; les membres de l'église unie de Mansonville, de lui avoir cédé la place; le Dr Serge Mongeau, qui a inventé la simplicité volontaire, et M. F., avec qui tout est simple et volontaire.

À ma géniale et brillante fille
Érica, qui tient de sa mère

Edgar

Des chiffres, des chiffres, des colonnes de chiffres qui montaient, descendaient ou stagnaient selon les humeurs de la Bourse. La vie d'Edgar était ennuyeuse, mais productive. Il travaillait de quinze à dix-huit heures par jour, son unique servitude volontaire, et il payait ses impôts.

Robe de chambre, café, journal. Le cours de yoga du dimanche et la marche vers le fleuve du samedi étaient ses deux seules activités sociales. L'homme à la charpente de cathédrale, au visage crevassé, ne se fiait à personne, délirait sur son faux génie et se gavait de trois œufs bacon en fin de matinée, d'un plat de pâtes l'après-midi et d'un steak le soir. Pour faire santé, il avalait un jus de légumes, avant de sombrer dans la demi-conscience d'un sommeil qui le quitterait à deux heures du matin. Alors, il mangeait un paquet de Whippets.

Très rarement, Edgar avait l'idée d'emprunter le métro, ligne jaune, de se rendre à Montréal et de parcourir le trajet, ligne verte, qui le mènerait au Musée des beaux-arts. L'idée le réjouissait et l'angoissait à la fois. Finalement, terrorisé, il s'asseyait à son ordinateur, se plongeait dans les titres de la Bourse et y passait une bonne partie de la journée et de la nuit. C'est ainsi qu'il gagnait sa vie. Ces jours-ci, la richesse se situait du côté des nanotechnologies, des fibres optiques et des pétrolières.

Travailler lui apportait une certaine satisfaction, au même titre que de gober des Whippets, encore que, pour le faire, il dût travailler de la mâchoire.

Il était fortuné comme un bourgeois sans toutefois savoir que l'argent pouvait servir à quelque chose. Il avait délibérément sombré dans le sentimentalisme en conservant ses actions de Shermag, qui avait fait faillite depuis, de Tembec et de Bombardier.

Rêvant d'un monde silencieux, outre la *Quatrième symphonie en sol majeur* de Malher, il avait perdu quelques milliers de dollars dans Sonomax, une entreprise spécialisée dans les bouchons pour les oreilles. Le bruit de la route 132 qui menait au pont Jacques-Cartier lui écorchait les oreilles ; il aurait aimé pouvoir entourer les voitures d'énormes boules Quies, établir autour de lui d'immenses panneaux éteignant le bruit.

Merde ! le téléphone. Son cellulaire, en plus, qui ne vibrait qu'une fois par mois. Il avait pris soin d'en étouffer la sonnerie, une marche turque factice aussi harmonieuse qu'une casserole martelée contre un mur. Il tira l'appareil de la poche de sa robe de chambre.

Nicolas

Dans un grand sac de voyage, Nicolas empila en ordre – concept avec lequel il ne lésinait pas – ses CD, une paire d'écouteurs, ses livres de Michel Tremblay, *Le portrait de Dorian Gray* d'Oscar Wilde et *L'état du monde*. Hormis quelques vêtements, c'est tout ce dont il aurait besoin pour les prochains mois. La griserie du départ lui avait fait oublier toute autre considération pratique. Arrivé à Montréal, il trouverait du travail, des amis, un appartement, le bonheur. C'est du grand bonheur qu'il avait besoin. Pas des petits bonheurs dont on lui avait parlé au centre de désintoxication : un coucher de soleil, un bon gâteau fait maison, le chant d'un oiseau, un repas avec des amis, une journée satisfaisante… Cette vision simpliste ne correspondait pas à ce qu'il attendait du bonheur. Ses exigences se situaient à un autre niveau : un travail valorisant, des profs amusants, l'art et la création sous toutes leurs formes, de la bouffe internationale ; et l'amour, le vrai, celui qui lui ferait oublier Simon. Le mariage peut-être, l'adoption d'un enfant chinois, indonésien, dominicain. Pour le gâteau, il ne disait pas non, mais il faudrait qu'il soit truffé de chocolat et plus encore.

Edgar et Micheline

— Bonjour, c'est Micheline.

Un autre décès dans la famille, se dit Edgar. À moins que ce ne soit un cinquantième anniversaire de mariage ou même un soixantième. L'année dernière, on avait célébré un soixante-dixième anniversaire du côté de son père, à Jonquière. L'oncle Ludger et la tante Imelda. Deux paires de dentiers aux regards de brume. Enfin, c'est ce que montraient les photos que lui avait expédiées la famille par courriel. Comme chaque fois que Micheline téléphonait, Edgar se bardait d'une carapace qui lui permettait de répondre poliment, mais fermement, aux invitations de sa sœur. Il avait lu le livre de Thomas D'Ansembourg *Cessez d'être gentil, soyez vrai!*

— Ça va bien chez vous? répondit-il d'un ton peu engageant.

— Oui, même si le père de Joseph est à l'hôpital.

Joseph était le mari de Micheline. Edgar ne demanda pas de quoi souffrait le beau-père. Au bout du fil, Micheline continuait de lui donner des nouvelles qu'il écoutait sans acquiescer, sans commenter, sans répliquer, tout en poursuivant la lecture des titres boursiers sur son écran. Rio Tinto Alcan avait vraiment bien fait, en hausse d'un dollar l'action depuis le matin. La demande de produits en aluminium de la part de la Chine lui donnait de l'élan.

— Et Nicolas est sorti de sa cure de désintox. Ça va beaucoup mieux. Il a même été accepté à l'Université de Montréal en sciences politiques. Mais comment va-t-il survivre à Montréal dans son état?

Edgar abandonna la case ACHETER du tableau boursier pour vérifier ce qu'il avait entendu.

Micheline parlait-elle de Nicolas, son petit Nicolas, le chanteur de la chorale des Joyeux lutins, qui se levait à cinq heures du matin pour aller distribuer *Le Quotidien* devant chaque porte du quartier?

— Quel âge déjà?

— Vingt ans. Il a déjà perdu une année.

Aussi cynique que puisse être Edgar, il ne demanda pas ce qu'il était advenu du petit gars parfait.

— Je vois.

— Ça a commencé par une peine d'amour...

— T'as pas besoin de m'expliquer, ça arrive tous les jours.

— Pas chez nous. C'était jamais arrivé chez nous.

Edgar pensa que la meilleure façon de ne pas avoir d'ennuis avec les enfants, c'était de ne pas en avoir. Sa sœur semblait atterrée. Lui-même était plus secoué qu'il ne l'aurait pensé.

— Évidemment, une fois qu'ils ont goûté à ça, on ne peut jamais dire que c'est fini. On peut juste espérer qu'ils ne retomberont pas aussi bas.

— Et la fille qui a déclenché tout cela?

— C'était pas une fille, c'était un gars.

Tout en se trouvant répétitif, Edgar répliqua:

— Ça arrive tous les jours. T'as pas à t'en faire.

— Je m'en fais pas. C'est normal. C'est sûr qu'au début Joseph a été surpris. Mais, bon, c'est comme ça. Nous autres, on n'a pas de problème, mais c'est pas Montréal ici. Nicolas veut partir, on peut pas le retenir, il a vingt ans. Mais si tu savais comme on s'inquiète.

Edgar devinait bien ce que voulait sa sœur. Il évalua les risques de déstabiliser sa vie, qui étaient aussi élevés que ceux d'investir dans les actions de Nortel, et osa poser la question.

— Où est-ce qu'il va habiter à Montréal ?

— On le sait pas encore…

Edgar subodorait les prochains mots qu'il dirait et qui le condamneraient peut-être à une mort lente, mais certaine. Partager sa salle de bain, sa cuisine, son quotidien avec un animal sauvage de vingt ans, avide, qui fouillerait dans son frigo, boirait le lait à même le carton, rentrerait à n'importe quelle heure du jour ou de la nuit. Il avait beau tenter d'y trouver des avantages, aussi bien se faire accroire que Bellus santé trouverait bientôt un médicament miracle contre la maladie d'Alzheimer, ce qui ferait grimper son action à cinquante dollars. La musique, en plus, il y aurait la musique qui jouerait à tue-tête, enterrant son cher Malher. Heureusement, il y avait les iPods qui permettaient de télécharger et d'écouter de la musique avec des écouteurs. Il pourrait lui acheter un iPod en cadeau quand il arriverait à Longueuil, histoire de s'assurer une certaine tranquillité de ce côté.

Edgar, Micheline et Nicolas

Tourtière, sucre à la crème, bleuets frais. Quarante-huit barres de chocolat à la guimauve des Trappistes de Mistassini. Et dix pots de péchés capitaux sous forme de confiture aux framboises maison. Il n'était pas dans la nature de Micheline d'arriver les mains vides.

Tout en déposant les victuailles sur le comptoir, Nicolas observait ce que serait sa demeure au cours des prochaines semaines. Le vieux n'avait pas l'air avenant, mais les toilettes étaient propres.

Edgar ouvrit un bordeaux pendant que Micheline dressait la table. Nicolas était fasciné par les orchidées de son oncle. Des teintes de rose, de brun, de mauve, de blanc se chevauchaient pour former une aquarelle aussi échevelée que colorée.

L'oncle se fit un devoir de lui présenter ses amies.Il avait dû se départir d'une bonne centaine de plants pour faire une place à Nicolas dans la chambre d'amis.

— Ici, ce sont des *Sobralia dichotoma*, là, des *Phalaenopsis stuartiana*, et voilà mes *Evanthe sanderiana*.

À table, Micheline observa le visage de Nicolas, qui avait fondu tout au long de son interminable *bad trip*. Maintenant, une lueur d'espoir pointait au niveau des pommettes, qui s'arrondissaient légèrement. Nicolas, qui avait gardé de son expérience au *crystal meth* un fort goût pour le sucre, s'empara des chocolats à la guimauve et commença de les dévorer.

15

Edgar lui enleva la boîte et la rangea dans l'armoire.

— Première règle : ce qui est à moi est à moi et ce qui est à toi pourrait devenir à moi si tu le laisses traîner.

— Je suis désolé, dit Nicolas.

— En amour, on n'a pas à dire qu'on est désolé.

— *Love Story*, lança Micheline devant le fils dubitatif. Ton oncle a vu un film d'amour dans sa vie, ça l'a marqué.

— C'est faux, j'ai vu *Scènes de la vie conjugale*.

— Ça date des années soixante-dix.

Nicolas se leva.

— Où est ma chambre ?

— Le ménage n'est pas encore fait, tu devras dormir sur le divan.

Nicolas réprima une grimace qu'Edgar perçut toutefois. Il fallait faire diversion. Micheline se lança tête première dans une diatribe sur leur chien mort depuis des années.

— En passant dans le parc des Laurentides, cet après-midi, j'ai pensé à Ti-loup, vous souvenez-vous de Ti-loup ? Quelqu'un l'avait abandonné en rentrant à Montréal. Joseph ne voulait pas qu'on le prenne parce qu'il n'y avait pas de place dans la Chevrolet. Il a fait le voyage sur les genoux de Nicolas. Mon Dieu que tu avais eu chaud. Mais pas autant que moi. J'avais peur que le chien soit malade et que ton père le laisse sur le bord de la route.

— Je me souviens, l'interrompit Nicolas en riant. Le *crystal meth* m'a peut-être rendu un peu fou, mais j'ai pas perdu la mémoire.

Edgar esquissa alors un sourire ; c'était son premier de la soirée.

Edgar et lui-même

Le jeune était sorti tôt avec sa mère pour faire des courses. Edgar extirpa tout ce qu'il avait dissimulé sous les meubles, dans les placards, sur le balcon dans le but de faire bonne figure la veille. Il fallait d'abord mettre un peu d'ordre dans son bordel. La chambre d'amis, drôle d'appellation puisque personne ne venait lui rendre visite, était encore à moitié remplie d'orchidées, le dada d'Edgar. À cela s'ajoutait un brumisateur qui pesait une tonne, une chaufferette électrique qu'il avait payée la peau des fesses, un système d'éclairage au néon et une centaine de pots vides. Derrière tout cela, un futon garni de taches douteuses et une vieille litière de chat, souvenir de Vézina, son félin mort d'un surplus pondéral.

Jeter la litière de Vézina lui brisait le cœur. Pour les orchidées, c'était moins éprouvant. Il en avait vendu une centaine au fleuriste et avait disposé les autres dans le salon, ce qui avait eu l'avantage de dissimuler la saleté. Le climat sec et torride des lieux finirait par les tuer, mais il en cultiverait d'autres. Le simple fait de zieuter tout ce barda suffit à l'épuiser, et il ouvrit un paquet de biscuits Truffet, meringue et chocolat, gras trans : 33 %. Non, c'était trop lui demander. Le courage de déblayer surgissait tout d'un coup pour disparaître aussitôt. L'envie de revenir sur sa parole le prenait aux tripes. Il n'était pas un salaud, même si le fait de l'être ne l'aurait pas dérangé outre mesure. Le désir de reprendre contact avec la société l'attirait quand même un peu. Livrer son âme sauvage en pâture. C'est en lisant le terme «misanthrope» qu'il était tombé amoureux du mot et qu'il en avait fait sa destinée.

— Qu'est-ce que tu vas faire quand tu seras grand? lui avait demandé l'aumônier Cabotte lorsqu'il était en troisième année.

— Je serai misanthrope.

La soutane n'en revenait pas.

— Tu veux dire philanthrope, travailler fort, gagner beaucoup d'argent et le redonner aux œuvres religieuses et aux gens dans le besoin.

— Non, je veux dire misanthrope. Travailler très peu, faire juste assez d'argent et rester chez moi.

— Tu vas changer.

Le religieux avait tout faux. Edgar n'avait pas changé. Le religieux, si. Dans une rue de Québec, en 1974, Edgar l'avait croisé avec, dans les bras, un enfant de six mois et, marchant sur ses traces, une femme de vingt ans sa cadette, aux yeux de mer et à la chevelure blonde et rebelle. L'abbé Cabotte avait toujours eu du goût.

Se débarrasser d'abord des journaux empilés dans le salon, qui était aussi son bureau, sa salle à manger et sa bibliothèque. Pas le temps de recycler. Il prit un énorme sac-poubelle et le remplit d'une première pile. Puis d'une deuxième, en s'attardant sur un texte, une critique, son horoscope du mois dernier, tiens: «Le cycle mensuel de la Lune en Vierge vous propose un mardi qui n'aura rien d'ennuyant. Tandis que vous jouissez d'une popularité accrue, de nouveaux développements se dessinent dans vos interactions sociales. Possibilité de bâtir une relation de complicité avec une personne qui vient se greffer à votre cercle de fréquentations.» Mon cercle de fréquentations, quel cercle de fréquentations ? Elle est bien bonne celle-là, marmonna Edgar en chiffonnant *La Presse*.

Vingt sacs plus tard, il n'avait liquidé que les éditions de la dernière année.

La poussière qui se dégageait de la montagne de nouvelles obsolètes et périmées l'incommodait. Exceptionnellement, au risque de briser la rigueur de sa routine, il enfila un blouson léger et prit la direction du fleuve Saint-Laurent. Il lui fallut franchir la maudite route 132 qui lui écorchait les oreilles et le coupait tristement de son cours d'eau préféré. Sur la passerelle menant à la marina, il s'arrêta pour observer les bolides effrayants. Le rythme des voitures et la vue de ce va-et-vient étourdissant le plongeaient dans un état second. En bas, on aurait dit que les voitures l'appelaient à faire le grand saut dans le vide.

L'horreur architecturale de la Capitainerie, une marina avec restaurant, piscine et bar, le fit sourire comme d'habitude. Une espèce de demi-sphère aux teintes de bleu, de turquoise et de vert, barbouillée de curieux motifs de serpents et surmontée d'une voile perdue dans un amas de ciment. Après une promenade sur la piste cyclable qui longeait le fleuve, Edgar décida d'aller prendre une bière au bar. Avec un peu de chance, ce serait Élise qui le servirait. Comme elle était aussi dépourvue de conversation que lui, il serait en paix.

Edgar et les techniciennes sanitaires

La Capitainerie de Longueuil attirait quelques marins de passage dans la voie maritime du Saint-Laurent, mais surtout des femmes vivant d'aide sociale à la recherche d'un riche armateur qui les amènerait en croisière au bout du monde.

Edgar assit ses cent kilos sur un tabouret solide avant de commander une Belle Gueule rousse.

Deux femmes caquetaient. Aux oreilles d'Edgar, l'une des deux jappait, l'autre argumentait doucement.

— Je te l'ai dit, expliquait une femme aux cheveux blond jaunasse à sa voisine, n'accepte jamais de chèque, c'est la meilleure façon de te faire pincer et de te faire couper ton B.S.

— Mais elle n'avait pas de *cash*, tu le sais bien. La femme du mardi n'a jamais de *cash*, puis moi, ça m'énerve d'être remise d'une semaine à l'autre.

— Si elle veut pas comprendre que le ménage est une job qui se paie *cash*, envoie-la promener. Je vais t'en trouver d'autres places, moi.

— Elle est gentille, puis elle a trois enfants. On n'envoie pas promener une femme professeure d'université avec trois enfants. Elle trouve pas le temps d'aller au guichet automatique, comment elle va trouver le temps de chercher une femme de ménage ?

La rousse assise à côté de la blondasse ne faisait pas son âge. En fait, Edgar n'avait aucune idée de l'âge de la femme de ménage, mais elle ne faisait pas son âge.

— Quel âge a cette femme? demanda-t-il à Élise.

La barmaid sortit des limbes ou plutôt du travail de philosophie qu'elle préparait mentalement pour le lendemain.

— Aristote, elle a l'âge d'Aristote.

Et elle se mit à rire. Edgar aussi. La rousse les dévisageait.

— Êtes-vous en train de rire de moi?

— Loin de moi l'idée d'un semblable manège, rétorqua Edgar, en citant Bretch.

— Edgar veut savoir votre âge.

La rousse lui jeta un regard sévère. Il réprima une grimace, sourire n'étant pas son genre.

— On ne vous a jamais dit que ce n'était pas poli de demander l'âge des dames?

— Je vous ai entendues parler tout à l'heure. Vous faites des ménages?

—Techniciennes sanitaires, lança la blonde jaunasse. On travaille en équipe. Vingt piastres de l'heure. C'est nous qui évaluons le nombre d'heures. Il nous reste le lundi toute la journée ou le jeudi après-midi, si vous voulez seulement un demi-ménage.

— Un demi-ménage, répliqua Edgar, ça veut dire que la moitié de l'appartement reste sale?

Encore une fois, Élise se mit à rire.

— Ben non, lui rétorqua la blonde, ça veut dire trois heures au lieu de six. On fait l'essentiel.

De simple, calme et facile, la vie d'Edgar était devenue compliquée, bousculée et préoccupante en l'espace de quelques heures. Il n'aurait pas dû, non il n'aurait pas dû dire oui. Mais il fallait quand même le faire, le maudit ménage.

21

— Ce n'est pas d'un demi ni même d'un ménage complet dont j'ai besoin. J'ai besoin d'un méga-nettoyage.

— Genre, on vide tout et on lave avant de remettre en place ? Ce n'est pas notre spécialité, dit la blonde.

Edgar s'appuya au comptoir du bar et se ravisa.

— Pas nécessaire de tout vider. Juste préparer la chambre de mon neveu. D'ailleurs, j'ai déjà commencé. En fait, non, j'ai commencé à nettoyer le salon. Il reste encore des journaux à jeter. Épousseter un peu et… Il s'affaissa sur son tabouret en riant. C'est la place la plus sale et la plus en désordre que vous aurez jamais nettoyée. Je vous donne trois cents dollars pour la journée. Tout doit être fini demain soir.

— Mais demain, c'est mercredi. Le jour du notaire. On peut pas le reporter. Sa femme ne peut pas le supporter, lança la blonde.

— Toi, tu vas aller chez le notaire le matin, proposa la rousse à la blondasse, et tu viens me rejoindre après chez monsieur. On donnera plus d'heures la semaine prochaine au notaire.

— Excuse-moi, mais c'est moi qui décide des horaires, c'est moi la chef d'équipe.

—La chef d'équipe, reprit Edgar. Ma foi, n'y aurait-il pas un contremaître et un syndicat derrière ça ? Aurions-nous affaire à une multinationale de la propreté ?

— On commence à s'amuser, fit remarquer Élise en remplissant le verre d'Edgar.

— On va aux toilettes, trancha la blondasse en tirant la rousse par le bras.

— C'est si pire que ça chez vous ? demanda Élise.

— En réalité, avant que je me mette à ramasser, ça ne me semblait pas si terrible.

— Oui, je comprends. Le problème, c'est quand on fait lever la poussière. Il ne faudrait pas bousculer la poussière. Après, on est fait. As-tu étudié les quatre moteurs d'Aristote ?

— Oui, mais c'est quand la rousse était encore jeune fille, alors, s'il te plaît, épargne-moi Aristote.

Le temps pour Edgar d'avaler deux ou trois gorgées de bière que les techniciennes sanitaires étaient déjà de retour avec une réponse.

— On pourrait y aller demain vers deux heures, on va appeler une troisième fille. À trois, je peux pas croire qu'on passera pas au travers. Sauf qu'après, vous nous prendrez les lundis ; c'est la condition.

Évidemment, c'était la blonde qui avait parlé. La rousse se contentait d'observer les bouteilles derrière le bar.

— T'aurais besoin de passer un linge sur les bouteilles, Élise, on voit les traces de doigts d'ici, dit-elle doucement.

— Merci bien, je vais mettre ça à mon agenda, répliqua la barmaid avant de retourner à Aristote.

— Alors, c'est oui ou c'est non ? aboya la blondasse.

Edgar n'avait pas eu à prendre de décisions depuis vingt-cinq ans, sauf celles d'investir dans les aurifères ou la technologie. La dernière décision qu'il n'avait pas prise, justement, c'était celle de se marier ou pas avec Marie. Et il n'avait jamais su s'il devait le regretter ou pas.

Pas question que la blonde et la rousse installent leurs plumeaux à demeure chez lui. Il s'en sortit de manière élégante : « On verra bien après la journée de demain si vous voulez revenir. »

Nicolas et le matin

L'appartement était en bataille, et les techniciennes sanitaires ne devaient venir que le lendemain. Une urgence, avait plaidé la chef d'équipe.

Nicolas fit ses adieux à sa mère et dut de nouveau se dresser un lit sur le divan du salon pendant que son oncle s'affairait à jouer dans les titres boursiers. Le vieux ne voulut pas qu'il utilise son bel iMac blanc. L'oncle lui prêta toutefois son nouvel iPhone, qu'il n'avait pas encore apprivoisé. Seulement pour ce soir, dit-il.

Le lendemain, le réveil fut brutal pour Nicolas, encore dopé au Seroquel, le médicament qui devait chasser l'effet du *crystal meth*. La tête lourde, il reprit ses esprits en laissant couler longtemps sur lui une eau fraîche, libératrice. Il garda un silence de moine devant son oncle muet, qui attendait devant la porte de la salle de bain, visiblement contrarié par sa présence.

— Je croyais que c'était un voleur, marmonna Edgar, peu habitué à partager ses matins.

— Les voleurs ne font pas de bruit, vous pouvez retourner vous coucher.

— Arrête de me dire vous, ça va devenir fatigant à la longue.

— C'est que je suis bien élevé, monsieur, répliqua Nicolas, sans soutirer le moindre sourire au vieil animal, qui retraita dans sa tanière.

Nicolas put ainsi s'amuser à se préparer un café au lait avec la machine à pression, la seule chose qui eût une vie dans ce désert sans télé, sans cinéma maison, sans éclats de voix, sans jappements de chien. Pas de miaulements de chat non plus depuis la mort de Vézina. Un petit coup d'œil au miroir de la salle de bain, et Nicolas se trouva prêt à affronter le grand monde du savoir.

Edgar et Vézina l'humain

Edgar observait ses orchidées. Jaunes, roses, blanches, les *Sobralia dichotoma,* les *Phalaenopsis stuartiana* et les *Evanthe sanderiana* laissaient derrière elles un parfum de temps révolu. L'heureuse époque où il vivait seul.

Fatigué de tant de contemplation, Edgar ouvrit le frigo et se versa deux canettes de jus V8 dans un verre, ce qui lui donna un W16, auquel il ajouta quatre onces de vodka, dix gouttes de sauce Worchestershire, trois de tabasco et une pincée de poivre. Il ingurgita ce mélange explosif.

Une fois délestée d'une partie de ses orchidées, la chambre d'amis exhibait toute sa saleté. Il ferma la porte et s'assit devant son ordinateur, en attendant que se manifestent les techniciennes sanitaires. Il tâta les états d'âme de la Bourse. L'indice Dow Jones avait la mine basse comme lui et le TSX ne valait pas tripette. Il feuilleta *Le Devoir* pour apprendre qu'une alarme à très haute fréquence, que les plus de trente ans ne pouvaient pas facilement entendre, était utilisée pour les sonneries de téléphone cellulaire. « Une sonnerie idéale pour les échanges entre ados dans les espaces à risque, les salles de cours, par exemple. En effet, la plupart des adultes ne peuvent tout simplement pas l'entendre. » Il aurait bien aimé passer le test, avec son ouïe qui détectait la présence d'une fourmi marchant près de lui ou le pas du chien de son voisin, trois étages plus haut.

Un peu ivre et heureux de l'être, il se mit à parcourir le salon avec son galon à mesurer afin de voir comment il aménagerait ses orchidées. Il faudrait entreposer les disques de vinyle au sous-sol, le temps que durerait le séjour de Nicolas, et donner quelques livres à la Fondation des cultures à partager. Il utiliserait l'espace ainsi libéré dans ses bibliothèques pour installer les plantes.

Le téléphone cellulaire vibra pour la deuxième fois dans le même mois. Ce qui était beaucoup tout de même.

— Bonjour, c'est Vézina.

Effet de l'alcool sans doute, Edgar, disjonctant un instant, imagina qu'il s'agissait de son matou. Peu intéressé par la conversation des hommes, il osa même demander :

— Vézina, le chat ?

— Mais non, Vézina, l'humain, François, quoi !

Quand Edgar étudiait au cégep Édouard-Montpetit, François Vézina avait été son voisin de palier. Plus tard, il lui avait confié son chaton éponyme, le temps de s'installer dans un nouvel appartement du quartier Maisonneuve-Rosemont. Il y avait de cela dix ans. Il n'était jamais venu le reprendre.

— Je t'appelle au sujet de *La plaisanterie*.

— Quelle plaisanterie ? l'heure n'est pas à la plaisanterie. Si tu savais ce qui m'arrive.

— Qu'est-ce qui t'arrive ?

— Mon neveu de vingt ans squatte ici, le temps de se trouver un appartement.

— Ça te fait de la compagnie.

— J'ai jamais aimé la compagnie.

— Et mon chat ?

— Vézina, il est mort il y a deux mois.

— Et tu ne m'as pas appelé.

— Pour les fois que tu prenais de ses nouvelles.

— C'est pas mal sans-cœur de ta part. Mais en tout cas, pour revenir à *La plaisanterie*, j'aimerais ça le récupérer. Tu sais bien, *La plaisanterie* de Kundera. Tu dois avoir fini de le lire après dix ans.

— Je l'ai lu deux fois, pas sûr d'avoir tout compris.

— Tant pis. J'aimerais le ravoir. J'ai acheté la maison de mes parents à Laval, où il y a plein de bibliothèques encastrées. Il faut que je les remplisse. Un souvenir du cégep, tu vois. Ça va impressionner mes nombreuses conquêtes.

— Une maison à Laval? T'étais pas un peu marxiste au cégep?

— Pas seulement un peu, beaucoup.

— Alors?

— Alors rien. Je travaille comme courtier hypothé-caire.

— T'as pas fait des études en sciences politiques?

— Oui.

— Alors?

— Alors rien. Le livre, est-ce que tu as encore le livre?

— Oui, mais il est dans des caisses dont je voulais me débarrasser.

— Non! Garde-le moi. Je viens le chercher tout de suite.

Pas un autre visiteur, se dit Edgar. L'enfer, sa vie était devenue un enfer.

— Je le garde jusqu'à ce soir. Puis t'es en train de voler toutes mes minutes de cellulaire, bougonna Edgar en sachant que c'était virtuellement impossible.

— OK, à tantôt.

Sans dire au revoir, Vézina raccrocha.

Après le neveu, le «quêteux», s'exclama Edgar en se rappelant tous les soirs où Vézina arrivait à l'heure du souper sous prétexte d'emprunter *Le Devoir*. Pour s'en débarrasser, Edgar lui remettait un contenant rempli de nourriture, lui suggérant fortement d'aller le déguster chez lui. Il serait alors plus tranquille pour étudier.

Comme un malheur n'arrive jamais seul, la sonnerie de la porte se fit entendre. Il n'était que treize heures, la rouquine et la blondasse étaient en avance. Edgar appuya sur la touche 9 de son téléphone pour leur ouvrir.

Aussitôt entrées, les deux techniciennes sanitaires firent le tour comme si elles étaient chez elles. Figées devant la présence d'autant de fleurs, les yeux exorbités, elles restèrent bouche bée. Il eût été trop beau que la situation durât ainsi longtemps.

— Ma parole, tiens-tu un salon mortuaire ? s'exclama la blondasse, son regard s'attardant sur les orchidées.

— On dirait une serre ! renchérit la rousse, clairement moins portée sur le scabreux.

— Bon, qu'est-ce qu'on fait de toutes ces plantes ? s'enquit la blondasse. On les jette ?

Edgar se figea sur place. Valait-il la peine de tenter d'expliquer à… à qui déjà ?

— Comment vous appelez-vous ?

— Moi, c'est Pierrette, elle, c'est Margot. Je suis la chef d'équipe.

— Oui, je me souviens. Les orchidées, madame Pierrette, vont aller sur les étagères du salon.

— Comment on va les transporter ?

— Dans nos bras, je crois.

— Tu transportes, nous autres, on va commencer le nettoyage. Où sont tes produits ?

Le placard contenait un détergent biodégradable censé nettoyer tout. En voyant l'étiquette, Pierrette verdit.

— Ça vaut rien pour nettoyer. Ça va nous prendre du Fantastik, salle de bain, parfum fleur d'oranger, je n'aime pas l'odeur du régulier. Ensuite, pour les étagères, ça va être du Pledge, avec huile de citron. Pour le plancher de bois, du savon de Murphy. Pour la cuisine, du Monsieur Net spécialement conçu pour les comptoirs. Pour les miroirs, ce sera du Bon Ami en mousse, pas du Windex, je trouve que ça bariole. Pour les planchers de céramique, du Hertel brille et luit, pas le régulier ni le Plus, c'est pas la même chose.

Estourbi par tant de produits destinés à fourbir, Edgar n'en pouvait plus. Il sortit un billet de vingt dollars de sa poche et le tendit à Pierrette.

— Il y a un dépanneur en bas. Allez chercher ce dont vous avez besoin.

— On ne trouvera pas tout ça au dépanneur, rétorqua Pierrette, qui passait ses longs doigts sur la vitre de la porte-patio en dessinant des arabesques dans la saleté.

Edgar eut une subite envie de défenestrer la femme de ménage qui le traitait comme un débile léger.

— Je vais aller au IGA chercher ce qu'il faut, dit Margot en soulignant poliment que vingt dollars, ce ne serait pas suffisant.

— Non, je vais y aller avec mon auto, aboya Pierrette, ça va aller plus vite. Commence plutôt à passer l'aspirateur où tu peux.

— Je n'ai pas d'aspirateur, dut avouer le misanthrope.

Pierrette le toisa d'un regard peu commun. On avait clairement affaire à un demeuré, écolo en plus.

— À cause du bruit.

— Du bruit? rétorqua la blondasse

— Je déteste le bruit de l'aspirateur.

Bien décidée à ne pas faire de quartier au pauvre attardé, elle en rajouta :

— Pas d'aspirateur! Avec toute cette poussière, on va nettoyer comment?

Il sortit une vadrouille et une serpillière de l'armoire.

— Mon Dieu, tu as acheté ça en 1970 ?

— À peu près, oui, mais ça fonctionne encore.

— Pas vraiment pour moi. Je vais avoir besoin d'un autre vingt dollars pour acheter une vadrouille à manche rétractable Oskar, une moppe à franges et le seau qui va avec.

Edgar résista à l'envie de mettre les deux commères à la porte. Non, il fallait boire le calice jusqu'à la lie. Il laissa échapper un soupir de soulagement en voyant Pierrette quitter la pièce.

— Elle est pas reposante, émit Margot en riant.

— En effet. Vous en aurez pour longtemps ?

— Pas trop, si on commence maintenant. Et d'un pas de petite fille, elle se mit à transporter les pots d'orchidées avec tout le respect qui leur était dû.

On sonna à la porte encore une fois. Ce ne pouvait pas être Pierrette, encore occupée à arpenter les allées à la recherche de nettoyants superpuissants. Ni Vézina, car Laval, ce n'était pas à côté.

— C'est Carmen, allez-vous m'ouvrir ?

Edgar jeta un regard désespéré vers Margot, qui opina de la tête. La troisième mousquetaire était arrivée.

Essoufflée d'avoir monté les onze étages à pied – elle était claustrophobe –, Carmen apparut dans toute sa splendeur. La montagne de chair qui représentait son vécu ne s'avéra pas un handicap au moment de déplacer le futon, de sortir de leur cadre les fenêtres de la chambre pour les laver et de vider la vieille litière de Vézina avant d'envoyer valser sa cage sur le balcon.

— Qu'est-ce qu'on fait avec ça ? criait à l'occasion Carmen de sa voix de stentor.

Edgar ne savait pas quoi répondre. Il s'approchait, observait l'objet, le soupesait parfois et le remettait toujours à sa place, sauf un vieux tourne-disque en forme de barbecue, qu'il consentit à descendre au deuxième sous-sol où se trouvait le conteneur à gros déchets.

Nicolas tombe pour la première fois

Immense et peu rassurant, le hall d'entrée du pavillon Roger-Gaudry, l'ancien pavillon principal menant à la bibliothèque de l'Université de Montréal, lui laissait peu d'issues. Nicolas déambula un moment dans le foyer de la fameuse tour surnommée le phallus, à la recherche d'un accueil quelconque.

Le lieu finit par l'étourdir. Il se sentit faible et s'écrasa sur le plancher de marbre. Il lui fallait remettre ses idées en place, apaiser le tremblement qui l'assaillait tout à coup. Je suis guéri, se dit-il pour s'encourager, je suis guéri. Je n'en ai plus besoin. Tantôt, lorsque la force de se relever serait revenue, il trouverait un téléphone public pour appeler sa mère. Se faire rassurer.

Un gardien de sécurité l'aborda :

— Ça ne va pas, vous avez besoin d'aide ?

— Je dois me rendre au pavillon Lionel-Groulx.

— C'est dans la rue Jean-Brillant, mais allez donc dans un local de la FAÉCUM, on va vous aider. C'est au premier.

Le gardien l'aida à se relever.

Désorienté, fatigué et surtout en manque de ce qu'il croyait avoir dompté, Nicolas tenta de s'orienter dans les couloirs du rêve devenu cauchemar. Il aboutit enfin dans un passage rempli de douches. Sans hésiter, il y entra, laissa couler longuement l'eau sur lui, avala deux cachets de Seroquel, l'antidépresseur destiné à calmer son vide, en buvant à même la pomme de douche, et se sécha sommairement avec sa chemise avant de sortir en courant de la Faculté des arts et des sciences. La marche d'une quinzaine de minutes lui sembla une éternité. Il y avait de l'action au pavillon Lionel-Groulx, il y avait même une file interminable devant la librairie. Des étudiants patients qui attendaient pour acheter leur codex, l'ensemble des textes photocopiés et reliés pour les cours de « sciences po ».

Telle une vague bousculée par la marée, le moral de Nicolas remontait lentement, laissant place à une certaine accalmie. Il renonça à attendre et partit à la recherche du local de la FAÉCUM.

— Tu viens du Lac-Saint-Jean? lui demanda un des étudiants.

— Du Saguenay, en fait. Pourquoi?

— Ton accent, cher, ton accent. Un bleuet... Tu vas voir comme c'est plaiaiaiaisant, ajouta le gars en étirant le « ai » juste assez longtemps.

Nicolas l'envoya promener sans dire un mot. Fallait-il s'établir dans la grande ville pour rencontrer pareil corniaud? Tenté un moment de rebrousser chemin, il patienta. Il avait besoin de son agenda.

— Est-ce que le bleuet peut avoir son agenda? demanda-t-il à l'étudiant en face de lui.

— Bien sûr, répondit l'autre, qui le lui tendit avec une série de brochures et de feuillets annonçant les épluchettes de maïs et les 5 à 7 des différents départements.

— Et pour la passe de métro?

— Où t'habites?

— Longueuil.

— Tu vas aller au pavillon Jean-Brillant. Là, on va signer ton formulaire. Après, tu iras à la station de métro de Longueuil pour faire prendre ta photo avec, en main, ton formulaire qui prouve que tu es étudiant.

Il fallut trouver le pavillon Jean-Brillant à l'aide de la carte. Rendu là, il y avait encore une file d'attente d'au moins deux heures. Nicolas renonça. À ce moment-là, un étudiant d'origine indienne lui demanda où se trouvait le pavillon Lionel-Groulx. Le seul endroit que Nicolas connaissait.

— Je vais vous accompagner, dit-il sur le ton zélé d'un enfant de chœur.

— Merci, c'est gentil.

Au local de la FAÉCUM, le triple imbécile remit les documents à l'étudiant indien sans piper mot.

— Tu ne lui demandes pas d'où il vient? lui lança Nicolas. Tu n'es pas capable d'identifier son accent?

L'autre grimaça.

Edgar envoie promener la chef d'équipe

Pierrette la blondasse se promenait d'un coin à l'autre de la pièce, telle une belette, ouvrant des caisses, passant des observations sur les photos, commentant le désordre tout en surveillant celles qu'elle considérait comme ses subalternes, mais qui se foutaient de ses remarques.

Elle prit une urne remplie de cendres. Des cendres foncées avec des particules plus larges et plus dures, des résidus d'os carbonisés.

— Qu'est-ce que c'est?

— Ce sont les cendres d'Alexandre Robillard.

Edgar versa une poignée de cendres, les frotta contre ses paumes et les tendit vers Pierrette.

— Je vous présente Alexandre.

La blondasse eut un geste de répulsion. Margot eut juste le temps de lui retirer le contenant pour le déposer sur la table basse avant qu'il se fracasse par terre.

— Excusez-nous, dit-elle à Edgar.

Pierrette était blanche comme si elle avait vu le diable en personne.

— Ce n'est pas grave, je ne le connaissais presque pas.

— De quoi est-il mort?

— Il était pilote d'hélicoptère. Il couvrait les nouvelles pour une station de télévision. Il s'est écrasé avec le journaliste qui était à bord en survolant le parlement d'Ottawa. Il n'aurait pas dû y aller, m'a confié sa mère.

— Il avait quel âge?

— Trente ans.

— Son histoire a pas été longue.

— Non. S'il avait choisi d'être autre chose qu'un pilote, sa vie aurait pu être plus longue en effet.

— Pourquoi vous gardez ses cendres?

— Sa mère est morte d'un cancer l'année passée. Elle habitait dans l'appartement d'en face. J'allais arroser son orchidée pendant qu'elle était à l'hôpital. Je suis allé la voir une fois, avant qu'elle meure. Elle n'avait pas d'autre enfant ni de parent vivant. Elle m'a demandé de prendre les cendres d'Alexandre.

— C'est une grosse responsabilité, chuchota Margot.

— Non, pas vraiment. Il n'est pas trop encombrant.

Il eut envie de rire en voyant leurs visages consternés, mais il se retint.

Après deux heures de travail, elles avaient réussi à vider la chambre de tout son contenu. La vraie partie de plaisir commença lorsque les trois se mirent en frais de laver murs, plafonds et planchers à grande eau. Même Pierrette y mit du sien tout en sommant Edgar de faire le tri des choses qui traînaient sur le balcon.

— Tout ça, c'est bon pour les vidanges ou l'Armée du salut, si tu veux mon avis.

— Je ne veux pas votre avis, répondit Edgar qui, voyant le travail presque terminé, avait décidé de s'amuser un peu. Si je l'avais voulu, je l'aurais demandé. Il se trouve que je vous paie pour nettoyer, pas pour commenter.

Poussé dans ses retranchements, l'agneau se transformait en loup, sous le regard amusé de Carmen et de Margot, mais Pierrette ne se laissa pas démonter si facilement.

— OK, c'est l'heure d'aller fumer une cigarette, lança-t-elle aux deux autres.

Edgar se dit qu'elles ne reviendraient pas. Mais elles n'avaient pas touché leur dû.

Il les observa pendant qu'elles se dirigeaient vers l'escalier, car Carmen avait peur des ascenseurs. La blondasse maugréait, les baguettes en l'air, pendant que ses deux collègues tentaient de l'apaiser.

Edgar entendit claquer la portière d'une voiture. Après une dizaine de minutes, des coups sur la porte retentirent. Carmen et Margot étaient revenues.

— Nous allons finir le travail.

— Et l'autre, votre chef d'équipe ?

— Elle est pas contente, soupira Carmen. Elle voulait qu'on démissionne en bloc, mais on a refusé. On a commencé, on va finir.

— Démissionner en bloc. Et après, on serait passé devant le tribunal du travail ?

Margot s'esclaffa.

— Bon, on va aller finir la job.

Edgar était soulagé. L'idée de terminer le chantier ne l'intéressait pas du tout.

— C'est ça, je vais vous faire du café frais. Avec des biscuits au chocolat, ça va vous encourager.

Le café et les biscuits, c'était d'abord pour lui.

Nicolas et Akand

Fatigué de se heurter à une file d'attente à chaque détour, Nicolas s'apprêtait à rentrer à Longueuil. L'étudiant indien lui offrit en anglais d'aller manger dans un restaurant du chemin de la Côte-des-Neiges. Pourquoi pas? se dit Nicolas. La journée était foutue de toute façon, et les cours ne commençaient que deux jours plus tard.

Au début, le goût du cari d'agneau lui fouetta les papilles. Une fois dilatées, celles-ci se laissèrent séduire par les saveurs de gingembre, de cardamome, de coriandre, de clou de girofle, de cumin et de safran. Le plat était accompagné d'un riz légèrement aromatique. La texture était légère et sèche. Un riz pouvait-il être si raffiné?

— C'est du riz basmati, dit Akand, il est indispensable à la cuisine indienne. C'est l'un des riz parfumés les plus appréciés.

Akand mangeait des massala bonda, des boules fourrées de légumes variés et des samosas maison, des triangles aux légumes frits, avec sauces et condiments. Il portait les aliments à sa bouche avec ses doigts, qu'il essuyait minutieusement entre chaque bouchée. À la fin du repas, il commanda un lassi, un lait au yogourt parfumé à la rose.

Nicolas hésita en portant la boisson à ses lèvres. Il y avait des saveurs exotiques qui demandaient plus d'apprentissage que d'autres. Avec le temps peut-être. Ne sachant pas trop quoi faire de son verre, il le repoussa légèrement.

De quoi parler, se demanda Nicolas, par où commencer? Akand serait-il un ami? Un compagnon de bouffe ou une simple rencontre de hasard? Le mot «karma» lui passa par la tête. Et si tout cela était décidé d'avance?

— Es-tu hindou?

— Oui, comme près de 80 % de la population en Inde.

— Tu ne parles pas beaucoup français, poursuivit Nicolas en anglais.

— Je l'ai étudié à l'école, je dois le pratiquer, faire un effort. Je me suis inscrit à un cours de français. Je dois maîtriser une troisième langue. Et je n'ai pas beaucoup de temps. Je suis arrivé il y a une semaine de l'Inde. J'habite chez une cousine et son mari. Et je cours après le temps. Est-ce que tout doit se faire aussi vite ici?

Nicolas se mit à rire. La nourriture indienne lui procurait une sorte d'euphorie, souvenir en mineur des moments illusoires de la méthamphétamine.

— Oui, tout va trop vite ici. Quand on ne va pas vite, on se fait rapidement supplanter. La performance, c'est notre dieu.

Ils se levèrent. Akand jeta un coup d'œil au lassi abandonné sur la table.

— Pas comme du Coca-Cola, hein? dit-il en réglant la note avec une carte de crédit Or.

— Pas mal différent.

Sur le chemin de la Côte-des-Neiges, Akand s'arrêta pour acheter deux bouteilles de Coke. Ils s'assirent sur le trottoir pour les siroter.

De l'Inde ou du Lac-Saint-Jean, le dépaysement était tout aussi souffrant. Avec la nouveauté venait aussi l'inconnu. À cet égard, Nicolas ne pouvait pas aider Akand. Avait-il été lui aussi brisé par un amour? Le regard que posait l'Indien sur la rue, les véhicules, les autobus et les vélos qui se faufilaient dans cette ville organisée n'en disait pas beaucoup sur son état d'âme, sur cette nouveauté qui devait être désarmante puisque Nicolas, le Québécois pure fibre, la ressentait avec une certaine angoisse.

Akand était venu au Québec pour apprendre le français et étudier en sciences politiques. Il appartenait à une caste supérieure, bien qu'en principe, cela ne signifiât plus grand-chose. Sa mère était membre du gouvernement indien.

Pendant un moment, ils regardèrent les passants déambuler. De toutes cultures, de toutes teintes. Corps drapés de voiles sombres ou diaphanes ou presque nus percés de toutes parts. Ce qui semblait fasciner Akand.

— Pourquoi les gens ont-ils des anneaux partout?

C'était la première phrase en français que risquait Akand, qui avait pourtant lu Duras et Bruckner, mais qui n'avait pas regardé de séries françaises à la télé, alors que Nicolas avait passé son adolescence devant les émissions de l'humoriste américain Jerry Seinfeld pour polir son accent anglais.

Nicolas reprit tranquillement la phrase d'Akand, doucement, avec la bonne intonation. Il s'était trouvé une mission: il aiderait son nouvel ami à maîtriser le français.

— Pour se distinguer, pour se rebeller, j'imagine.

— Se rebeller *against what*? demanda Akand. J'ai l'impression que vous pouvez faire ce que vous voulez ici, qu'il n'y a pas de règles.

— C'est vrai qu'il n'y a pas de règles. C'est peut-être pour cela qu'on se croit obligé d'en créer, comme celle du piercing. Ça symbolise l'appartenance à un groupe. En même temps, chacun fait ça pour se rendre unique.

Akand hocha la tête. Il semblait un peu dépassé par cette manifestation. C'était la même chose avec les tatouages. En Inde, un tatouage avait une signification claire. Au Québec, il avait observé un mélange de serpents, de fleurs, de cœurs, de motos.

Nicolas se leva, sortit sa bouteille de désinfectant Purell de sa poche, s'essuya les mains avec minutie et passa le contenant à l'étudiant. Ne sachant trop quoi faire, Akand imita le geste de Nicolas, sentit le produit et fit une grimace en riant.

— Je dois me trouver du travail avant que la session commence, lança Nicolas en se levant.

— Du travail?

— Oui, pour payer mes études. Mes parents n'ont pas les moyens de me soutenir pendant trois ans. J'aime beaucoup la cuisine; travailler dans un grand restaurant me plairait.

Akand le salua et poursuivit son chemin sur Côte-des-Neiges en direction de l'ouest.

Edgar, la vieille dame indigne et Margot

Edgar grimpa l'escalier de l'immeuble en courant. Les bacs de récupération se disputaient une course folle, roulant au gré du vent mesquin qui soufflait du fleuve Saint-Laurent. Les bras chargés de victuailles, il revenait du supermarché de la Place Longueuil, nom bien pompeux pour un centre commercial intérieur sans aucune trace de cour quelconque.

Il réussit à actionner le bouton de l'ascenseur, qui s'ouvrit sur un bouvier des Flandres. La corporation qui gérait les loyers acceptait maintenant à peu près toutes les sortes d'animaux dans l'immeuble. On avait vu un serpent à la piscine et, chez l'ex-politicien gai, trouvé mort dans sa baignoire, une lettre de désespoir à ses côtés, on avait libéré deux singes macaques qui montaient la garde, hurlant de solitude, de fatigue et de faim.

Sur le tapis du corridor, qui avait connu des jours meilleurs, un rond d'urine accrocha le regard d'Edgar. Il l'évita de justesse. Il se souvint que, longtemps auparavant, lorsqu'il faisait ses débuts comme stagiaire en administration et travaillait comme livreur chez Saint-Hubert barbecue, il rêvait d'habiter ce lieu gardé par des agents de sécurité postés dans un hall luxueux, et où les résidants vous laissaient entrer seulement après vous avoir parlé au téléphone. L'endroit était doté d'un jardin, maintenant laissé à lui-même, et d'une piscine mal entretenue. La dernière fois qu'il s'était baigné dans ses eaux troubles, il avait attrapé une folliculite.

Déménager ? Trop compliqué. Valait mieux s'évader dans les orchidées et les indices TSX ou NASDAQ.

Edgar déposa ses sacs et observa les lieux. La salle de bain luisait comme un sou neuf, de même que la cuisine. Il rangea rapidement le contenu de ses courses dans le frigo et s'assit à son ordinateur, angoissé à l'idée que le terrible crash boursier amorcé à la fin de la semaine précédente n'ait pris de l'ampleur. Ne pas paniquer et suivre l'évolution du marché avec calme. Allons donc voir comment se comporte la cote de Bombardier, réfléchit Edgar tout haut. Il entra son mot de passe pour découvrir, en ouvrant son compte de placements, que les actions de Bombardier avaient disparu. Il paniqua, éteignit et alluma son ordinateur à répétition jusqu'à ce que ce dernier ne réponde plus. Néant total, écran noir et silence absolu.

Il appela aussitôt le Dr Mac, Norbert de son vrai nom, qui était, comme à son habitude, d'aussi bonne humeur qu'une lèchefrite. Le docteur était occupé avec d'autres « patients ». Ça devrait attendre.

Edgar n'avait donc pas travaillé de l'après-midi. Sa promenade vers le fleuve l'avait une fois de plus conduit à la Capitainerie, où il avait partagé son souper avec Carmen et Margot. Celle-ci portait une robe noire évasée et des bas résille.

Pierrette, la blonde jaunasse, s'était éclipsée comme une lune de novembre en le voyant arriver. Les côte- lettes d'agneau au romarin, juste assez rosées, étaient accompagnées de purée de panais et de roquette brai- sée qu'il avait écartée, déclarant que cela lui rappelait les herbes qu'on donnait à manger aux vaches dans la ferme où il avait grandi. «Je crois honnêtement que la salade est avant tout destinée aux lapins, mais je fais parfois un effort pour en manger, car j'aimerais vivre jusqu'à cent ans, histoire de voir jusqu'où nous mènera la folie du monde.»

Carmen s'était esclaffée, alors que Margot avait vaguement souri. Edgar pensa qu'elle le trouvait stupide. La discussion avait pris une tournure intéressante lorsque Margot lui avait confié qu'elle avait déjà habité au Maroc. Elle y avait suivi son mari, qu'elle avait rencontré au Québec.

— On était étudiants à l'université. On s'est mariés pour qu'il puisse obtenir sa citoyenneté canadienne puis, curieusement, on est devenus amants. J'ai abandonné mes études en littérature française et j'ai travaillé comme serveuse pour nous faire vivre. Je l'ai suivi au Maroc en 1979.

— Et vous avez habité longtemps là-bas?

— Le temps d'apprendre à faire le couscous. Je me suis sauvée après six mois. La belle-mère était un peu envahissante.

— Je n'ai jamais mangé de couscous, répliqua Edgar.

Margot l'observa un moment, et il se sentit comme un extraterrestre.

— C'est très bon, commenta Carmen.

À la fin de la soirée, Edgar offrit aux deux femmes de marcher avec elles sur la passerelle menant à la rue Bord-de-l'eau.

— Merci, je vais prendre un *night cap* au bar avant de rentrer, répondit Carmen, qui reluquait un faux capitaine depuis un moment.

La soirée de septembre était fraîche. Edgar recouvrit de son veston les épaules de Margot tout en se trouvant ridicule. Elle lui sourit. Il fit un détour pour la reconduire jusqu'à sa porte, rue Quinn. Elle vivait dans une habitation à loyer modique.

— Vous savez, j'ai deux garçons dans la vingtaine et je travaille avec de jeunes étudiants pour les ménages industriels. Je m'amuse beaucoup avec eux, mais parfois on a envie de parler avec quelqu'un ayant nos références, mettons, ou aller voir un film pas trop violent. Les autres femmes de mon âge qui font des ménages, elles aiment pas le cinéma.

Edgar fouilla dans sa poche et trouva un reçu d'épicerie. Il y griffonna son numéro de téléphone et lui demanda si elle pouvait le lire.

Elle plissa les yeux.

— Je n'ai pas mes lunettes, mais je crois que ça devrait aller.

— Je travaille à de curieuses heures; en fait, je suis enchaîné à mon ordinateur, mais on devrait pouvoir trouver du temps pour le cinéma.

Cela devait bien faire dix ans qu'il n'avait pas embrassé une fille, qu'il ne s'en était même pas approché. Il lui déposa un baiser rapide sur la joue et poursuivit son chemin, qui le mena à sa tour d'habitation, amas de brique brune qui avait la prétention de vouloir gratter le ciel.

Nicolas revisite la notion de bonheur

La chaleur était étouffante dans le métro. À la station Berri-UQAM, Nicolas déplia sa carte de la Société de transport de Montréal. Il avait apporté quelques exemplaires de son curriculum vitae et les lettres de recommandation habituelles. Pour cet emploi d'étudiant, il cherchait du côté de sa passion : la gastronomie. Comme destination, il avait choisi un restaurant reconnu mondialement du Vieux-Montréal, rien de moins. Un resto réputé et prisé par les fines bouches au portefeuille bien garni. Lieu idéal pour bosser quand on voulait tout savoir de la nouvelle cuisine.

La façade du restaurant était élégante et invitante. On alla chercher pour lui un des deux propriétaires. À son regard, Nicolas comprit qu'il n'avait pas frappé à la bonne porte.

— Les étudiants que nous embauchons sont en formation dans des écoles d'art culinaire.

L'odeur qui venait des cuisines l'avait déjà ensorcelé. Il lui fallait voir ce lieu de mystères qui se cachait là tout près.

— Est-ce que je peux entrer ?

Le propriétaire fronça les sourcils.

— Les gens travaillent.

— Je ne dérangerai pas.

Nicolas insista.

Pour s'en débarrasser, l'autre céda en lui tendant un filet pour les cheveux et un tablier.

Les îlots de travail, la passe, la cuisinière au gaz à huit ronds. Toute une brigade était à l'œuvre. Cuisiniers, chefs, sous-chefs, garde-manger, marmitons, plongeur. Un boulot réglé au quart de tour. Pendant que l'un bridait une volaille, l'autre préparait une brunoise et un troisième ébarbait des crevettes crues.

Sur un bloc de boucher, des légumes attendaient d'être cannelés, d'autres d'être cuits à l'étuvée. Des mains habiles mondaient des pêches bien mûres. Dans les différentes poêles de cuivre mijotaient fond de veau, figues au thé et sirop de gingembre. Ail et oignons blondissaient en laissant échapper un bouquet familier. Florilège d'arômes, de fragrances et de fumet, la place était effervescente. Nicolas avait besoin de cette action, de vivre la transformation de primeurs en saveurs, de bovins en festins, de volailles en ripailles.

Le propriétaire scrutait son CV.

— Tu as arrêté tes études pendant un an?

— Oui, quand ma mère est morte.

La menterie était sortie comme dans le film *Les quatre cents coups* de Truffaut. Un petit mensonge de rien du tout. L'homme ne poussa pas la curiosité plus loin, de peur de frapper un nœud sensible qui pourrait le conduire devant la Commission des relations de travail. La maigreur du jeune homme trahissait un malaise. Sa passion apparente pour la gastronomie serait-elle une imposture?

— Qui vous a envoyé ici? demanda-t-il.

Nicolas prit la chose en riant.

— J'ai lu souvent des articles ou vu des émissions où on parlait de votre restaurant. Le grand chef n'est pas là?

— Non, le grand chef est allé se reposer.

Nicolas aurait espéré le rencontrer, plaider sa cause.

Un rayon de soleil accrocha au passage le fond de cuivre d'une poêle accrochée au mur. Nicolas y vit un signe du destin.

— Il doit bien y avoir quelqu'un pour frotter le cuivre.

— Oui, évidemment. Pour tout vous dire, le seul travail d'étudiant que l'on peut offrir, c'est la plonge.

La grimace se dessina malgré lui. Il la rattrapa avec un sourire forcé.

— Ça m'irait.

— Nous allons étudier votre CV et vous appeler au besoin. Inutile de nous rappeler.

Poliment, le propriétaire l'escorta dans le restaurant décoré de bois, de luminaires rétro, de lames de verre, de chaises au tissu riche, de nappes et de serviettes blanches, une touche de teintes potiron çà et là.

Déçu, Nicolas se dirigea lentement vers la station de métro. Sur un site Internet d'offres d'emploi, il avait vu qu'on cherchait des vendeurs dans quelques commerces de la Place Alexis-Nihon.

Dix-sept heures. Des rues et des trottoirs asphaltés montait une touffeur étourdissante. Dans les wagons, la foule était plus dense, plus fatiguée, plus impatiente, plus impolie.

Avec ses trois étages grouillants de gens indifférents, la Place Alexis-Nihon lui arracha le peu d'énergie qui lui restait. À un comptoir Van Houtte, il trouva assez de caféine pour carburer, le temps de distribuer ses curriculum vitae. L'endroit lui semblait déprimant en comparaison du restaurant visité plus tôt. Il maudit tous les Winners et les Zellers de ce monde avant d'aller y déposer sa mince tranche de vie.

Au métro Berri-UQAM, un itinérant lui quêta un dollar, un jeune prostitué lui fit une moue comme s'il représentait la compétition, un gardien de sécurité lui cria de dégager lorsqu'il resta coincé dans le tourniquet. «Après, le sac à dos, après avoir passé!» jappa l'employé du métro.

Un défilé étrange fit se retourner Nicolas. Fagotés comme des prisonniers, des étudiants garnis de crème fouettée déambulaient en file indienne, attachés les uns aux autres. Une initiation. Il s'inquiéta de ce qui l'attendait.

Une vieille femme à l'air indigne sortit un parapluie de son sac et fit pleuvoir une averse de coups sur un pauvre barbu qui n'avait pas pris de douche depuis des lunes.

Un agent de sécurité s'approcha et saisit le parapluie au vol.

— Qu'est-ce qui se passe?

— Il a tenté de me violer.

— Mais non, t'es bien trop laide, rétorqua le clochard.

Le gardien de sécurité encadra la vieille au parapluie qui répétait: «Je vous le dis, il m'a fait des avances.»

— Mais oui, mais oui, où habitez-vous?

— À Longueuil.

— Alors, prenez la ligne jaune et ne vous arrêtez pas.

Les tarés habitaient-ils tous Longueuil? se demanda Nicolas en pensant à son oncle Edgar qui ne sortait que deux fois par semaine et passait sa vie branché sur des titres boursiers. Une hibernation éternelle.

Et cette viande, toute cette viande qu'il ingérait comme un lion en captivité. À bien y penser, sous certains aspects, son oncle Edgar ressemblait au lion du jardin zoologique de Saint-Félicien. Il ne parlait pas, il rugissait; il ne mangeait pas, il s'empiffrait; il ne lisait pas le journal, il le froissait. Heureusement, leur horaire respectif était si différent qu'ils se croiseraient à peine. Et le vieux lui refusait l'accès à son ordi. Terriblement embêtant lorsqu'on n'a pas les moyens de se payer son propre Mac. Pour éviter que Micheline ne l'appelle constamment pour prendre des nouvelles de son fils, Edgar avait ajouté un second abonné à son forfait de téléphone mobile et lui avait offert un appareil rouge vif avec le minimum d'applications en lui indiquant que seuls les appels entrants étaient gratuits. Mais aucune ouverture possible du côté du Mac. Encore moins du côté du iPhone qui dormait dans un tiroir.

Dans le métro, il sortit *La plaisanterie* de Kundera qu'il avait trouvé sur la table du salon et commença à lire. C'était l'heure de pointe. Une femme enceinte lorgnait les voyageurs, sollicitant un siège du regard. Nicolas demanda poliment à un jeune homme branché à un iPod de céder sa place. L'autre lui lança un regard méprisant d'indifférence, haussa les épaules, s'avachit sur son siège et ferma les yeux.

Une brunette aux yeux verts qui observait la scène céda sa place à la mère en devenir. La brunette était jolie, un peu vaporeuse, et lisait un roman de Catherine Mavrikakis, *Le ciel de Bay City*. L'auteure, qui était professeure à l'Université de Montréal, devait lui enseigner la littérature.

À la sortie du métro, elle s'attarda dans l'escalier, espérant que Nicolas s'arrêterait pour lui parler. Il passa son chemin; aussi bien la décevoir tout de suite que plus tard, lorsqu'ils auraient fait connaissance.

Edgar, Bombardier et Vézina

Son Mac ayant repris du service vers dix-huit heures trente, comme par magie, Edgar se creusait la tête pour savoir comment ses actions de Bombardier avaient pu se volatiliser. En cliquant sur le répertoire des transactions effectuées pendant la journée, il put lire que tous ses titres de Bombardier, en rendement négatif depuis des années dans son portefeuille, avaient été vendus le matin.

— Merde! Comment ça a pu arriver?

Edgar se parlait à lui-même, supputant, subodorant et suant sur toutes les possibilités qui avaient pu le mener là. Il n'écarta pas la maladie d'Alzheimer tout en sachant qu'à cinquante-six ans, il n'avait jamais eu d'oublis sérieux jusqu'à ce jour. Une distraction? Avait-il cliqué sur le mauvais choix? La convention bancaire précisait bien qu'en cas de modifications, il fallait appeler avant dix-huit heures le jour même pour annuler la transaction. C'était foutu, il avait perdu cinq mille dollars qu'il ne récupérerait jamais.

Cela l'agaçait au plus haut point. Il composa le numéro du Dr Mac et fut accueilli par son répondeur. Service vingt-quatre heures sur vingt-quatre, annonçait le technicien dans les pages jaunes du bottin téléphonique. Belle duperie qu'Edgar supportait depuis des années. Être l'heureux propriétaire d'un Macintosh exigeait des sacrifices à la hauteur du produit. C'était comme posséder une Mercedes.

Une heure plus tard, le temps pour Edgar d'engloutir un litre de crème glacée Explosion de caramel de Häagen-Dazs, histoire de gérer son stress, le cellulaire vibra sur son bureau.

Affectant une courtoisie convenue, Edgar demanda à Norbert, le Dr Mac, s'il l'avait dérangé.

— Bien sûr que tu m'as dérangé, jappa Norbert. Ma journée de travail est finie !

— Les docteurs sont censés être disponibles jour et nuit pour les urgences.

— Sais-tu combien de chiâleux j'ai *flushé* cette semaine ? J'ai dix fois plus de clients que je peux en prendre.

Le Dr Mac avait en effet beaucoup plus de clients qu'il ne pouvait en prendre. Un client était déjà, pour lui, une atteinte à sa vie privée. Edgar laissa passer la tempête en se disant que Norbert était aussi misanthrope que lui, sauf qu'il ne se l'avouait pas. Sa vie aurait été tellement plus simple s'il avait seulement admis ce don de la nature.

— Bon, qu'est-ce qui ne fonctionne pas dans ton ordi ?

Ne sachant plus trop comment formuler sa question, Edgar réfléchit un peu et s'enquit d'un possible, voire inespéré ou inattendu, *bug* informatique qui aurait permis la vente d'actions sans son véritable accord. Le Dr Mac se mit à rire.

— T'as pesé sur la mauvaise touche en pensant à autre chose probablement. Ça arrive aux gens distraits.

— Mais je ne pense jamais à autre chose qu'à la Bourse. C'est ma vie. Je ne me souviens même pas d'avoir cliqué sur une case quelconque.

Edgar sentit de la pitié au bout du fil, pas de la sympathie, de la pitié. Norbert se fit un peu plus humain.

— Quelle compagnie c'était?

— Bombardier. J'ai perdu cinq mille dollars, j'avais acheté les actions à dix-neuf dollars, j'attendais que ça remonte pour récupérer un peu de mon argent.

— Dix-neuf dollars pour des actions de Bombardier! Il faut bien passer ses journées dans les finances pour acheter des actions de Bombardier à dix-neuf dollars.

— Ç'a déjà été bon, Bombardier.

— Ouais, quand tout le monde se promenait en *ski-doo*! Bon, c'est ben malheureux pour tes cinq mille dollars, mais le système n'a rien à voir là-dedans. Sur ce, je pars quelques jours à la pêche. Si t'as de vrais problèmes techniques, laisse-moi un message, je t'appellerai quand je reviendrai.

Edgar lança son téléphone cellulaire sur le divan et, trop contrarié pour s'intéresser au cours des actions, jeta un coup d'œil sur ses courriels. On voulait surtout lui vendre du Viagra ou allonger son pénis. François Vézina annonçait sa visite le soir même, et sa sœur Micheline l'implorait de laisser Nicolas utiliser son ordinateur le temps qu'il puisse s'acheter un portable. Lorsqu'il aurait un emploi, ce serait son premier achat. Elle lui donnerait même un coup de main.

Pas question, répondit Edgar à sa sœur. Il avait besoin de son ordinateur en tout temps, c'était son gagne-pain. Nicolas pouvait bien utiliser ceux que l'université mettait à sa disposition en attendant. Quelques secondes plus tard, son téléphone se manifesta. Comme il l'anticipait, l'afficheur indiquait le numéro de Micheline. Il éteignit l'appareil.

D'un amoncellement de documents, il tira un livre qu'il avait commandé en ligne pour comprendre pourquoi lui, qui ne voulait pas d'amis, en avait vu surgir cent lorsqu'il s'était inscrit à Facebook par curiosité. La plupart étaient d'anciens étudiants qu'il avait côtoyés au secondaire ou au cégep, quelques-uns de la faculté d'administration de l'Université de Sherbrooke, et Vézina, pas le chat, l'humain.

Il s'agissait du livre *The Cult of the Amateur* de l'Américain Andrew Keen, un homme d'affaires de la Silicon Valley. Paru en 2007 aux États-Unis, le livre avait été depuis traduit en français sous le titre *Le culte de l'am@teur, comment Internet tue notre culture*.

Edgar s'attarda à la quatrième de couverture et en lut quelques passages en diagonale tout en dégustant un espresso bien tassé. L'auteur américain accusait Facebook et MySpace de créer une culture de narcissisme numérique et affirmait que la génération YouTube n'avait pas envie de connaître le monde, mais seulement de s'exprimer dans une cacophonie grandiose où tous avaient une opinion sur tout et très peu de connaissances sur lesquelles la forger. Il dénonçait aussi le danger de l'anonymat derrière tout cela. Il est vrai que l'anonymat permettait bien des fantaisies. Edgar s'amusait entre autres à écrire des courriels anonymes à des «journalistes» blogueurs juste pour les critiquer et relever leurs erreurs. Et les triples imbéciles lui répondaient avec le plus grand sérieux, alors qu'ils ne savaient même pas à qui ils s'adressaient. Certains chroniqueurs reconnus et établis lui répondaient aussi. L'épistolaire virtuel occupait ses temps morts entre deux transactions.

Pour combler son vide existentiel, il fouilla dans un tas de CD et trouva son plaisir coupable. Il monta le volume des haut-parleurs et s'installa confortablement dans son fauteuil pour écouter les *Tounes du lait*, un bouquet de chansons populaires des années trente aux années soixante-dix mises en marché par la Fédération des producteurs de lait.

Il se laissa emporter par la chanson *Vivre en amour* de Luc Cousineau, qu'il écoutait lorsqu'il étudiait au cégep : « Vivre en amour tous les jours, s'aimer tout le temps, du moment que l'on sait que la vie se vit, sur la terre sans frontières, universellement. »

Il avait écouté cent fois cette chanson avec Marie, qui semblait déterminée à se marier, alors que lui... S'ils s'étaient mariés, ils ne seraient peut-être plus ensemble aujourd'hui. La preuve, Marie était divorcée. Il se laissa bercer par le rythme en arrosant ses orchidées, dont certaines reprenaient vie après leur déménagement. D'autres déprimaient à la perspective de l'hiver.

Il faudrait bien aller chercher le courrier, dit-il à une orchidée, pour s'efforcer de bouger.

Au sortir de l'ascenseur, Edgar évita de justesse madame Laplante, qui allait lui parler de son cher mari décédé avec qui elle gardait le contact grâce à une médium. Il se dirigea vers les boîtes aux lettres. Pendant qu'il élaguait la littérature de Canadian Tire, il entendit quelqu'un l'appeler par son nom. C'était Isabelle Rodrigue, qu'il avait connue lorsqu'il travaillait au ministère de l'Agriculture, des Pêcheries et de l'Alimentation du Québec, avant de comprendre que le travail de fonctionnaire, ce n'était pas pour lui. Isabelle était l'attachée de presse du premier ministre du Québec à cette époque-là. Il se souvenait assez clairement d'elle, surtout du fait qu'elle mangeait du tofu et buvait du jus de fruit à l'échinacée.

— Qu'est-ce que tu fais ici ? lui demanda-t-il pour être poli.

— Je travaille à la Fédération des producteurs de cultures biologiques de l'Union des producteurs agricoles, ici à Longueuil. Je suis gestionnaire, maintenant. Directrice des communications.

— Tu es *boss*?

— Si tu veux. J'habite ici en attendant que les rénovations de la maison que nous avons achetée soient terminées.

— À quel étage?

— Au sixième. Au 609, pas de vue sur le fleuve, mais sur un terrain de tennis qui est toujours vide. Pas de soleil non plus. Enfin, c'est temporaire.

— Au 609, c'est là qu'on a retrouvé le cadavre d'un ancien conseiller le mois dernier.

— Décédé comment?

— Il s'est suicidé.

— Et on a trouvé son corps où?

— Dans la baignoire.

Edgar vit que le coup avait frappé. Il avait senti un frisson passer dans le dos d'Isabelle Rodrigue. Il était assez fier de lui. Elle portait une serviette sur l'épaule. Edgar la regarda s'éloigner vers la piscine, s'abstenant de lui dire ce qui se cachait dans l'eau, en apparence claire, et monta se replonger dans ses titres boursiers.

La catastrophe anticipée prenait des airs d'ouragan. Le Dow Jones avait perdu plus de quatre cents points, la valeur de ses actions volait au ras des pâquerettes. Il aurait voulu s'arracher les cheveux, mais il en avait peu. Pour lui, la vie se calculait en profits et en pertes. Ses émotions, ses plaisirs, ses déceptions passaient par la Bourse. Il préférait évidemment les profits, même si les mauvais coups lui apportaient une certaine dose d'adrénaline, du moment que ça ne durait pas.

Pour se plonger dans une attitude plus zen, il déroula son tapis de yoga et pratiqua quelques étirements qu'il avait appris récemment, puis exécuta la salutation au soleil.

Il se trouvait assez souple malgré l'immensité de son corps. Mais le vide était toujours là, et il se coula dans la méditation pour descendre encore plus profondément. Suivant les préceptes du sahaja yoga, il se fit tremper les pieds dans l'eau tiède assaisonnée de sel de mer et fit monter trois fois sa kundalini en tournant les bras vers le haut. Ayant élevé son shakra à hauteur d'homme, il revint vers une réalité plus pragmatique. Vézina arriverait sûrement à l'heure du souper. Et il n'avait qu'un steak, immense, mais unique. Le carnivore en lui ne pouvait se résoudre à l'idée de partager son entrecôte bien lardée. Il repoussa le tapis de yoga dans un coin du salon et supputa les choix possibles. Il n'avait certes pas envie d'aller encore une fois à l'épicerie. Une immense purée de pommes de terre en accompagnement ferait l'affaire, avec quelques petits pois en conserve.

La chose étant réglée, il se riva, pour de bon cette fois, à son ordinateur. Le mystère de la disparition des actions de Bombardier demeurait insoluble, mais ce qui l'angoissait davantage était la dégringolade de tous ses autres titres.

Tout ce qui monte redescend et l'inverse aussi, se dit-il pour se consoler.

Vézina avait apporté un vin du Cahors, bien vieilli, un 1976, pas terreux du tout, qu'ils laissèrent décanter pendant qu'ils se fricotaient un steak aux trois poivres tout en se jetant une bière brune derrière la cravate. Façon de parler, les deux portant un chandail de tennis Lacoste noir. Edgar pour camoufler son immensité adipeuse, Vézina parce que ça faisait sportif, lui qui fréquentait le gym du YMCA trois fois par semaine.

— As-tu une blonde ?

— J'en ai eu plusieurs. Mais une à la fois, sinon c'est trop compliqué à gérer. Tu sais, j'approche de la quarantaine.

— Tant que ça ?

— Encore deux ans seulement.

— Et après ?

— Après, rien.

— Pas de mariage, pas d'enfants, pas de REÉR et pas de vacances en Floride ?

— En réalité…

La sonnerie du cellulaire de Vézina laissa sa phrase en suspens. Il s'éloigna un peu. Au ton de sa voix, Edgar réalisa que c'était la petite amie de l'instant et qu'il planifiait une partie de golf.

— Du golf ?

— Oui, je m'y suis mis pour recruter des clients et ça marche pas si mal.

— Pour en revenir aux filles, comment tu fais pour les séduire ? C'est une chose que je me suis toujours demandée : comment on séduisait les filles.

— C'est facile, tu les fais rire et tu leur prépares un repas.

— C'est tout ?

— Il faut quand même certains critères de base, comme la confiance en soi et une bonne hygiène.

— Bon, mais même si je prenais quatre bains par jour…

— Il faudrait aussi que tu t'asperges d'un nuage de cologne Monsieur, de Givenchy.

— Et être gros et chauve, ce n'est pas un handicap ?

— Curieusement, tu peux être chauve et bedonnant et attirer les filles. Il faut que tu leur portes beaucoup d'attention.

— Ah ! pis laisse donc faire le filles, t'es en train de brûler la sauce !

Pendant le repas, Edgar réagit en faisant le mariolle lorsque François Vézina lui demanda quelques suggestions de compagnies dans lesquelles investir. Edgar ne donnait jamais de conseils en la matière. Il sortit *Le discours de la méthode* de Descartes et lui en lut un passage : « Il est besoin d'un long exercice, et d'une méditation souvent réitérée, pour s'accoutumer à regarder de ce biais toutes les choses : et je crois que c'est principalement en ceci que consistait le secret de ces philosophes, qui ont pu autrefois se soustraire de l'empire de la Fortune, et malgré les douleurs et la pauvreté, disputer de la félicité avec leurs dieux. »

Vézina remplit son verre en sourcillant.

— Bon, si tu le dis. Mais la Bourse est en chute. Il paraît que c'est le temps de faire des bonnes affaires.

— La Bourse est un exercice solitaire. Certaines choses se partagent difficilement.

Comme un steak d'ailleurs, se dit-il en lui-même.

François Vézina disposait les petits pois verts, qu'il dédaignait, sur le bord de son assiette.

— C'est malheureux que notre chat ne soit plus avec nous, dit Edgar, il adorait les petits pois.

— Tu lui donnais des petits pois ! C'est ça qui l'a tué.

— Mais non, il est mort d'une peine d'amour, lança Edgar pour éviter d'avouer que Vézina le chat était effectivement mort de gourmandise.

— Une peine d'amour ?

— Oui, il s'était attaché à une de mes orchidées. Je le laissais même jouer avec elle autant qu'il voulait. Mais à force de se faire triturer et griffer, elle a fini par mourir et il a suivi peu de temps après.

Vézina était secoué. Edgar, de son côté, riait de lui avoir fait avaler pareille couleuvre.

Le téléphone cellulaire de Vézina sonna de nouveau. « C'est un client », dit-il en regardant l'afficheur. Excédé, Edgar s'empara du téléphone et répondit : « Je suis le secrétaire de monsieur Vézina, il est occupé, il vous demande de rappeler demain.» Puis Edgar glissa le téléphone dans sa poche.

— T'es venu ici pour chercher ton livre et souper, pas pour faire des affaires.

— T'es bien placé pour parler. Tu passes ta vie devant un ordinateur.

— Oui, mais je suis maître de ma vie. Même si, comme le dit Diderot, «nous croyons conduire le destin, mais c'est toujours lui qui nous mène».

Edgar fit cette profonde déclaration pendant qu'il raclait la sauce restante de son assiette avec un morceau de pain.

Vézina commençait à touiller la salade verte. Edgar l'arrêta d'un geste.

— Ça peut attendre, j'ai encore un petit creux, on va se commander une poutine de Pizzeria Longueuil, ça va te rappeler de bons souvenirs. Je vais aller chercher ton roman en attendant.

Vézina regarda l'amoncellement de livres épars dans le salon.

— Bonne chance.

— Je l'avais déposé sur la table à café. Où est-il passé?

Vézina se joignit à la recherche et il lui sembla qu'il y avait moins de poussière dans l'appartement que ce qu'il avait connu.

— J'ai eu la visite de techniciennes sanitaires dernièrement, expliqua Edgar.

— Ça a l'air amusant. Je devrais essayer ça.

Edgar s'attaqua à une pile de livres échafaudée sur le modèle de la tour de Pise, et le tout s'écroula comme un jeu de dominos. Il y trouva par pur hasard un livre qui l'avait légèrement diverti quelques années auparavant:

Derniers quarts de travail, un recueil de nouvelles portant sur des travailleurs qui décidaient cette journée-là qu'ils en avaient assez. L'auteure était une sombre inconnue. Il le montra à Vézina.

— Je connais son nom. Elle travaille dans une agence de presse avec mon cousin.

Nicolas et les odeurs désagréables

Dans le corridor de l'immeuble, la fusion des différentes odeurs de cuisine lui firent lever le cœur. Partager contre son gré les goûts culinaires des autres représentait pour Nicolas une offense. Ces effluves venaient l'envahir parfois jusque sous la douche par le ventilateur de la salle de bain.

Des rires et des éclats de voix provenaient de l'appartement d'Edgar. Ce qui étonna Nicolas. Les bras pleins, il frappa pour qu'on lui ouvre. Humant le parfum des épices, Edgar lui demanda s'il avait dévalisé le marché Jean-Talon.

— Si on veut, oui.

Assis devant la table à café, un type dans la trentaine feuilletait des livres. Il semblait chercher quelque chose. Il leva la tête.

— Bonsoir, je suis François Vézina. J'ai réussi à forcer la caverne de ton oncle pour récupérer un livre. Il m'a dit que tu étudiais en sciences politiques. Est-ce que le vieux Monière est toujours là ?

— Oui.

— C'est pas croyable !

— Il enseigne au deuxième cycle.

— C'est pas rien, quand on pense qu'il est plus vieux qu'Edgar.

Edgar le frappa légèrement dans les côtes.

— C'est à cause de types comme toi que je suis misanthrope. Je ne suis pas vieux, c'est toi qui es trop jeune, petit crisse !

— Vraiment ? demanda Nicolas en observant Vézina, qui semblait blindé contre les insultes d'Edgar. Peut-on être trop jeune ?

Vézina leva la tête en riant.

— Que comptes-tu faire après ton bac ?

Nicolas avait commencé à dégager le comptoir pour y déposer ses choses. Les restes de bifteck le dégoûtaient. Dans le frigo, il repoussa quelques vieux trognons d'oignons et de carottes pour ranger ses aliments.

— Je ne sais pas, répondit Nicolas. Je sais seulement que je devrai me brancher à un moment donné.

— Il n'y a pas d'urgence. Sciences po, selon moi, c'est justement pour ceux qui n'ont pas envie de se brancher à vingt ans. C'était mon cas.

La remarque offusqua d'abord Nicolas, qui dut admettre, tout compte fait, que c'était peut-être vrai.

— Est-ce qu'il y a de beaux gars au moins ?

Edgar lui avait déjà raconté sa vie. Il savait sans doute pas mal tout de lui.

— Pourquoi, ça t'intéresse ?

Edgar pouffa.

— Non, je ne joue pas dans le même club que toi, rétorqua Vézina l'humain. C'était uniquement à titre informatif.

Nicolas regarda la cuisine, découragé. Comment pourrait-il préparer un cari d'agneau dans de telles conditions ?

Le téléphone d'Edgar sonna. C'était le livreur qui attendait en bas. Edgar appuya sur la touche 9 et sortit son portefeuille.

La poutine était énorme.

— Tu vas la partager avec nous, proposa Vézina.

— Je n'aime pas la poutine, répliqua Nicolas d'un ton dédaigneux.

Il n'y pouvait rien. Juste de voir cet amoncellement de frites graisseuses arrosées de soi-disant sauce brune et de fromage en grains se fondant dans cette masse pâteuse le heurtait dans sa sensibilité.

Il jeta un regard sur l'ensemble de l'œuvre et fit une moue.

— C'est bon, de la poutine, dit Vézina, c'est le plat prolétarien par excellence. Lorsque je rencontre de nouveaux arrivants, je leur offre toujours d'aller déguster une poutine à la Banquise.

— Déguster... répliqua Nicolas en regardant la poutine comme si elle allait l'attaquer. On ne t'a pas convoqué à la Commision Bouchard-Taylor sur les accommodements raisonnables pour agir ainsi?

— Bon, ça va faire, trancha Edgar, pas nécessaire de faire une moue de dédain devant notre poutine. Nous autres, on n'aime pas les garçons, puis on fait pas de moue de dédain devant eux.

Vézina retint son souffle devant la remarque d'Edgar et s'esclaffa finalement en voyant que Nicolas prenait la chose en riant.

— Mais je ne mangerai pas de poutine.

Et il entreprit le grand ménage des lieux, avec un nettoyant tout usage d'abord. Il termina avec des lingettes tueuses de germes.

Edgar et Vézina, un lendemain de cuite

Au son d'un réveille-matin de cellulaire, Edgar se leva, encore éméché, l'estomac barbouillé, et sursauta à la vue de Vézina l'humain sur le futon. Étendu sur le dos, complètement immobile au milieu des orchidées, il avait l'air de reposer en paix, comme si son âme était déjà dans l'au-delà. Comme si elle avait rejoint celle de Vézina le chat.

Vézina avait dû annuler son rendez-vous galant de fin de soirée avec Madame cinquante ans et se résoudre à dormir sur le vieux futon qui occupait encore un coin du salon. Il n'eut guère le choix, la police de Longueuil ayant saisi sa décapotable alors qu'il sortait du stationnement de l'immeuble, dans un élan de testostérone, pour aller rejoindre sa douce. Son alcoolémie, pourtant pas si élevée à son dire, lui avait valu une comparution le lendemain au Palais de justice et la privation temporaire de son véhicule. C'est après cela qu'il s'était arrêté au dépanneur de l'immeuble pour acheter une caisse de Boréale rousse et qu'il était remonté discourir avec Edgar sur l'état du capitalisme.

Edgar secoua le dormeur, qui sortit des brumes.

— Il faut que tu te lèves, tu comparais au Palais de justice.

Vézina réussit à se rendre sous la douche et y passa un bon moment.

— Merde! Je n'ai pas de veston. Il paraît qu'il faut un veston pour se présenter devant un juge.

Edgar alla fouiller dans son placard et en trouva un qui datait de l'époque où il travaillait au ministère. Comme il y avait un certain temps de cela, la taille n'était pas quatre fois, mais seulement deux fois trop grande pour Vézina. Ce dernier se regarda dans un miroir en grimaçant, appela un taxi et courut vers l'ascenseur en disant à Edgar qu'il lui rapporterait sa veste en venant chercher *La plaisanterie* de Kundera.

Ah non! s'indigna Edgar après son départ, de la visite une fois aux cinq ans, ça va, mais là, ça commence à dépasser les bornes. La discussion de la veille l'avait épuisé. De la cuisine émanait une odeur d'épices orientales, de gras de steak et de restes de bière qui lui fit lever le cœur, qu'il avait pourtant bien accroché. Nicolas n'avait rien nettoyé après avoir concocté son cari pendant une bonne partie de la soirée. Il leur avait offert d'y goûter, mais Vézina et lui étaient trop ivres pour absorber toute nouvelle agape aux teintes exotiques.

Edgar n'avait ni le courage de se lever ni l'envie de se recoucher, trop soucieux d'aller vérifier quel mauvais sort lui réservait la Bourse en ce lundi matin. Il devait quand même se fouetter pour sortir de cette torpeur brumeuse et exécuta quelques étirements des bras et des jambes en position de yogi avant de s'aventurer dans la jungle de la cuisine. Il se préparera un café au lait d'une vigueur à lui faire exploser les neurones.

Sur le frigo, il trouva une note de Nicolas lui indiquant que Micheline désirait lui parler. Il la chiffonna avant de la jeter à la poubelle. Non, personne ne toucherait à son Mac. Il ramassa *Le Devoir* qui dormait sur le seuil de la porte et parcourut rapidement les grands titres. Rien d'excitant. Il tira plutôt celui du samedi de sous une pile. La une et deux pages intérieures étaient consacrées au marxisme qui semblait susciter de nouveaux débats, renaître de ses cendres.

La veille, Vézina et lui avaient longtemps discouru sur la nuance entre capitalisme et libéralisme économique.

— Contrairement à ce que tu crois, je ne suis pas devenu un sale capitaliste, avait dit Vézina, je pratique le libéralisme comme il a été établi à ses origines, c'est-à-dire un système qui permettrait à tout le monde de jouir de façon égale d'une meilleure qualité de vie, c'est tout. L'expression vient d'ailleurs du fait qu'on libérait les esclaves et les serfs et qu'on leur accordait un droit égal dans la communauté. Ce qui nous a conduits à la démocratie et à la liberté d'expression. Et aussi au libéralisme économique, qui n'a rien à voir avec le capitalisme, selon moi, ou avec le néolibéralisme qui se fonde trop sur la consommation.

— Ah bon, avait répondu Edgar. Pour la définition du capitalisme, c'est sans doute Al Capone qui avait raison.

Intrigué, Nicolas avait levé la tête de ses chaudrons pour entendre l'explication.

— Mais oui, avait poursuivi Edgar, selon Capone, le capitalisme était un racket légitime organisé par la classe dominante.

— Nos scandales financiers prouvent qu'il n'était pas loin de la vérité, acquiesça Vézina, qui avait fait des études dans le domaine. Mais je m'en tiendrai à la vision de l'économiste Karl Polanyi, qui a démontré que le capitalisme, par rapport à l'économie de marché, est un système qui est essentiellement basé sur le gain et qui règle la vie sociale, mondaine et religieuse. D'ailleurs, qu'est-ce qui pousse les policiers de Longueuil à traquer tout le monde, sinon la nécessité de remplir les coffres de la Ville? Voilà, je suis une victime du capitalisme sauvage.

— Tu fais bien pitié en effet, avait répondu Edgar, qui commençait à perdre un peu le fil de la conversation.

Mais voilà que, bien en verve, Vézina en remettait.

— Toujours selon Polanyi, la société est devenue un auxiliaire du marché. Au lieu que ce soit l'économie qui soit encastrée dans les relations sociales, ce sont les relations sociales qui le sont dans le système économique.

La conversation devenait intéressante pour Nicolas, mais c'est à ce moment-là que Madame cinquante ans fit savoir à Monsieur trente-huit ans, par message texte sur son cellulaire, qu'il pouvait oublier la partie de golf du lendemain, qu'elle ne croyait pas un mot de l'excuse laissée sur sa boîte vocale à propos d'une quelconque arrestation. Et qu'il n'était pas nécessaire non plus de la rappeler.

— De toute façon, ça n'aurait pas duré, dit Vézina, abattu, elle me trouvait trop jeune. N'empêche, son canard à l'orange et son bœuf bourguignon...

Au mot «bœuf», Edgar ouvrit grand les yeux.

— Puisque c'est fini, tu pourrais me donner son numéro.

Vézina le fusilla du regard.

— Non mais, regardez-moi ce vautour. Il n'en est pas question. Puis, peut-être qu'elle va changer d'idée. Qu'elle va me rappeler. Tu connais les femmes, elles changent souvent d'idée.

— Non, justement, je ne connais pas beaucoup les femmes, mais j'aurais aimé les connaître.

Vézina se dirigea alors vers le frigo pour y pêcher une énième Boréale rousse et ajouter à la cantonade :

— Tu sais pas les problèmes que tu t'évites, Nicolas, avant de se rappeler ce qu'Edgar lui avait raconté au sujet des déboires amoureux de son neveu.

Il se reprit.

— C'est pas que c'est plus facile avec les gars, c'est juste que ça doit être moins compliqué. Les femmes sont toujours en train de se questionner ou de nous questionner.

— Non, c'est vraiment pas plus facile avec les gars, avait répliqué Nicolas en faisant revenir des oignons.

*

Edgar fit mousser son lait et le mélangea au café. Les deux cachets d'ibuprofène qu'il avait avalés avec son jus d'orange commençaient à faire effet. Son mal de tête se dissipait. Enfin, la journée allait pouvoir commencer.

Le congé de dimanche avait ralenti la chute de la valeur des actions, mais voilà que la dégringolade reprenait de plus belle. Edgar sentit un léger étourdissement en voyant ses titres en baisse de 10 %. Il supputa un plan d'urgence, ne pouvant se résoudre à vendre des actions en perte. Il n'avait jamais vendu d'actions en perte. Ces derniers mois, il avait gardé peu de réserves dans les fonds monétaires, un secteur garanti. Il devait donc agir, quitte à perdre encore davantage.

Ce n'était pas son premier marché baissier, il en avait vu d'autres, en 1987, par exemple. Mais en 1987, il avait trente-quatre ans, venait d'avoir une promotion au ministère et se foutait bien de perdre quelques milliers de dollars. Et d'ailleurs, il en avait investi beaucoup moins à cette époque. Son pain quotidien ne dépendait pas de cela.

Pour faire passer le malaise qui lui serrait les tempes, il voulut ouvrir la porte du balcon, malgré la rumeur de la route 132, mais il n'eut pas le courage de déplacer le futon et décida plutôt d'aller du côté du corridor pour utiliser celle de la sortie d'urgence. La porte de l'appartement situé en face du sien était ouverte. Il n'y prêta pas attention d'abord et poursuivit sa route pour tenter de ventiler son cerveau toujours dans les vapeurs. Une bouffée d'air frais le ramena à la réalité du lundi matin. Un râle en provenance de l'appartement l'alerta. C'était l'homme qui souffrait d'emphysème et qu'on entendait râler la nuit en se demandant s'il allait rendre l'âme maintenant ou plus tard. Edgar s'approcha des lieux et vit le type étendu par terre. Celui-ci avait tout juste eu la force de ramper pour entrebâiller sa porte. Une terrible odeur de fumée de cigarette fit reculer Edgar. Le visage en sang, l'homme leva les yeux vers lui.

— Pouvez-vous appeler l'ambulance? La pile de mon téléphone sans fil est finie.

— Qu'est-ce que je leur dis?

— Dites-leur que je suis Alphonse Tremblay. Ils connaissent mon dossier: diabétique, cardiaque, épileptique. Je fais aussi de l'emphysème et je crois que je viens d'avoir une insuffisance cardiaque, ça m'est déjà arrivé.

L'homme avait une feuille de route chargée et le sens du diagnostic.

Edgar courut chercher son cellulaire, puis composa le 9-1-1. On n'en finissait plus de lui poser des questions. Le patient était-il conscient? Semblait-il manquer d'oxygène? Lui avait-il touché? Avait-il sa carte d'assurance-maladie avec lui? Le système médical ne lui étant pas familier – il tentait de l'éviter pour éviter la maladie, justement –, Edgar finit par s'impatienter et réclama qu'on envoie du secours.

— L'ambulance est en route, monsieur. Vous devez rester calme et demeurer avec le patient jusqu'à ce que les ambulanciers arrivent. Je reste en ligne avec vous.

Pendant ce temps, son café refroidissait. La mousse allait retomber.

— Vous devriez descendre les attendre en bas, lui dit le malade, qui savait tout de même diriger les opérations de sauvetage. Je ne pourrai pas leur ouvrir, mon téléphone ne marche pas.

Pure évidence, se dit Edgar, qui se dirigea d'un pas rapide vers l'ascenseur. Un nouvel étourdissement le força à s'appuyer contre le mur, mais il repartit en courant. Un déménagement au douzième étage bloquait l'un des deux ascenseurs.

La voix au bout du cellulaire lui demanda où il était et s'il y avait quelqu'un avec le patient. Elle commençait à lui pomper l'air sérieusement, celle-là.

— Comment puis-je aller ouvrir la porte et rester avec le patient?

— Les ambulanciers sont arrivés. Ils sont devant l'immeuble. Allez devant la porte et ouvrez-leur.

Edgar avait l'impression d'entendre la voix d'un GPS comme il y en a dans les taxis. «Tournez à droite, rue Saint-Charles, roulez encore sur cent pieds, tournez à gauche, vous êtes rendu à destination…» Me prend-elle pour un demeuré ou quoi?

En effet, les brancardiers étaient là. Il ouvrit la porte pour les accueillir, mais il se rendit compte qu'il n'avait pas sur lui sa carte magnétique pour l'ouvrir de nouveau vers l'intérieur et il resta coincé dans le portique avec l'équipe de secours impatiente. Madame Laplante passa finalement pour aller faire sa lessive, comme chaque lundi matin.

— Je vais porter mon panier et je reviens vous ouvrir, dit-elle avec nonchalance.

Edgar eut beau lui montrer les ambulanciers, crier que c'était urgent, madame Laplante poursuivit son chemin et revint deux minutes plus tard.

Au bout du fil, la femme lui demandait pourquoi on n'ouvrait pas la porte aux techniciens de la santé. Désespéré et peu accoutumé à jouer au bon Samaritain, Edgar passa son cellulaire à l'un des brancardiers qui fit savoir à la dame qu'on était maintenant dans l'immeuble et qu'on monterait bientôt dans l'ascenseur.

Comme il n'y avait pas de place dans la cabine pour la civière, les deux ambulanciers et Edgar, il leur indiqua l'étage et le numéro d'appartement. Il entreprit de monter les onze étages qui le séparaient de chez lui par l'escalier, ce qui lui permettrait de se délester de sa lourde tâche d'assistant en soins d'urgence. Il avait déjà assez donné pour la journée, considérait-il.

Après s'être arrêté à chaque palier pour souffler comme un cheval poussif, Edgar arriva enfin au onzième étage, juste à temps pour croiser le diabétique-cardiaque-épileptique-fumeur-sportif de salon. Le malade n'eut pas un regard pour son sauveteur, tout affairé qu'il était à surveiller si le transport en civière se faisait selon les règles.

Enfin chez lui, Edgar s'écrasa sur son sofa et sombra dans un sommeil comateux. En se réveillant vers midi, il vit que ses orchidées, spécialement les *cymbidiums*, manquaient de soins. Il les arrosa, les nourrit, les bichonna et se gava de leur parfum avant même de penser à prendre une douche. Il se laissait volontiers voler beaucoup de son temps par ses compagnes florales qui, elles, n'étaient pas volages. En fait, elles étaient en quelque sorte ses maîtresses. Il se mit à chanter cette vieille romance de P. Bayle et G. Claret en taillant les hampes florales avec son sécateur : « Si tu n'étais pas là, comment pourrais-je vivre ? Je ne connaîtrais pas ce bonheur qui m'enivre… Comment pourrais-je vivre si tu n'étais pas là ? »

Il se décida enfin à laisser tomber sa robe de chambre pour entrer sous la douche. Son téléphone cellulaire glissa de sa poche. En le ramassant, il vit qu'il avait manqué un appel. Il prit le message. C'était la voix de Margot.

Combien de temps est-il resté assis à recomposer le mot de passe de sa boîte vocale pour écouter son message, encore et encore ? Une heure, peut-être ? Entendre le son de sa voix ? Vingt fois au moins : « Oui Edgar, c'est Margot. J'appelle pour prendre de vos nouvelles, voir comment ça va. J'ai bien aimé notre petit repas de l'autre soir et j'espère qu'on va pouvoir renouveler cela le plus tôt possible. Je serai à la maison dans le courant de l'après-midi. Alors, si vous avez une seconde, appelez-moi. »

Une légère hésitation au bout du fil, puis elle dicta doucement son numéro de téléphone comme s'il se fût agi d'un haïku et termina sa poésie par un simple *bye* rempli de chaleur.

Edgar n'était pas vraiment surpris de cet appel ; il ne s'agissait que d'aller voir un film, finalement, ou de manger ensemble comme deux adultes un peu seuls. Une sortie, une discussion, peut-être une balade sur la piste cyclable avec un arrêt chez le glacier, le temps d'une crème molle trempée dans le chocolat belge, pendant qu'il était encore ouvert les jours de beau temps.

La bouteille de shampoing était vide. Merde ! Edgar sortit de la douche tout dégoulinant. Peut-être le neveu, qui semblait vouloir se transformer en tache d'encre, en avait-il dans sa chambre. Mais oui, une bouteille pleine de Kérastase pour cheveux fins ! La jeunesse ne se mouchait pas avec de la pelure d'oignon.

En s'essuyant, Edgar constata que ses cheveux – en fait, le peu qu'il en restait – étaient plus soyeux.

Il s'entoura d'un drap de bain, évitant le reflet de son gigantesque corps dans le miroir, et se rasa en se demandant si, à la parfumerie de la Place Longueuil, on pourrait trouver le fameux Monsieur de Givenchy. Avec les précautions nécessaires pour éviter que Nicolas ne remarque qu'on avait utilisé son shampoing, Edgar remit la bouteille à sa place sur la commode et porta les yeux sur un court texte écrit à la main sur un papier parchemin. Un poème.

À Simon :
Quand j'aurai pissé de mon corps toutes les larmes
Je pourrai te dire ce que je ressens, ce que je pense, ce que
    je regrette
Avant toi je n'avais jamais eu de regrets
Je cajole ma douleur
Je m'encense de nos extases défuntes
Et j'essaie d'en faire des deuils à tout jamais
Pour que meure enfin cette douleur

Joyeux, comme prose, se dit Edgar en se demandant si le jeune finirait par s'en sortir. On sentait qu'il y mettait un effort surhumain et pourtant, souvent, il donnait l'impression qu'il allait s'effriter comme un vase de cristal au premier choc. Sans l'ombre d'un doute, l'amour était fatalement risqué, bien plus que la Bourse. Et ça pouvait faire plus mal encore. Mais on devrait pouvoir trouver quelque chose entre les deux. Un genre d'attachement, d'amitié, d'entente réciproque, d'engagement de non-engagement, quoi. Il faudrait qu'il en parle à Vézina.

La question amoureuse ainsi soupesée, Edgar se demanda s'il devait rappeler Margot. Oui, bien sûr, ne serait-ce que par politesse. Elle n'arrivera pas avec une proposition de fiançailles, quand même. Et si ça devait être le cas, il pourrait toujours prendre ses jambes à son cou.

Intimidé, il décida de profiter du fait que Margot n'était pas chez elle pour laisser sur son répondeur un message clair qui indiquerait ses intentions. Dans un discours qui ne dura pas plus de vingt-cinq secondes, il réussit à dresser ce qu'il considérait comme un topo exact de la situation. Il aimerait bien sûr la revoir, mais il ne pouvait pas s'engager dans une relation au-delà de cela en raison de son travail qui lui demandait beaucoup de son temps et de son énergie. Il attendait donc avec plaisir son appel.

Assez satisfait de lui-même, il se dit que les boîtes vocales et les courriels étaient de belles inventions. Qui favorisaient la veulerie, certes, mais de belles inventions tout de même.

De s'être libéré d'une tâche aussi lourde lui avait causé un petit creux. Il trouva une poêle encore propre au fond d'une armoire et se fit cuire deux œufs miroir et une tranche de jambon. En ouvrant le congélateur pour y prendre son pain blanc, sans grains, il vit, alignés, sept contenants Tupperware marqués du nom de Nicolas, identifiés par la date et le contenu.

Tiens donc, je vais goûter au cari d'agneau, se dit Edgar en déposant le contenant sur le comptoir pour faire dégeler l'œuvre du neveu. Si je n'aime pas cela, j'irai me chercher un steak. Nicolas avait un cours le lundi soir; cela donnerait à Edgar tout le temps nécessaire pour déguster sa cuisine indienne.

Même si son iMac l'attendait désespérément, Edgar retardait le plus possible le moment de l'ouvrir. C'était la première fois en dix ans, soit depuis le jour où il avait décidé de vivre de ses gains, qu'il ne se «rendait» pas au travail, en franchissant la distance entre son sofa et son bureau. À la radio, on parlait de chute importante du Dow Jones, du TSX, du NASDAQ. Chaque jour s'ajoutait un nouveau scandale financier, quand ce n'était pas des gestionnaires de compagnies qui quittaient le bateau avant qu'il coule, dotés de millions de dollars en primes de départ.

Comme il avait décidé de laisser le nettoyage de la cuisine à Nicolas, qu'il ne voyait pas la nécessité de ranger l'appartement puisque la chose avait été faite deux semaines auparavant, il se sentit un peu désœuvré.

Du balcon, il contempla le fleuve bordé d'arbres aux couleurs de l'automne. Il se laissa séduire par une marche sous le soleil, mais il choisit d'aller plutôt du côté de la rue Saint-Charles, où se succédaient, les uns à la suite des autres, cafés, terrasses et restaurants.

Il fréquentait rarement les endroits publics parce qu'ils étaient publics, justement, qu'on y trouvait du monde, et que le monde, il l'avait constaté depuis longtemps, l'agaçait. Pour siroter son café en paix, il entra à la tabagie, où un vieux bougon se spécialisait maintenant dans la vente de billets de loterie pour faire vivre son commerce. Il acheta *Le Monde*, dans lequel il se plongea tout en buvant un cappuccino à la terrasse de la charcuterie du Vieux-Longueuil.

Son téléphone vibra. Il était seize heures. C'était sûrement Margot. Il ne savait pas quoi lui dire, alors il la laissa en compagnie de la boîte vocale. Ce serait plus simple de la rappeler.

Le message était bref. Elle était chez elle. Elle attendait son téléphone. Il écouta le message dix fois. Il n'y avait pourtant rien à y décrypter. Aurait-il espéré qu'elle lui dise que, vu ses conditions à lui, elle n'avait pas de temps à perdre? Ou qu'elle non plus n'avait pas beaucoup de temps à elle? Alors, ce serait parfait. On irait au cinéma, on discuterait un peu et on rentrerait chacun chez soi. Mais le message ne laissait rien entendre du genre. Seulement deux phrases anodines, prononcées d'une voix chaude et lénifiante.

Nicolas et les actions de Bombardier

Peuplade d'ignares ne sachant pas accorder leurs participes passés, baiseurs d'un soir munis de condoms à saveur de fruits, le tiers des étudiants en sciences politiques le décourageait. Après deux semaines, Nicolas en avait assez des partys d'initiation ou de bienvenue conjugués au présent et toujours sans futur.

Ce soir, je vais me cuisiner quelque chose et continuer la lecture de *La plaisanterie*, se dit-il en sortant de la bibliothèque quasiment déserte en ce dimanche après-midi.

Muni de ses deux sacs écolos, il prit le métro pour se rendre au marché Jean-Talon, mais avant il composa le numéro d'Akand, son ami indien.

— *Hello*, répondit Akand en anglais.

— Bonjour, c'est Nicolas.

Cela demanderait du temps et de la patience, mais aujourd'hui il lui parlerait seulement en français. Il trouvait admirable la façon de travailler d'Akand, qui enregistrait tous ses cours sur magnétophone et en retranscrivait ensuite le contenu. Chaque soir, il passait des heures à vérifier chacun des mots qu'il ne connaissait pas dans le dictionnaire. Et, pendant ses trajets de métro, il avait déjà lu deux romans en français que lui avait suggérés Nicolas. Pour le baigner de culture québécoise, il lui avait proposé de lire les trois tomes de *Charles le téméraire* d'Yves Beauchemin en format de poche. Nicolas croisait souvent l'auteur du *Matou* au métro Longueuil, mais il n'avait jamais osé lui adresser la parole. Il l'avait même suivi une fois en marchant sur la piste cyclable jusqu'à son domicile situé dans le quartier patrimonial de Longueuil.

Quand Akand en aurait fini avec Beauchemin, il pourrait passer à Stéphane Dompierre ou à Éric Dupont, auteurs de romans d'autofiction, plus jeunes et plus près des préoccupations contemporaines, c'est à dire d'eux-mêmes.

De son côté, Nicolas était fasciné par la richesse de la culture d'Akand, dont les parents avaient fréquenté l'écrivain Salman Rushdie. Akand vivait chez sa cousine à Montréal, et c'est par elle que Nicolas avait appris à cuisiner le cari.

Depuis deux semaines que Nicolas partageait l'appartement d'Edgar, jamais il ne l'avait vu faire autre chose que transiger des titres sur son iMac blanc, qu'il gardait jalousement, et manger. Le lendemain de son arrivée, frustré d'être privé d'ordi, Nicolas avait profité du fait qu'Egdar était retourné se coucher pour zyeuter ces fameux titres boursiers assez fascinants pour vous couper du reste du monde et vous enchaîner à l'écran d'un ordinateur. Un série d'actions de compagnies défilait sur une page remplie par ailleurs de cotes, de graphiques et de cases où on pouvait lire : acheter, vendre. Pour s'amuser, Nicolas cliqua l'option « vendre » sur la ligne de Bombardier. On lui demanda s'il voulait confirmer la transaction et il répondit oui. Voilà, s'était-il dit, spéculer à la Bourse est très simple.

Edgar et Margot

Ces choses-là arrivent de façon insidieuse. Le premier symptôme fut une douce panique, puis, chose impensable chez Edgar, il perdit l'appétit. Pas d'un seul coup. Cela se passa en deux ou trois jours. À la place du creux perpétuel qui habitait son estomac, il ressentit un mouvement d'ailes de papillon. Il se nourrissait de jus de légumes, de café et d'un biscuit Whippet à l'occasion. Même un officier de bouche du XVIIᵉ siècle n'aurait pu le convaincre de goûter un peu de ceci ou de cela. La situation était assez dramatique en effet. Lui qui tenait pour acquis depuis longtemps que les émotions et les sentiments relevaient d'un passé lointain, il tentait de se raisonner.

Il passait maintenant vingt heures par jour dans les titres boursiers, sans manger puisqu'il n'avait plus faim, sans sortir puisqu'il avait peur de croiser Margot, sans dormir plus de trois ou quatre heures par nuit parce qu'il avait perdu le sommeil. Et pourtant, il était plein d'une énergie inquiétante. Un soir, malgré sa phobie des infections cutanées, il se jeta dans la piscine et nagea jusqu'à en perdre le souffle, qu'il avait déjà court.

Lorsqu'il sortit, épuisé, il crut qu'il serait tout juste capable de se traîner jusqu'à son lit et de sombrer dans un sommeil profond. Arrivé au onzième étage, la fébrilité des derniers jours le reprit, et il se résigna à répondre au dernier courriel de Margot, qui lui avait offert une semaine plus tôt d'aller prendre un verre à un nouveau bar de la rue Saint-Charles. Un bar qui avait de la classe, avait-elle précisé. Mais avant, il accomplit un exercice de méditation pour tenter de dompter la bête en lui et expédia un message texte à Vézina l'humain pour lui décrire sa panique en cent soixante caractères. C'était la première fois qu'il écrivait un message texte, et il dut s'y prendre à dix fois, le clavier de son cellulaire étant minuscule, et ses doigts, énormes. Il était trop gêné pour aborder la question au téléphone, et un courriel pouvait retarder le temps de réponse. Il mit une éternité à trouver le point et ne mit jamais la main sur l'apostrophe. Le texto donnait à peu près ceci : « Vézina, il y a une femme qui veut prendre un verre avec moi. Je tente de l'éviter. Je ne sais pas quoi faire. Réponds par courriel. E ». Il aurait aimé signer son nom au complet pour être certain que Vézina sache que c'était bien lui, mais les cent soixante caractères du texto ne le lui permettaient pas.

Quelques minutes plus tard, un bip sonore lui signifia que Vézina avait bien capté son message : « xpliq ca dans cour liré tou suit a+ ». C'était succinct, mais Edgar comprit qu'il fallait faire des compromis sur la syntaxe si on voulait s'en sortir dans la même journée. La fin ressemblait plutôt à une formule d'algèbre.

Il se servit un verre d'eau et commença de rédiger son courriel. « Depuis trois semaines, je tente de gagner du temps. J'ai peur, voilà. Je suis terrorisé. J'ai perdu l'appétit. Le sommeil se résume à quelques heures. J'ai un vide à la place de l'âme. Une femme, que je ne connais à peu près pas, peut-elle, à elle seule, causer tout cela ? Si c'est le cas, autant fuir tout de suite, c'est inquiétant. »

Vézina, qui ne faisait habituellement pas dans la dentelle et qui ne voyait aucune raison d'éviter une femme, lui répondit sans coup férir. «Dans la vie, on prend ce qui passe. Surtout quand on a une vie plate comme la tienne. Vas-y, fonce, tout ce qui peut arriver, c'est un peu de bonheur. Et si la dame réclame une bague de fiançailles, tu pourras toujours prendre tes jambes à ton cou. Elle ne doit quand même pas s'intéresser à toi comme ça, sans raison, tu as bien dû l'encourager un peu. A+ FV :)»

Pas si plate que ça, ma vie, réfléchit Edgar en jetant un regard affectueux sur ses orchidées qui ne disaient rien, ne demandaient rien, sauf un peu d'eau et de soleil. Il dut admettre toutefois que c'était lui qui avait initié l'échange sous forme de courriels. C'était lui qui, pendant la nuit, prenait plaisir à lancer à Margot des messages de plus en plus invitants, sans même s'en rendre compte. Il anticipait ses réponses avec un certain plaisir. Tout en se disant que c'était une forme de discussion agréable qui n'irait peut-être pas plus loin, qui ne le compromettrait pas.

Il ressentit un brûlement d'estomac, une irritation désagréable. Mon estomac est en train de se digérer lui-même, pensa-t-il en s'efforçant de boire un verre de lait.

Nicolas tombe pour la deuxième fois

Nicolas remonta la rue Jean-Talon vers le marché. Il avait hâte de revoir cet endroit qu'il adorait. De plus, Akand viendrait le rejoindre. Ils s'étaient donné rendez-vous au kiosque de pâtisseries marocaines dans l'édifice central.

Fasciné par tant de formes, de couleurs et d'odeurs, Nicolas n'avait pas assez de ses yeux pour suivre le mouvement de cette corne d'abondance d'automne, de ces milliers de tomates italiennes en cageots, de ces épis de maïs qu'on avait mis à bouillir dans de grandes marmites et qui vous appelaient à la dégustation. Le mélange de grains blancs et jaunes roulé dans le beurre et qu'on salait à outrance, le jus de pomme fraîchement pressé qui arrivait à atténuer cette abondance de sodium, le glacier qui promettait un délice aux marrons…

Nicolas s'arrêta ensuite au comptoir de crêpes françaises pour observer le mouvement de va-et-vient de la raclette, qui transformait la pâte claire en cercles minces comme des feuilles de papier aux pourtours croquants. Cela lui rappela les hosties que le vicaire distribuait aux communiants lorsqu'il allait à la messe parfois.

Vendredi, il commencerait son travail de plongeur et même d'assistant-chef occasionnel au Bleu Raisin, rue Saint-Denis. La réponse tardait à venir du chic et prétentieux resto du Vieux-Montréal, alors il avait opté pour cet endroit branché à la cuisine raffinée du terroir qu'il avait découvert dans le *Guide des restaurants de Montréal*. Pour commencer, il laverait la vaisselle, mais il pourrait observer le chef au travail et accomplir de petites tâches comme couper les légumes, préparer les desserts.

En attendant Akand, Nicolas entra dans la fromagerie Hamel. Jamais il n'avait vu pareille quantité de fromages, tant québécois qu'européens. Il se laissa tenter par une dégustation de pied-de-vent des îles de la Madeleine qui troubla d'abord ses papilles par sa robustesse, mais qui, finalement, s'avéra délicieux.

Devant un étal de maraîchers, il s'indigna du prix du panier de bleuets du Lac-Saint-Jean. Si les cueilleurs qui s'éreintent à longueur de journée voyaient cela, ils en auraient pour longtemps à «bavasser», comme dirait son père.

Un léger sentiment de panique, d'insécurité, l'envahit en pensant à sa famille là-bas. Lui qui avait tellement hâte de partir, voilà qu'il se prenait à s'ennuyer. Mais le va-et-vient des femmes voilées transportant leurs cabas le ramena dans cette mosaïque colorée. Ses jambes commencèrent à trembler légèrement. La douleur au ventre, symptôme indéniable, réapparut. Il était en manque et ne savait pas s'il pourrait même atteindre le banc là-bas, devant le kiosque du fleuriste. Tout près, un marchand dont le comptoir était peu achalandé l'observait. Nicolas avait besoin de prendre des comprimés de Seroquel.

— Je suis diabétique, dit-il à l'homme. Pouvez-vous m'aider à m'asseoir? Je dois prendre mon médicament.

Le producteur de légumes le soutint jusqu'au banc et lui offrit une bouteille d'eau.

Comblé par cette attention, Nicolas reprit ses sens et attendit que le maraîcher retourne à son commerce avant de sortir ses comprimés.

Tranquillement, le tumulte s'atténuait. Devant lui, les hémérocalles, les marguerites blanches et les tournesols géants le calmaient, le ramenaient sur la terre ferme. Il ferma les yeux et écouta les bruits de la foule. Une fillette goûtait son premier cornet de tire d'érable et trouvait cela « magnifique ». En arabe, une voix de jeune fille parlait timidement, avec tendresse. Nicolas ouvrit les yeux et la vit, marchant près de son amoureux, sans lui tenir la main. Un mesquin sentiment de jalousie l'envahit. Le bonheur des autres le mettait en colère. Comme si on lui volait quelque chose qui aurait dû lui revenir. Il fallait qu'il travaille là-dessus, lui avait dit le thérapeute en désintox.

À dix-neuf ans, Nicolas avait été analysé, « thérapisé », soigné, exposé aux junkies de carrière, forcé de partager son mal de vivre en groupe.

— Bonjour, je m'appelle Nicolas, je me suis gelé pendant six mois pour me guérir d'une peine d'amour.

— Pour échapper à une peine d'amour, pas pour la guérir, lui avait rétorqué Johnny Bouchard, au corps tatoué, et dont le nom de la dernière blonde avait été effacé en partie au laser. Cependant, on pouvait encore le lire facilement, comme une peinture en *pentimento* : Nathalie.

Nicolas avait surtout été blessé par le rejet, par l'abandon de celui qu'il aimait, qu'il aimerait encore longtemps. Chaque jour, il tentait de ne pas en vouloir au monde entier, qu'il trouvait passionnant par ailleurs – pas comme son oncle Edgar, vieil ermite qui prenait plaisir à haïr la race humaine. Tant de gens asociaux vivaient dans ces cages à poules, des centaines de personnes seules, qui se côtoyaient quotidiennement en se saluant à peine et qui, sitôt la porte refermée, allumaient la télé pour avoir de la compagnie. D'autres, comme son oncle qui tolérait mal le bruit, s'acharnaient à habiter ce navire mal ancré et à se plaindre des voisins et des portes qui claquent.

— Pourquoi? avait demandé Micheline à son frère lorsqu'elle était venue conduire Nicolas à Longueuil.

— Hum… c'est pratique, en face du centre commercial, pas loin du métro, si jamais j'ai envie d'aller à Montréal. Rien à m'occuper. Des voisins anonymes. Ça me convient.

Micheline n'avait pas insisté, sachant bien qu'Edgar avait toujours été un Janois atypique, rejetant les soirées de famille, les institutions religieuses, s'isolant dès qu'il le pouvait. «Je ne sais pas d'où il vient, celui-là, disait souvent la mère d'Edgar. Il n'est pas capable de se mêler aux autres. On pourra même pas en faire un prêtre.»

Ce n'était pas faute d'avoir essayé: on l'avait envoyé étudier au juvénat des Frères de l'instruction chrétienne. Edgar avait été sauvé par le rapport Parent et la réforme scolaire. Plus besoin de faire semblant d'avoir la foi pour étudier.

Nicolas ouvrit les yeux et aperçut son ami Akand qui le secouait doucement. Il s'était assoupi sous l'effet du médicament.

— Ça va?

— Oui. Il y a longtemps que tu me cherches?

— Non, j'ai vu que tu n'étais pas au bon endroit, répondit Akand en choisissant ses mots judicieusement et en parlant très lentement, alors j'ai fait un tour et je t'ai vu. Es-tu malade?

— Un mal de tête, ça va mieux.

— As-tu commencé ton texte sur la politique internationale?

— Oui.

— Ça doit être cela qui t'a donné mal à la tête.

Nicolas rit.

— *Then*, par où on commence ?

— Par une pâtisserie marocaine.

Ils optèrent pour des cornes de gazelle avec un thé à la menthe. La finesse de la pâte d'amande combinée à celle de la fleur d'oranger les combla. Très sucré, le thé à la menthe eut un effet stimulant qui leur fournit l'énergie nécessaire à la découverte de l'Inde sous sa forme la plus envoûtante : celle des arômes. Akand commandait les épices comme d'autres commandent un Big Mac, les sentait, observait la texture, la couleur pour s'assurer de la fraîcheur, de l'authenticité.

— Tu sais qu'on vend du safran américain à un dollar le paquet. Il n'y a pas de vrai safran là-dedans. C'est ma cousine qui me l'a dit.

Le sac rempli de gingembre frais, de cardamome, de coriandre aux allures de persil plat effiloché, de clou de girofle, de riz basmati, de légumes, il fallut encore acheter un pain nan dans lequel Akand mordit sans attendre.

La soleil faisait éclater le rouge de la canneberge, le vert du chou, le jaune de la citrouille, cohabitant tous dans une joyeuse harmonie. Attirée par le temps des récoltes, une foule dense et de bonne humeur occupait toute la place. Akand offrit à Nicolas de s'asseoir à une terrasse pour prendre une bière. Craignant l'effet du mélange avec le Seroquel, celui-ci déclina.

Assommé par le médicament, Nicolas avait envie de rentrer chez lui, enfin chez son oncle, pour se reposer. En même temps, il se plaisait beaucoup en compagnie d'Akand. Ce dernier avait des yeux sombres et un regard profond. Il était cultivé, raffiné, s'intéressait à tout et ne passait pas son temps à reluquer les seins ou le cul des filles comme le faisaient la plupart des gars de son département. Ceux qui n'étaient pas gais, en tout cas.

Akand lui posa quelques questions sur l'histoire du Québec. Il s'agissait pour lui d'un État si plein de possibilités, d'une insouciance presque arrogante, où aucun tabou ancien ne semblait altérer la vie qui filait à un rythme fou, mais organisé.

À son arrivée, il était complètement dépaysé. Avec Nicolas, il avait appris à apprivoiser la ville. Son nouvel ami apprenait en même temps que lui. Au Canada, il pourrait trouver du travail alors qu'en Inde, toutes les portes semblaient se fermer.

— Je vais rentrer, dit Nicolas, je dois m'emparer de la cuisine avant que mon oncle y fasse brûler son steak.

Nicolas regarda Akan s'éloigner tandis qu'il installait les écouteurs de son iPod. Il marcha jusqu'à la station Jean-Talon au rythme d'une chanson de Pierre Lapointe.

Une fois dans le métro, il lut sur un panneau interactif qu'un film sur Harvey Milk, politicien gai des années soixante, jouait au Quartier latin.

En déambulant dans la rue Saint-Denis, vers le cinéma, il se fit aborder par un vendeur qui lui offrit des *speeds*. Une sensation d'étouffement s'empara de Nicolas, qui se sauva en courant avec ses deux sacs, le désir de consommer étant encore plus fort qu'il ne le croyait. Sinon, pourquoi fuyait-il? Il se retourna pour voir s'il n'avait rien perdu de son précieux contenu et s'assit sur un banc en face du cinéma. Les larmes lui montèrent aux yeux. Pour se laver de la menace qui avait failli le détruire de nouveau, il sortit sa bouteille de désinfectant Purell et se frotta les mains et les avant-bras avec vigueur, comme s'il pouvait ainsi se débarrasser de cette drogue dont il était encore possédé comme du démon.

Il n'y a pas si longtemps, un peu plus de trente ans seulement, dans un Los Angeles en pleine explosion, un homme qui s'était porté à la défense des droits des homosexuels s'était fait tirer à bout portant par un autre politicien. Ce dernier s'en était sorti avec une peine très clémente, prétextant que son régime alimentaire composé de *junk food* était responsable de son double meurtre. Le maire de la ville de Los Angeles avait été abattu du même coup. La malbouffe a toujours été mauvaise pour la santé, disait la mère de Nicolas.

Le cœur d'Edgar a ses raisons que la raison...

Dix kilos en deux semaines, constata Edgar en montant sur le pèse-personne. Le tumulte de son sentiment amoureux refusait de s'apaiser. Le doute ou l'amour était en train de le faire fondre. Pour que cessent un court instant ses angoisses et ses questionnements, il se jeta dans les titres boursiers. Le matin, il s'était rendu compte en écoutant la radio qu'il se trouvait maintenant dans le cercle des moins quarante, c'est-à-dire de ceux qui avaient perdu plus de 40 % de leurs actifs en Bourse au cours des derniers mois.

Tout en sachant qu'il dépendait uniquement de ses revenus boursiers, il avait été d'une témérité et d'un optimisme peu communs au cours de la dernière année. On était riche, on ne l'était plus. On était à peine à l'aise. Ça devait être cela, la vie. Et ce maudit titre de Bombardier qui était disparu. Acte manqué, perte de mémoire, distraction? Très déroutant. «Comme c'est curieux, comme c'est bizarre et quelle drôle de coïncidence», songea-t-il en se rappelant *La cantatrice chauve* qu'il avait montée au cégep de Jonquière et dans laquelle jouait Marie.

Ses nouveaux voisins se querellaient encore. Il composa le numéro du bureau de gestion de l'immeuble après avoir frappé dans le mur à quelques reprises sans résultat.

— Vous savez, Edgar, on habite en communauté, il va falloir vous y habituer un jour, répondit le surintendant.

— Eux autres, le savent-ils qu'ils vivent en communauté ? Si tu viens pas les faire taire dans la minute, je défonce leur porte ou j'appelle la police. Ou les deux, c'est ton choix.

Furieux, Edgar raccrocha. Il s'empara d'une poêle, en fonte cette fois, et frappa au moins dix coups contre le mur de la cuisine. Épuisé, il s'effondra sur le divan, défoulé. Il faut que je me branche au sujet de Margot, admit-il. Il voulait d'abord savoir à qui il avait affaire. La meilleure façon était d'appeler Carmen, qui avait laissé son numéro de téléphone au cas où il aurait besoin d'un « vrai grand ménage », avait-elle dit, comme si celui de la dernière fois était une répétition. Il allait lui demander de venir nettoyer l'appartement. Ainsi, il serait tout à son aise pour mener sa petite enquête.

Carmen, qui avait justement besoin de changer son réfrigérateur, ne se fit pas prier pour accepter une journée complète de grand nettoyage.

— Vous savez, dit-elle, je suis passée aux produits bios, alors les agents nettoyants avec sulfates et phosphates, je n'en utilise plus. J'ai entendu dire que les femmes de ménage sont exposées à toutes sortes de produits pas bons pour elles, monsieur Edgar. Il semblerait qu'avec tout ce qu'elles respirent, elles ont deux fois plus de chances que les autres d'avoir un cancer. Imaginez, vous ne voudriez pas que je meure d'un cancer.

— Justement, j'ai un produit pour vous, dit-il, fier de sortir le nettoyant biologique que Pierrette avait dédaigneusement poussé au fond de l'armoire à balais.

— Mais ce n'est pas la sorte que j'utilise normalement. De plus, ça prend un produit pour les vitres, un pour les meubles, un autre pour la salle de bain. On peut les trouver à la pharmacie tout près. Si vous me permettez, je fais un saut et je reviens dans quinze minutes tout au plus. Qu'en pensez-vous?

Voilà qu'on le consultait maintenant. Ce qui l'obligeait en plus à être d'accord. Il tendit quarante dollars à Carmen.

— La dernière fois, vous avez fait du café avec des biscuits, c'était bien.

— Je n'ai plus de biscuits, vous pouvez en acheter si vous voulez.

Carmen le regarda d'un air préoccupé.

— Pas de biscuits? Mais vous avez maigri... Vous êtes malade, c'est pour ça qu'on vous voit plus à la Capitainerie. Un cancer? Quel type? Quelle phase?

Décidément, Carmen perdait de sa retenue tout à coup.

— Non, non, pas de cancer. Je fais attention, c'est tout.

Peu convaincue, Carmen tira la porte du frigo. Bonne fourchette elle-même, ce qu'elle vit lui fit peur. Du yogourt, du rapini, des salsifis, du tofu.

— Vous me direz pas que vous mangez ces affaires-là, ça ne vous ressemble pas du tout.

— Non, c'est à mon neveu.

— Mais qu'est-ce que vous mangez alors?

— Pas grand-chose.

— Pas grand-chose? Je pense que je vais acheter quelques aliments et vous cuisiner un bon repas. Qu'est-ce que vous en pensez?

La voilà qui lui demandait encore son avis. Il était à court d'arguments. Il prit l'urne contenant Alexandre Robillard et la soupesa comme il le faisait quand il avait une décision à prendre.

— Ah non! Pas lui. Voulez-vous me remettre ça à sa place!

Elle s'empara de l'urne et passa un chiffon dessus pour enlever la poussière avant de la remettre sur une étagère.

— Bon, qu'il repose en paix. Un bon steak, ça vous ferait plaisir ?

— Non, je ne crois pas. Des biscuits, ce sera parfait.

— Je comprends, c'est la maudite Bourse qui vous a mis le moral à terre. Si vous pouvez pas me payer tout de suite, c'est pas grave. Je viens de toucher mon chèque de B.S. Je peux attendre un peu.

— Mais non, Carmen, c'est pas ça. Allez acheter vos produits, puis inquiétez-vous pas pour moi.

C'était fatigant à la fin tous ces égards, surtout qu'ils n'étaient pas sollicités.

Carmen sortit enfin. Il l'entendit fermer la porte de l'escalier d'urgence de son bras vigoureux et se rappela qu'elle était claustrophobe.

Pour être bien certain que Carmen n'allait pas reprendre la conversation à son retour, il se plongea dans les titres boursiers qui avaient eux aussi le moral dans les talons cette journée-là. Tout était en négatif. La petite perte de cinq mille dollars du mois de septembre faisait symbole de goutte d'eau dans cet océan de rouge, mais elle continuait de le chicoter. Tout ce qui monte redescend, se dit-il pour la centième fois avant d'entendre trois coups discrets à la porte. Ça ne pouvait être Carmen, qui avait le bras autrement plus puissant.

Il s'enquit de l'identité du visiteur. « Tire la chevillette, la bobinette cherra », répondit une voix enchifrenée. C'était Isabelle Rodrigue en robe de chambre, un sucrier vide dans les mains.

— J'ai le rhume et je n'ai plus de miel pour ma tisane. En aurais-tu ?

— Est-ce que j'ai l'air d'un apiculteur en mal d'abeilles ? Je te conseille d'aller butiner à l'épicerie. Il ne sera peut-être pas certifié biologique, mais tu risques d'en trouver.

— Ça me tente pas de m'habiller, j'ai la fièvre.

— OK, je vais aller voir sur l'étagère du neveu. Il serait du genre à avoir du miel.

Il en trouva en effet un pot.

— Ton neveu habite ici ?

— Oui, en attendant qu'un appartement lui tombe du ciel.

Pendant qu'ils discutaient, il tentait de retracer sur les bras, malheureusement trop couverts, ou la poitrine d'Isabelle Rodrigue, les traces d'une folliculite. Mais non, c'était loupé pour l'infection. Comment se faisait-il que les autres semblent épargnés ?

Elle prit le contenant dans lequel Edgar avait transvidé du miel et le remercia.

— J'aurais autre chose à te demander. J'aurais besoin d'une femme de ménage. En connais-tu une ?

— J'en connais trois. Elles se font appeler des techniciennes sanitaires.

— Des quoi ?

— Des techniciennes sanitaires.

— Ah bon !

Même si Edgar ne l'avait pas invitée à entrer, Isabelle Rodrigue étira le cou discrètement pour évaluer les résultats tangibles du passage d'une technicienne sanitaire. L'aspect des lieux n'était pas concluant.

— Justement, j'en ai une qui est ici aujourd'hui. Mais elle est trop occupée. Je vais plutôt te recommander Margot, dit-il du ton de celui qui connaît tout du personnel d'entretien. Il écrivit son numéro de téléphone sur un papier et le tendit à Isabelle.

— Dis-lui que c'est moi qui t'envoie, énonça-t-il sur un faux ton de confidence. Et paie-la en argent comptant.

— C'est entendu. Je te remercie.

— C'est ça, puis soigne-toi pas trop, ainsi ton congé va durer plus longtemps.

Edgar n'eut pas le temps de refermer la porte que Carmen arrivait les bras chargés, le visage cramoisi d'avoir monté les onze étages. Elle lui jeta un coup d'œil pour voir s'il comptait l'aider un peu à se délester. Mais il était déjà retourné à son écran.

— Par où voulez-vous que je commence ?

— Ma chambre peut-être, dit-il, pour l'éloigner un temps. Après, vous pourrez vous concentrer sur la cuisine.

— Bonne idée.

Elle sentait qu'elle était de trop dans l'aura d'Edgar, qui avait installé ses écouteurs et battait la mesure. Il cogitait sur la façon dont il pourrait aborder Carmen à propos de Margot.

Cinq auditions consécutives de *Take Five*, sa pièce de jazz préférée, le rendirent de meilleure humeur. Il décida donc de préparer du café pour Carmen, qui avait acheté des biscuits aux brisures de chocolat. Il regarda le contenu : pas de gras, pas de sucre, presque pas de calories. Des biscuits à rien. Il en goûta un et grimaça.

— Vous les aimez pas ? Vous m'avez dit que vous faisiez attention. Alors…

Carmen sortait de la chambre, plumeau à la main.

— Ils seront peut-être meilleurs avec du café. Je vous fais signe lorsqu'il est prêt. Nous pourrons discuter un peu.

— Si c'est pour me parler de diète, je ne suis pas bonne là-dedans. J'en ai essayé une pis une autre, et vous voyez le résultat. Alors, comptez pas sur moi pour vous aider. Les régimes et moi, on est fâchés.

— Je vous comprends.

Me voilà à dire que je comprends les gens, pensa Edgar, qui se croyait démuni de toute compassion.

Dans *La Presse,* un entrefilet rapportait que l'organisme américain de refinancement hypothécaire Fannie Mae, mis sous la tutelle des pouvoirs publics, avait de nouveau enregistré une perte de 23,2 milliards au cours du dernier trimestre. Cette compagnie et une autre, Freddie Mac, étaient en grande partie responsables des déboires actuels d'Edgar.

Carmen jeta un œil intéressé sur le Mac d'Edgar.

— Ça va-tu si mal que ça dans le monde des affaires?

— Eh bien, si je vous disais que l'ensemble des banques dans le monde devraient perdre à peu près trois mille milliards de dollars pendant la crise et que, juste aux États-Unis, ça devrait être autour de six cent milliards, qu'est-ce que vous en pensez?

— Je pense que ça fait beaucoup d'argent. Et dire qu'il faut se surveiller quand on réussit à aller se chercher un petit cinquante piastres par semaine en faisant des ménages à quatre pattes, pour pas qu'on nous coupe notre B.S.! Vous savez, on peut pas arriver juste avec l'aide sociale.

— Je sais. Asseyez-vous, je vais vous servir votre café. Un sucre ou deux?

— Au moins trois. J'ai besoin d'énergie.

— C'est pas avec les biscuits que vous avez achetés qu'on va dépasser notre quota de sucre.

Carmen s'esclaffa. Quand elle riait, ses bras, son menton, ses seins bougeaient au rythme de la cascade qui montait en crescendo de sa gorge profonde.

Le sujet vint tout naturellement, finalement.

— Je crois que Margot s'intéresse à mon cas.

— Ah oui? Elle ne m'en a pas parlé. Il faut dire qu'elle a une vie amoureuse plutôt active, mais elle est discrète.

— Alors, comment savez-vous qu'elle a une vie amoureuse aussi active?

— Ça circule, ces nouvelles-là. Elle se cache pas non plus. On sort dans les mêmes endroits. Puis, des fois, quand on fait des ménages ensemble, elle nous parle un peu de ses conquêtes. Elle est déjà sortie avec un gérant de banque, il voulait la marier. Elle est allée à l'université, Margot, pas longtemps à cause du mariage, mais elle y est allée quand même. C'est toute une tête, Margot, puis travaillante.

— Alors, pourquoi elle s'intéresserait à moi ?

— On a quatre possibilités : a) Elle veut peut-être vous avoir comme client. b) Elle trouve que vous faites pitié parce que vous êtes toujours tout seul. c) Elle aime aller voir des films puis elle sait que vous aimez ça aussi. d) Elle vous trouve de son goût.

— Ouais, ça fait pas mal d'options. Je ne fais pas pitié parce que j'ai choisi la solitude. Je ne pense pas qu'elle veut seulement aller voir des films. On peut aller au cinéma tout seul. J'y vais souvent, moi.

— Mais vous sortez presque jamais d'ici.

— Admettons. Il nous reste les choix a ou d. Elle veut m'avoir comme client ou elle me trouve de son goût. Comment peut-elle me trouver de son goût ?

— Ça, je le sais pas.

Se rendant compte de sa gaffe, Carmen mit la main sur sa bouche.

— Je veux dire, on peut pas juger pour les autres. Elle vous voit peut-être des qualités que vous-même ne savez pas que vous avez.

— Et le gérant de banque, il n'avait pas les bonnes qualités ?

— En tout cas, il y en avait une qu'il avait pas.

Carmen réprima un rire nerveux.

Edgar ne s'aventura pas plus loin.

— Avant de savoir si Margot s'intéresse vraiment à moi, j'aurais besoin de quelques informations sur elle. Comme son âge, et si elle voit quelqu'un en ce moment.

— Pour l'âge, elle est pas mal coquette, et si elle a un chum présentement, je le sais pas.

— Pourriez-vous vous informer un peu tout de même ?

— Oui, je fais ma petite enquête et je vous déballe ça dès que je le sais.

— Je vous remercie. Et surtout, soyez discrète.

— Oui, bien sûr.

Sans s'en rendre compte, Carmen avait grignoté la totalité des biscuits, sauf un, qu'Edgar avait toujours devant lui, à peine touché.

— Vous n'avez vraiment plus d'appétit, mon pauvre monsieur Edgar. Hier, j'ai cuisiné des côtelettes de porc pour mon chum ; voulez-vous que je vous dise comment je les prépare ?

— Pas maintenant. Vous avez un chum ?

— Oui, mais on habite pas ensemble, sinon je perdrais mon B.S. Puis ça me laisse mon indépendance. Vous savez, après cinquante ans, les hommes y se plaignent tout le temps. Ils cherchent une infirmière.

— L'autre jour, à la Capitainerie, vous aviez pourtant pas l'air de quelqu'un qui avait un chum.

— Ah ! le gars au bar. Je vous l'ai dit, je vis pas avec mon chum. Ce qu'il sait pas, ça lui fait pas mal.

En retournant à son ordinateur, Edgar se dit que finalement il n'y avait que les femmes de ménage qui possédaient un certain bon sens dans ce monde. En plus, elles faisaient œuvre utile. Il se ravisa légèrement lorsque Carmen fonça sur lui avec sa serpillière en lui disant de se tasser « s'il vous plaît » sur un ton qui ne laissait pas place à la réplique. Il repoussa sa chaise en maugréant.

Nicolas et sa prof sympathique

La salle bourdonnait. Remplie de filles à 90 %. Ce qui était rassurant pour Nicolas, un des rares gars à avoir choisi le cours d'Éléonore Lépinard parce que le sujet l'intéressait.

Sa professeure avait fait des études post-doctorales en sciences politiques en France et au Québec, et elle donnait le cours «Femmes et politique» depuis peu. Les autres garçons de la classe avaient ajouté le cours à leur panier en croyant que ce serait facile et que ça leur permettrait de le coincer entre deux séances de travail au McDo puisqu'il était en début de matinée. Akand, lui, avait opté pour ce choix à la suite des recommandations de sa mère politicienne.

Nicolas balaya l'assistance du regard. Il repéra Valérie, avec qui il faisait équipe dans un projet sur Simone Veil, l'ancienne ministre française rescapée d'un camp de concentration. Curieusement, Valérie et Nicolas s'étaient connus au travail.

Dans la jeune trentaine, Éléonore Lépinard portait un pantalon ajusté et un chandail noir moulant. Les cheveux courts, elle faisait à peine plus vieille que ses étudiantes. Avant d'avoir un poste permanent à l'Université de Montréal comme professeure, elle avait enseigné un peu en France, puis avait choisi le Québec, ou le Québec l'avait choisie en lui offrant un poste.

Ni Valérie ni Akand n'étaient au courant du combat quotidien que menait Nicolas pour s'affranchir de sa dépendance. S'étant presque convaincu que son histoire était somme toute banale, Nicolas tentait de faire ce que le thérapeute du centre lui avait dit: relativiser, relativiser, relativiser. Mais quand on a vingt ans et qu'on est persuadé que le monde tourne autour de soi, il n'est pas aisé de le faire. Pour certains, la vie offre deux options, lui avait également dit le thérapeute: a ou b. «Pour d'autres, comme toi, ce sera toujours plus compliqué parce que tu es d'une nature complexe. Il faudra que tu domptes tes passions.»

Nicolas n'avait pas envie de dompter ses passions. Il voulait vivre, se gorger d'ivresse, mais sans *crystal meth*.

À la fin du cours, Éléonore Lépinard fit un geste vers Nicolas et Valérie.

— J'aimerais discuter avec vous de votre projet. Il me semble un peu ambitieux pour un travail de première année de bac.

— Je suis désolée, c'est impossible pour moi aujourd'hui, lança Valérie en ramassant ses notes, je dois passer chez moi avant de me rendre au travail.

— Et toi, Nicolas?

— Il n'y a pas de problème.

— Alors, après le lunch, vers treize heures trente, à mon bureau.

Éléonore Lépinard mettait en garde ses étudiants de première année qui, généralement, sous-estimaient l'ampleur de leurs projets ou le temps qu'ils avaient à y consacrer. Elle avait sélectionné les projets les plus intéressants pour commencer et comptait rencontrer leurs auteurs, qui lui semblaient très hardis dans leur démarche. Nicolas et Valérie étaient de ceux-là.

L'enseignante fit un détour par la cafétéria et gagna ensuite son bureau, où des piles de projets l'attendaient. Elle regarda celle du milieu, celle du ventre mou, et ça la découragea. Le ventre mou, c'était ceux dont elle ne pouvait aucunement saisir la raison de la présence dans un lieu de savoir comme l'université. Ils représentaient au moins 30 % du groupe. Pas de réaction de leur part, pas de participation, pas de motivation, des travaux médiocres, des notes médiocres.

Tout en picorant sa salade flétrie, Éléonore jeta un coup d'œil sur les projets qui lui avaient été présentés. Elle prit celui de Nicolas et Valérie. Chargé, mais bien documenté. Une bibliographie impressionnante. Auraient-ils le temps de lire tout cela, compte tenu des lectures obligatoires de son cours et des cours de ses collègues ?

Dans le cadre de la porte se pointait, avec dix minutes d'avance, son étudiant qui portait un sac à dos bourré de livres, un café dans une main et un carnet dans l'autre. Il attendit qu'elle lui dise de s'asseoir, puis, avant de le faire, il s'approcha d'elle et tira sa chaise avec ce qui s'appelle de la galanterie, un terme devenu suranné. À quel spécimen, jamais rencontré au Québec, avait-elle donc affaire ? S'essayait-il à la « cruiser », comme on disait ici ? Tout de même...

Elle en était encore à découvrir les étudiants québécois, leur mentalité, leurs valeurs. Ils arrivaient à l'université à dix-neuf ans, sortis le plus souvent directement de chez papa, maman. Parfois de leur propre piaule, après s'être jetés dans la vie sans filet ou avoir été poussés hors du nid familial après un divorce qui avait mal tourné ou à l'arrivée d'un nouveau conjoint.

Le téléphone retentit. C'était un collègue de France qui voulait discuter d'une possibilité de collaboration.

— On ne peut pas se parler maintenant, lui répondit Éléonore, je suis avec un étudiant. Après, j'ai une réunion de département. J'en ai au moins jusqu'à seize heures. Je peux t'appeler à vingt-deux heures à ton heure.

Nicolas s'intéressait beaucoup à la France. Il l'avait visitée lors d'un voyage organisé avec le cégep trois ans plus tôt.

— Quelle différence y a t-il entre les jeunes de là-bas et nous? demanda-t-il en se frottant les mains, se retenant pour ne pas sortir sa bouteille de Purell. Il avait touché le bouton d'ascenseur, la porte du bureau, la chaise de madame Lépinard, comme il l'appelait. Une armée de germes, quoi. L'offense qu'il pourrait causer en se purifiant les doigts le retint toutefois.

— Je vous trouve plus optimistes ici. En France, j'ai l'impression qu'il n'y a pas de discours, pas d'histoire. On fait des études et on ne sait pas pourquoi. Il faut dire que nous sommes dans une période difficile. Ma génération, et ce sera sans doute la même chose pour la tienne, sera la première de l'histoire à connaître une baisse de qualité de vie par rapport à celle de ses parents. Mes parents ont travaillé fort, mais à mon âge, ils étaient installés et c'était réglé pour la vie.

Le discours des trentenaires, se dit Nicolas, qui commençait à trouver ces «vieux» un peu épuisants.

— Et nous, ici, comment on est? Comment trouvez-vous les jeunes?

— Je trouve qu'il sont tout petits, répondit-elle en souriant. Pas toujours sûrs de ce qu'ils veulent faire. À vingt ans, je ne savais pas non plus ce que je voulais faire dans la vie. Mais à vingt ans, on ne va pas bosser, quand même. Alors, je me suis inscrite à la fac. Ensuite, j'ai entrepris des études supérieures en sciences politiques. C'est plus tard que la chose m'a passionnée.

— Je ne suis pas certain non plus de ce que je vais faire. C'est la politique qui m'intéresse. Pas les politiciens, la politique.

— Tu as peut-être raison. J'ai lu votre projet sur Simone Veil. Très intéressant, mais…

Éléonore Lépinard eut à peine le temps de faire sa mise en garde que Nicolas l'avait convaincue avec ses arguments. Valérie et lui pourraient très bien se tirer d'affaire avec Simone Veil. Il disposait d'un argumentaire solide. Il avait déjà passé à travers la moitié des livres, des articles de journaux, des témoignages, et Valérie devait en avoir fait autant. De cela, il n'était pas sûr, mais il l'espérait. Sinon, elle pourrait consacrer plus d'efforts à la rédaction et à la correction. Valérie maîtrisait très bien le français. Elle avait même offert à Akand de corriger ses travaux.

Il s'apprêtait donc à repartir avec la bénédiction de l'enseignante, qui lui dit avec un brin de regret qu'elle aimerait avoir toute une classe comme lui. Nicolas sentit bondir son orgueil. Éléonore Lépinard s'efforçait d'intéresser ses étudiants de premier niveau à la vie politique, de ne pas se laisser influencer par le ventre mou. La prochaine cohorte compterait environ quatre cents étudiants de premier niveau. Combien participeraient à la gouvernance de la société, comme devait les y préparer l'université ?

— Vous êtes une bonne professeure, l'assura Nicolas avant de lui serrer la main.

Dehors, un tapis de feuilles donnait envie de s'étendre, de se rouler en boule et de s'endormir pour longtemps. Les arbres offraient un rempart solide contre la dérive qui envahissait soudainement l'âme de Nicolas. Il s'appuya à un arbre centenaire pour lire sur le camp de concentration où avait séjourné Simone Veil. Elle en avait été marquée pour la vie, espace ce qui avait fait d'elle une survivante rebelle. En décembre 1974, elle avait fait adopter, en sa qualité de ministre de la Santé, la Loi Veil autorisant l'avortement en France.

C'est d'abord la beauté du visage, la quiétude du personnage qui l'avait frappé lorsqu'il avait vu la politicienne à la télé parler du procès de Klaus Barbie, l'officier allemand qui avait envoyé des milliers de juifs dans les camps. Nicolas avait huit ans et il avait de la Shoah l'image de centaines de rescapés morts-vivants, décharnés, aux yeux hagards. On dit qu'en temps de grands conflits humanitaires ou au lendemain d'une guerre, les jeunes ne se suicident pas. La vie prend soudain beaucoup de valeur. Il y a de l'espoir.

Akand le tira de sa lecture. La gang se rencontrait pour souper dans une brasserie. La gang, c'était lui, Valérie et Charles, le nouveau flirt de Valérie.

Le cellulaire rouge vibra ; c'était son oncle.

— Il n'y a plus de *Wall Street Journal* à la tabagie, peux-tu essayer d'en trouver un au métro Berri ?

— Il sera trop tard, je vais souper avec mes amis.

— Ah bon ! Fais attention en traversant la rue, ne parle pas aux étrangers et n'accepte pas de bonbons non plus, ils pourraient contenir de la drogue.

Et Edgar raccrocha en ricanant.

*

À la brasserie, la discussion tournait autour du pot de bière.

— La politique et la religion, ça n'excite pas beaucoup de monde ici, commenta Akand. Qu'est-ce qui vous intéresse ?

— Le hockey du Canadien dans le cas de Valérie, lança Nicolas.

Il n'avait jamais aimé le hockey et avait souffert toute son enfance de se le faire imposer par télé interposée. Nicolas se plaisait à se moquer de la passion de Valérie, qui ne jurait que par les joueurs russes, surtout l'un d'eux, qui s'appelait Kovalev.

— J'aimerais bien regarder un match de hockey, dit Akand.

— Dès que la saison commence, on te fait signe, rétorqua Valérie, tout excitée à l'idée d'éduquer un futur partisan.

Nicolas aurait voulu l'étriper. Si Akand tombait dans le cercle vicieux du hockey, il risquait de perdre sa culture, son âme. En fait, il entrait dans un autre clan. Et Nicolas craignait d'être délaissé.

— Go Habs Go! Go Habs Go! s'exclama Valérie.

Charles reprit de plus belle.

— Go Habs Go! Go Habs Go!

— Débiles, se contenta de lancer Nicolas.

Et il tira sa révérence.

— La *puck* roule pas de son bord aujourd'hui, conclut Valérie.

Au métro Berri-UQAM, Nicolas donna une pièce à un paraplégique. Il n'avait jamais vu de gens quêter avant d'arriver en ville. Il n'avait jamais vu d'itinérants non plus au Saguenay. Encore moins d'itinérants joyeux qui vendaient un journal dans la rue, qui s'appelait *L'itinéraire*. Aurait-il pu lui aussi aboutir dans la rue s'il avait continué sa descente en enfer?

Il écarta cette sombre pensée.

La faim, celle qui l'avait abandonné pendant une année, était bien de retour, et il saliva à l'idée de se faire réchauffer une portion de cari d'agneau. Évidemment, l'oncle Edgar serait là, il était toujours là. Mais il était un peu plus flexible depuis quelque temps. Il n'était pas tout à fait sauvage parce qu'il avait un ami. Un ami qu'il voyait une fois aux cinq ans, mais il avait un ami. Encore une semaine ou deux à se faire petit, le temps d'une première paie, de se trouver un coloc, et il pourrait enfin quitter la banlieue.

Comme il n'avait pas accès à Internet chez Edgar, et qu'en plus il n'y avait pas de télévision, Nicolas s'empara du *Devoir* qui traînait sur une chaise, se réfugia dans sa chambre non sans avoir jeté un coup d'œil dans la cuisinette qui était, sans surprise, dans le même état désastreux que la veille. La chose était sous-entendue entre son oncle et lui: Nicolas devait dorénavant s'occuper de l'entretien. À plusieurs reprises, Edgar lui avait souligné avec quel professionnalisme l'appartement avait été nettoyé après son arrivée.

Adossé à la tête du lit, Nicolas se plongea dans le journal pour y lire, dans la section Économie, qu'un ex-président de grande corporation, en faillite, avait touché une prime de départ de 17,5 millions US. Son salaire au cours de ses sept derniers mois à l'emploi de l'entreprise avait été de 7,5 millions US.

Nicolas eut un goût amer dans la bouche. « Une telle prime de départ, commentait un représentant syndical, est carrément scandaleuse et immorale, d'autant qu'il fut l'un des grands architectes du fiasco de cette compagnie. » Cette compagnie, son père Joseph y gagnait sa vie comme ouvrier depuis plus de trente ans.

Nicolas pouvait entendre Edgar qui pratiquait son yoga. La chose ne passait pas inaperçue étant donné la masse corporelle de l'homme. À partir de la salutation au soleil jusqu'à la période de détente, Edgar déplaçait le même volume d'air qu'un hippopotame.

Nicolas avait besoin de bouger. Malgré les mises en garde de son oncle au sujet de la piscine, une véritable soupe toxique selon lui, il décida de prendre une chance, au risque de s'y contaminer à jamais. Pourtant, Dieu sait s'il était dédaigneux, mais il adorait l'eau et la natation. Il choisit de vivre dangereusement.

Edgar et un voisin achalant

Edgar entendit d'abord des pleurs d'enfant, puis deux coups vigoureux à la porte. Voilà que la marmaille venait à son tour régurgiter dans sa vie.

Tenant une caméra vidéo d'une main, un biberon de l'autre, le non-invité portait aussi un bébé dans un sac kangourou. Habillé d'un trop grand chandail de hockey noir portant le nom de Sydney Crosby, le marmot chignait, comme ça, juste pour embêter les gens.

— Je suis Frédéric Daigle, votre voisin du septième. Vous avez dû recevoir un dépliant pour la formation d'un regroupement de locataires.

— Oui. Je l'ai jeté. Ce n'est pas que j'aime la corporation qui nous escroque mais, voyez-vous, je suis misanthrope.

— Oui, je sais, on me l'a dit. C'est pourquoi j'ai pensé qu'il valait mieux frapper à votre porte.

Le bébé, qui s'était tu un moment, se remit à pleurer en voyant Edgar.

Le représentant du regroupement, sans doute un homme rose avec une teinte de socio en prime, tenta de consoler fiston qui refusait de se taire. En même temps, Daigle, incapable de s'en empêcher, filmait à peu près tout ce qui bougeait.

— Je vais lui donner son biberon. Ça devrait aider. Puis-je m'asseoir ?

Edgar lui fit une place sur le sofa.

— Il paraît qu'il y a des garderies à sept dollars par jour; en avez-vous entendu parler?

— Oui, bien sûr, mais quand on a décidé d'avoir un bébé, j'ai dit à mes amis que je serais la preuve vivante qu'on peut élever un enfant sans chambouler toute sa vie.

— Je vois, répliqua Edgar. En attendant, il n'a pas l'air de beaucoup aimer son biberon.

L'enfant recrachait le lait en s'époumonant.

— Quel âge?

— Neuf mois. C'est la première année qui est la plus difficile, semble-t-il. Après, on a l'expérience.

— En attendant, on n'a pas toute la journée. Si tu as quelque chose à dire, il va falloir que ça aboutisse.

Irrité par ce petit citoyen qui n'en finissait plus de râler, Edgar sortit un paquet de biscuits Whippet du garde-manger et en tendit un au bébé, qui se jeta dessus comme un vautour sur sa proie.

— Du chocolat! C'est fortement déconseillé avant un an, lâcha Frédéric Daigle.

— J'ai mangé mon premier Whippet à trois mois. Est-ce que j'ai l'air agonisant?

Bébé jouissait de cette découverte, loin de la purée de légumes fade et des céréales biologiques au goût de carton-pâte.

En fait, à voir ses yeux s'illuminer, Edgar eut l'impression d'avoir mis cet enfant au monde, ou du moins de l'avoir sorti des limbes.

Tout occupé à découvrir le vrai sens de la vie, bébé laissa les grands tranquilles.

— S'il fallait que ma blonde voie ça!, s'écria Frédéric.

— Si tu arrêtes de filmer, ta blonde ne verra pas ça. Les blondes n'ont pas besoin de tout savoir. Qu'est-ce que tu fais dans la vie, à part faire semblant qu'un bébé, c'est pas encombrant?

— Je suis journaliste-caméraman pigiste. Je filme tout ce que je vois et je trouve toujours un endroit où vendre mes images. J'adore la vidéo!

En disant cela, après s'être assuré que la caméra était bien fermée, il tendit la main vers la boîte de biscuits et en grignota un, puis un autre.

— Ça passe à la télé, tes images?

— Non, sur les sites Web.

— Ah, ça veut dire que je pourrais quand même voir tes œuvres, même si je n'ai pas de télé.

— Pas de télé? Ça surprend. Mais vous êtes en avance sur votre temps. Bientôt, la télé, ce sera fini. Nous vivrons tous devant un écran d'ordinateur géant. Nous allons décider nous-mêmes de ce que nous allons regarder au lieu de nous le faire imposer par les grandes chaînes.

— Il me semblait aussi. Habituellement, on me dit que je suis en retard sur mon temps.

— Mais en attendant, vous trouvez pas ça difficile, des fois? J'ai une télé au sous-sol si ça peut vous aider. C'est pas une HD, mais, comme je vous dis... Et ça libérerait le cagibi.

— Je n'ai pas de télé parce que je n'en veux pas.

Sans raison apparente, bébé émit un rire et s'endormit sur les genoux de son père.

— Toute sa vie, il va se souvenir de ce moment d'extase, dit Edgar en tendant une lingette mouillée à Frédéric pour qu'il efface les traces du bonheur compromettant.

— Vous croyez vraiment, à neuf mois?

— Ça reste dans l'inconscient, ces choses-là.

—Alors, pour le regroupement, nous aurons une assemblée constituante en janvier. Comme nous sommes en novembre, ça nous donne deux mois. Nous visons deux cents membres pour démarrer. Comme la cotisation est symbolique, nous demandons cinq dollars par personne. Je crois qu'il y a un autre locataire ici, n'est-ce pas ?

Contrarié par une telle affirmation, Edgar perdit patience.

— Non. J'ai un neveu qui *squatte* ici depuis près de trois mois, et je commence à avoir hâte qu'il se trouve un endroit où percher. Chaque fois que je lui montre une petite annonce d'appartement à louer, il appelle ou il fait semblant d'appeler, mais ça ne lui convient jamais.

Frédéric Daigle hésitait à poursuivre, mais il devait profiter de la sieste de bébé pour régler ce dossier.

— Je sais que vous n'êtes pas très grégaire, mais...

— Pas très grégaire ! qu'en termes élégants ces choses-là sont dites ! Je déteste tout ce qui est engagement social.

— Nous cherchons des gens pour siéger au conseil d'administration. Il semble que vous êtes un bon administrateur, un ancien fonctionnaire.

— Non, non et non.

Edgar trouva son portefeuille et en extirpa un billet de cinq dollars, qu'il tendit à Frédéric.

— Nous allons vous faire parvenir un reçu.

— Pas nécessaire. Tu peux le mettre dans tes poches si tu veux ou acheter des sucettes pour le rejeton, je m'en balance.

Déçu, Frédéric Daigle remit sa caméra en marche, appuya bébé contre son épaule et se dirigea vers la porte.

— Vous allez venir à l'assemblée du mois de janvier ?

— Pousse pas ta chance.

Une fois la porte refermée sur l'intrus, Edgar entreprit la lecture des petites annonces. Même si le marché boursier reprenait de la vigueur, plusieurs des compagnies québécoises sur lesquelles il avait misé beaucoup s'étaient placées sous la protection de la Loi sur les arrangements avec les créanciers, d'autres avaient été rachetées par des compagnies privées, non cotées en Bourse, comme le fabricant de meubles Shermag, qui liquidait sa marchandise.

Contrairement à plusieurs investisseurs, Edgar ne pouvait blâmer l'irresponsabilité de ses courtiers ou la voracité des banques. Il était l'artisan de son malheur. Lui qui n'avait jamais souffert d'insécurité, il s'était mis à la recherche d'un emploi. Son capital était pourtant encore considérable, mais l'idée de gruger ses actifs déjà minés par la crise le rebutait. Ayant toujours en tête l'objectif de vivre cent ans, il s'inquiétait soudainement de son avenir.

En réalité, l'idée d'avoir peut-être bientôt une femme dans sa vie le rendait vulnérable.

Au lendemain de leur première soirée ensemble, Margot n'avait pas donné signe de vie, et Edgar n'avait pas osé l'appeler. Pour la revoir, il avait dû passer par Carmen, qui avait provoqué une petite rencontre «improvisée» à la Capitainerie.

— Vous ne m'avez pas rappelée, avait murmuré Margot, au moment du dessert – des îles flottantes qui l'avaient émerveillée.

— Je ne savais pas, enfin, je n'osais pas. Vous non plus, vous ne m'avez pas rappelé.

— Je n'aime pas avoir l'impression de courir après les hommes.

— Je comprends. Je ne suis pas un romantique. En fait, pour tout vous dire, il y a longtemps que je n'ai pas fait la cour à une dame.

— Inutile de me le dire. Je ne vous demande pas de me faire la cour. Nous ne sommes plus au secondaire. Je ne cherche pas un mari. Ma dernière relation s'est terminée il y a six mois, et je trouve cela très bien ainsi. Carmen ne vous l'a pas dit? Comment était son compte rendu sur moi?

L'enquête de Carmen auprès de Margot avait été tellement subtile que, si elle avait lancé les questions sur Facebook, ça aurait été plus discret.

Edgar rougit, puis se mit à rire.

—J'aurais dû me douter, entre techniciennes sanitaires. Moi non plus, je ne cherche pas, précisa-t-il en souriant.

— Alors, qu'est-ce qu'on fait ici? Vous ne cherchez pas, moi non plus.

— Faudrait le demander à Carmen! répliqua Edgar, que l'apéro et la bouteille de pinot noir avaient détendu.

Après cette soirée, il y avait eu quelques sorties au cinéma, une promenade au bord du fleuve, c'était tout. Une prudence que Vézina, qui suivait le feuilleton de près, trouvait déconcertante.

Nicolas et le Bleu Raisin

Le panier contenant vingt-quatre verres à vin fraîchement sortis du lave-vaisselle glissa des mains de Nicolas, puis valsa quelques secondes avant d'aller s'écraser en plein milieu de la salle à manger du Bleu Raisin, occupé, ce vendredi soir, par des couples épuisés par leur semaine de travail.

Le fracas fit se retourner quelques têtes, on se secoua un peu pour s'assurer qu'on n'avait pas reçu d'éclats de verre, on jeta un regard contrarié à Nicolas et on se replongea dans le regard profond de l'autre ou dans le contenu de son assiette.

Nicolas en était à sa troisième semaine de travail, ce qui lui valut l'indulgence du personnel.

— Je suis désolée, je suis débordée, lui lança Valérie, son amie, à la fois maître d'hôtel et serveuse. Je ne peux pas t'aider. Peux-tu essayer de nettoyer ça le plus rapidement possible ?

Le chef, qui s'affairait à faire sauter une poêlée de fenouil glacé à l'orange sanguine vierge et aux poireaux, confia la tâche à son assistant, arracha de sa ceinture la serviette souillée sur laquelle il s'essuyait les mains et sortit dans la salle à manger, les bras dans les airs, affichant un sourire programmé.

— Personne ne bouge. Vous êtes assignés à votre siège jusqu'à ce qu'on ait libéré la zone de combat.

Nicolas ramassa d'abord les grosses pièces de verre en portant les gants de latex que Valérie lui avait lancés. Puis il balaya le reste du mieux qu'il put.

Quand il passa avec son balai devant un couple dans la quarantaine, la dame, habillée de vêtements Marie Saint-Pierre et Christian Chenail, se pencha avec élégance et lui souffla si discrètement que son compagnon ne l'entendit pas : « Quel imbécile ! Un autre raté du système. » Et elle lui fit le plus beau des sourires lorsqu'il se releva.

Nicolas imagina alors que d'insulter un plongeur avait dû lui faire le plus grand bien. Mais Valérie ne l'entendit pas ainsi lorsque Nicolas lui raconta l'incident.

Au moment de servir le café, un geste malheureux, qui sembla bien involontaire, fit sursauter la pimbêche. Une tache d'espresso bien foncé décorait déjà son tailleur Christian Chenail lorsqu'elle tenta de se protéger. Malgré son habileté, Valérie avait loupé le cache-poussière Marie Saint-Pierre qui dissimulait si bien les bourrelets. Elle regarda la dame droit dans les yeux et lui dit : « Je suis désolée, nous allons vous payer le nettoyage. Ce n'était pas trop chaud ? Je ne sais pas ce qui se passe ce soir, nous sommes vraiment des ratés du système. »

La dame ramassa son sac Christian Dior en signifiant à l'homme de payer et de la suivre sans argumenter.

— J'aimerais ça avoir autant de culot, lui dit Nicolas, qui retardait toujours le moment de retourner à la cuisine.

— Malheureux, mais ça me vient naturellement, je ne peux pas te l'apprendre.

Nicolas avait compté le nombre de verres cassés et alla en faire rapport au chef.

— Il en manque dix en tout. Vous pouvez les prendre sur ma paie.

Frédéric se mit à rire.

— On n'est plus au XIXe siècle, quand même ! Je suis né à Lyon. Les enfants qui travaillaient dans les soieries devaient payer des amendes lorsqu'ils abîmaient les tissus. Les grandes fortunes de la ville se sont bâties sur le travail des enfants et des pauvres ouvriers exploités. Ce n'est pas une partie très glorieuse de notre histoire.

Frédéric Mey, qui avait appris la cuisine à Lyon justement, travaillait à l'ardoise. Il composait des menus au gré de son imagination, de ses visites à la ferme, des découvertes du marché, adaptant joyeusement la cuisine française aux produits du terroir québécois.

Valérie entra dans la cuisine en coup de vent et déposa les assiettes sales sur la passe.

— Je te l'ai dit cent fois, la passe sert à passer les plats, cria Frédéric, pas à déposer les assiettes sales. Je suis à la veille de me fâcher.

Nicolas retourna au récurage des poêles. Il pouvait bien sûr les placer dans le fameux lave-vaisselle « thermopropulsé » à cinq mille dollars, mais il avait hâte d'en finir, de s'asseoir et de se reposer les pieds. Après le souper, il resterait encore à laver le plancher. L'assistant-chef ouvrit le lave-vaisselle pour le vider, ce qui contraria Nicolas, déjà installé dans ses fonctions de plongeur.

L'homme dans la trentaine tira une assiette qu'il laissa volontairement glisser sur le plancher. Elle se cassa en miettes. Le chef leva la tête.

— Qui me paie une bière, cette fois ?

L'assistant-chef ne répondit pas. Frédéric lui demanda :

— C'est toi ?

L'assistant-chef fit signe que non. Interrogé à son tour, Nicolas répondit que ce n'était pas lui.

—Alors, ce n'est personne, s'exclama Frédéric. Bon...

Valérie rapportait encore une tonne d'assiettes de la salle à manger. Même s'il réussissait à maintenir la cadence tout au long de la soirée, le quart de travail de Nicolas se terminait toujours par un sprint avant de mériter le souper que lui offrait le chef.

Ses plantes de pied brûlaient, ses mollets se mouraient, la peau de ses mains était rouge et fendillée. Il se refusait à porter des gants, pour ne pas faire tapette. Les tapettes n'aiment pas avoir l'air tapette. Il finit de vider le lave-vaisselle, remplit un dernier panier d'ustensiles et actionna le mastodonte pour la quarante-deuxième fois de la soirée. Il les avait comptées.

— Je pense que je vais lâcher mes cours de cégep, dit Valérie, ça fait un mois que le prof de maths ne se présente pas. Je vais reprendre à la session prochaine.

Valérie avait le statut d'étudiante mature à l'université, un statut qui permettait à des étudiants n'ayant pas terminé leur diplôme d'études collégiales de faire leur bac s'ils avaient travaillé pendant deux ans et avaient plus de vingt et un ans. Brillante, elle avait pourtant bousillé tous ses cours au cégep, s'y était traîné les pieds pendant trois ans avant qu'on l'expulse.

Elle s'était inscrite à deux cours par session au Département de sciences politiques de l'Université de Montréal et à deux autres au cégep. Elle avait décidé de prendre des cours de maths au cégep parce qu'elle aimait les maths, «que ça rendait intelligent» et que les droits de scolarité y étaient moins élevés qu'à l'université.

Valérie avait beaucoup voyagé, soucieuse de sauver le monde, la planète, l'eau. Avant d'entrer en sciences po, elle avait passé deux mois au Ghana à ses frais pour travailler au nettoyage de la terre. Elle militait pour une consommation d'eau responsable et refusait de boire de l'eau embouteillée.

Pour gagner sa vie, elle travaillait où ça lui plaisait, avec qui ça lui plaisait, et elle se plaisait bien au Bleu Raisin. De plus, c'était payant.

L'assistant-chef, lui, ne s'y plaisait pas du tout. Mais il était d'une nature, avait constaté Nicolas, qui ne se plaisait nulle part. Peut-être était-il dans une mauvaise passe qui durait depuis trente ans. Ce sont des choses qui arrivent. Mais il réussissait la tarte au sucre de façon sublime.

On en réchauffa une bonne portion pour se donner l'énergie de continuer, avec un espresso bien tassé. Nicolas savait qu'une fois rendu chez lui, après un bain de pieds, il devrait se lancer dans ses notes de Pol 1000 et y passer une bonne partie de la nuit.

Une fois les poubelles sorties, Nicolas courut pour attraper le dernier métro. Il ne fallait pas manquer la correspondance à la station Berri-UQAM, sinon il serait bien baisé. Pas question de marcher une heure au-dessus du fleuve en traversant le pont. Non, juste l'idée le terrorisait. Et il n'allait pas flamber vingt dollars pour un taxi. Valérie, qui demeurait avec un coloc dans le quartier du Plateau-Mont-Royal, lui avait déjà dit qu'elle pourrait l'héberger au besoin pour la nuit s'il ratait le dernier métro.

Une voiture klaxonna derrière lui. Nicolas se retourna et vit une magnifique Mini Cooper rouge. Au volant, il y avait Akand qui lui souriait. Akand qui lui ouvrit la portière du côté du passager. Akand qui lui proposa d'aller prendre un verre avant de rentrer. Akand avec son regard de fond de mer et son sourire d'enfant sage.

À Nicolas qui n'en finissait pas d'évaluer l'intérieur, les sièges baquets, le tableau de bord, Akand dit seulement: «C'est un cadeau de mon parrain. Il vit en Angleterre. Il songe à retourner en Inde dans quelques années et il voudrait que j'y retourne aussi. C'est un signal qu'il m'envoie. Moi, je voudrais bien, mais il faudrait qu'il y ait du travail pour moi là-bas. »

Rue Saint-Denis, Akand poussa l'accélérateur à fond, et ils se mirent à rire tous les deux comme des fous pendant que s'emballait la voiture.

— Ça me fait tout drôle de naviguer à gauche.

Nicolas trouvait moins drôle de le voir louvoyer à cent kilomètres à l'heure. Il plaça sa main sur celle d'Akand pour le faire ralentir et sentit une chaleur monter en lui. Il la retira vivement. Il avait terriblement envie de faire l'amour avec son ami indien, dont il ne savait même pas s'il partageait les mêmes désirs, la même impatience. Avait-il lui aussi souffert d'amour jusqu'à la démence? Était-il pudibond, ou charnel et libertain? Avait-il seulement le goût des jeunes hommes ou celui des jeunes filles?

En même temps, Nicolas avait peur, peur de la déception, peur du mal d'amour qui s'estompait légèrement en même temps que la dépendance au *crystal meth*.

— Sais-tu ce qui m'est arrivé au restaurant ce soir?

— Tu as fait déborder le *sink* encore une fois?

— Non, ce soir, j'ai échappé un plein panier de verres sur le plancher de la salle manger.

— Non!

— Eh oui, et une dame très élégante et très chiante m'a traité de raté du système.

— Ah! la tabarnak!

Akand aimait bien utiliser le mot «tabarnak» à toutes les sauces. Un mot que Valérie lui avait mis dans la bouche sans l'avertir des réserves qu'il fallait parfois avoir. Cela avait fait dire à un prof qu'il y avait d'autres façons de s'intégrer à la société québécoise que de jurer, tout en concédant qu'il était vrai qu'un tabarnak bien senti, ça faisait du bien à l'occasion. Née à Notre-Dame-de-Grâce, Valérie en voulait à ses parents d'avoir déménagé à Saint-Lambert. De personne autonome et indépendante depuis l'âge de cinq ans, elle était devenue quêteuse de *lift* à dix ans. Un des parents la conduisait à l'école, l'autre venait la chercher. Pour les jeannettes, le badminton, le ski alpin, le patinage artistique, l'anniversaire de Julie ou de Sophie, c'était la même chose. Ça l'avait mise en tabarnak. Elle l'était encore, même si elle habitait maintenant dans un appartement du Plateau. Son père, un ex-alcoolo converti en maniaque de l'ordi, payait une partie du loyer. La nouvelle conjointe du paternel n'avait pas toléré de se faire traiter de « Saint Lamberty » par Valérie et avait exigé son départ lorsque celle-ci avait atteint ses vingt ans. Une « Saint Lamberty » pour Valérie était une femme qui ne travaillait pas à l'extérieur, qui se faisait entretenir, quoi. Sa mère avait toujours occupé des postes de direction jusqu'à ce qu'elle tombe amoureuse d'un économiste vivant dans les nuages. La monotonie de la Rive-Sud avait fait place aux disputes, aux partages de garde, aux pensions alimentaires. Valérie avait vécu dans l'appartement du nouveau chum de sa mère, chez son père, parfois chez sa grand-mère, à Québec, qui semblait la seule à avoir gardé la tête sur les épaules.

Akand demanda à Nicolas où on pouvait aller boire une Guinness ou un Coke en riant, ne s'expliquant pas tant de sobriété de la part d'un jeune qui aimait s'amuser.

La terrasse du pub Sainte-Élisabeth, suggéra Nicolas. Elle était encore ouverte, mais seuls les fumeurs impénitents y sirotaient une rousse en zieutant une blonde ou l'inverse. Cela n'avait pas d'importance. Pas plus que le sort du monde, dont on ne discutait plus depuis longtemps dans les pubs. Les étudiants de sciences po palabraient plutôt sur les dernières frasques de tel ou tel politicien ou sur le prochain travail à remettre.

Tout en sachant qu'il n'avait encore rien vu, cela on le lui avait bien dit, Akand commençait à trouver un petit côté vachement frisquet au Canada. Donc, pas envie d'aller geler sur la terrasse. À l'intérieur, les tables étaient toutes occupées. Il fallait bien s'y attendre, un vendredi. Ils trouvèrent deux tabourets au bar.

La mousse s'était déposée tout naturellement au-dessus de la lèvre supérieure d'Akand. Nicolas, qui sirotait un autre café en prévision de sa nuit d'étude, osa un doigt pour essuyer la moustache de bière. Akand réprima un geste de surprise. Dans sa culture, on n'était pas si familier en public. Il s'essuya avec sa serviette. Pourtant, Nicolas avait saisi un tressaillement, l'ombre d'un consentement. Akand avala rapidement sa pinte de Guinness et en commanda une deuxième.

—Tu as une voiture maintenant. Ici, on est très sévère avec les jeunes conducteurs en état d'ébriété.

— Tu me reconduiras chez moi. Tu as un permis de conduire ?

— Oui, toi ?

— Oui, mais il n'est pas valable ici.

— Tu me fais peur. Lundi, je t'amène à la SAAQ.

— C'est pas pour le vin, ça ?

— Non, pour le vin, c'est la SAQ, la Société des alcools du Québec. La SAAQ est la Société d'assurance automobile du Québec.

— Ça sonne pareil.

— Crois-moi, c'est loin d'être pareil.

— Si tu le dis.

Depuis quelques minutes, Nicolas se demandait ce qui serait le plus excitant: conduire la Mini Cooper ou tenter de faire des avances à son ami. Les deux, se dit-il, troublé. Il prit prétexte d'une envie subite pour aller réfléchir un peu.

Dans les toilettes, il fouilla dans sa poche de jean pour puiser dans sa collection de pensées récoltées dans des biscuits chinois. Depuis quelque temps, il avait décidé de jouer sa bonne fortune sur ces petits bouts de papier. Après tout, ce qui doit arriver arrivera. Le premier, très froissé, disait: «Viser toujours plus haut, le ciel est la limite.»

Non, ça n'allait pas du tout pour ce soir. Il le remit dans sa poche, en sortit un autre: «L'amitié se transforme en amour.» Voilà qui était beaucoup mieux.

Il ne sentait plus la fatigue de son long quart de travail. Après l'euphorie, c'était le vide du manque qui s'installait. Il avait besoin de Seroquel. Son sevrage pourrait durer encore six mois, un an, ça dépendait de sa volonté. Certains passaient une vie à se gaver de Seroquel en le traînant comme une béquille. Mais il valait mieux, lui avait-on dit au centre, dépendre du Seroquel que du *crystal meth*. Tout valait mieux que le *crystal meth*. Dans son souci de performance, Nicolas tentait de réduire lui-même sa consommation d'antidépresseur mais si la tête était prête, le corps, lui, ne se disciplinait pas si facilement. Il ressentit cette sensation habituelle de sécheresse dans la bouche après la prise du médicament et retourna au bar commander une eau Perrier.

Akand en était à sa troisième Guinness.

— As-tu commencé à étudier pour ton cours de Pol 1000?

— Non, je vais commencer plus tard, cette nuit.

Malgré le français, qui n'était pas sa lange maternelle, Akand ne semblait avoir aucune difficulté à assimiler toute la matière. Ses études passées dans de bonnes écoles de Mumbai, son milieu familial, sa culture faisaient l'envie de Nicolas.

Le psy ne comprenait rien à l'amour. Il était normal, selon Nicolas, que lorsqu'on aimait une personne, on veuille être avec elle toujours, n'aimer qu'elle, ne se satisfaire que d'elle. Et l'inverse. Akand l'observait. La bière ayant fait tomber en partie sa réserve habituelle, il demanda tout de go à Nicolas pourquoi il était si facile d'être homosexuel au Québec.

— C'est pas si facile partout. En apparence, oui, mais il y a encore des préjugés.

— Ce n'est rien comparé à chez moi. La culture indienne, avec sa forte tradition du mariage, n'accepte pas facilement les relations homosexuelles. Ma mère se bat pour faire retirer la section 377 de la législation nationale, qui criminalise ce qu'ils appellent tout rapport sexuel contre nature. La peine peut aller jusqu'à l'emprisonnement à vie.

— L'emprisonnement !

— Évidemment, ça arrive rarement, mais il y a des officiers de police qui exercent du chantage pour arracher de l'argent aux victimes.

— Et quand est-ce que ça va changer ?

— En 2003 encore, le retrait de la loi a été rejeté parce que la société indienne n'était pas prête à tolérer les relations gaies et lesbiennes. Souvent, ce n'est pas la loi qui fait peur, mais les traditions familiales. C'est plus facile à New Delhi, où il y a au moins un demi-million d'homosexuels, des bars gais, etc., mais encore là...

— C'est donc pour ça que tu es venu à Montréal.

— Oui, ma mère risquait de devenir une cible politique. Je retournerai quand la loi aura changé et qu'il y aura du travail pour les jeunes.

En sortant du bar, Akand se risqua à prendre la main de Nicolas. Il observa autour si on les regardait.

— On peut dire que c'est cool ici, laissa-t-il tomber, surpris lui-même de l'audace de son geste.

Nicolas saisit les clefs que lui tendait Akand.

Edgar à la recherche d'un emploi

Edgar poursuivait sa recherche d'emploi dans les journaux. Une annonce encadrée : « Joignez-vous à une équipe exceptionnelle. Une carrière à l'hôpital Louis-H. La Fontaine pour vivre l'expérience de la différence. » L'expérience de la différence... Travailler chez les fous, un peu trop « différent » à mon goût, songea-t-il.

On recherchait aussi plusieurs directeurs des ressources humaines. Il n'avait pas vraiment les aptitudes. Mais peut-être qu'il pourrait devenir directeur des Producteurs d'œufs d'incubation du Canada, où son expérience au MAPAQ lui servirait de porte d'entrée. Le fait de ne pas avoir été actif sur le marché du travail pendant dix ans n'aidait pas sa cause. Même avec un MBA de l'Université de Sherbrooke.

Il entreprit de refaire son curriculum vitae. Il dut sortir un exemplaire imprimé du dernier qu'il avait utilisé pour solliciter une promotion lorsqu'il était au MAPAQ. Promotion qu'on lui avait refusée. Sa confiance faisait un bond chaque fois qu'Edgar tapait une nouvelle compétence. Je suis bon, très bon même, pensait-il tout haut. Cette estime grandement exagérée de lui-même l'avait propulsé à des niveaux surprenants au ministère, jusqu'au moment où la route s'était bloquée. Pure jalousie, avait-il conclu en tirant sa révérence.

La mise à jour de son CV progressait. Il avait recopié le texte existant en y saupoudrant une ou deux demi-vérités ou carrément quelques mensonges à propos de sa présence à des conseils d'administration, troquant un remplacement temporaire contre un emploi permanent. Pour ajouter un peu d'humanité à son parcours de vie froid et cérébral, et pour justifier son vide social de la dernière décennie, il s'inventa des stages en Afrique comme bénévole pour l'œuvre du cardinal Léger, et du coup, lui vint un souffle de l'esprit. Pourquoi ne pas se qualifier de conseiller financier, de spécialiste en placements éthiques, et se bricoler une carrière tout à fait morale ?

Oh ! la jolie menterie, se réjouit-il en croquant dans une triste et famélique toast Melba. C'était le prix à payer pour atteindre son poids santé, lui avait dit la D^{re} Lemenu, spécialisée en traitement de l'obésité. Elle lui avait justement dressé un menu aussi hypocalorique que déprimant, qu'il avait bien l'intention de balancer dès qu'il aurait mis Margot dans son lit. En attendant, il avait bien sûr quelques rechutes, mais il pouvait envisager, un jour, peut-être, l'idée d'aller magasiner une nouvelle garde-robe avec Vézina.

Un désir sourd et irritant le tenaillait depuis qu'il avait embrassé Margot pour de vrai la semaine précédente. Il s'agissait d'un cas urgent à régler. Après, on verrait la suite des choses. L'amour, c'était vachement compliqué.

En poursuivant l'écriture de son CV frauduleux, il pensa y ajouter un peu d'action communautaire et s'autoproclama représentant du regroupement des locataires de son immeuble et bénévole du Club des petits-déjeuners.

La visite du jeune père énervant lui aurait finalement servi à quelque chose. Facebook maintenant. Il fouina un peu partout et se découvrit une bonne dizaine d'amis qui lui serviraient de clients virtuels si les Producteurs d'œufs d'incubation du Canada lui posaient des questions.

Relire sa nouvelle vie, truffée de mille réalisations, le fit se bidonner au plus haut point, et il y ajouta même un numéro d'entreprise. Ce n'était sûrement pas l'Autorité des marchés financiers qui viendrait l'embêter, conclut-il, avant de faire une recherche sur Internet pour dénicher un webmestre capable de lui tricoter un site interactif et accrocheur affichant sa firme-conseil en trois dimensions.

Voilà qu'en deux heures Edgar était devenu un homme d'affaires prospère, reconnu et philanthrope en plus. Il ne lui manquait qu'un voyage dans l'espace. Pour arroser cela, il déboucha une bonne bouteille d'eau Perrier qu'il agrémenta d'un quartier de citron et, devant tant de « maigritude », il se laissa couler par terre sur le parquet propre – depuis que Carmen venait chaque semaine – et il se mit à pleurer son abnégation.

Le régime peut jouer sur les émotions, lui avait dit la D^{re} Lemenu. Il connut cette journée-là sa troisième rechute depuis sa première consultation et se gava de douze tranches de pain blanc au lait, croûte comprise. Il avait tartiné son pain de beurre et de confiture de framboises de Micheline. En temps normal, il aurait mangé des Whippets, mais Frédéric Daigle les avait tous mangés. Puis vint le moment de la contrition, phase douloureuse où il sautait dans son survêtement de jogging et parcourait en courant la distance entre sa tour d'habitation et le fleuve, soufflant comme un vieux cheval poussif.

Pincé par le froid de ce novembre gris, Edgar se vit couper le chemin par une BMW alors qu'il s'apprêtait à traverser la rue accédant à la passerelle qui menait au fleuve. Branché sur son iPod *shuffle* et concentré sur la *Symphonie fantastique* de Berlioz, il entendit à peine la voiture freiner. Le conducteur baissa la vitre teintée électrique et lui cria : « Tasse-toi donc, gros tas de marde ! »

On ne sut jamais si c'était le mot gros ou le mot « marde » qui fit tourner le sang dans les veines d'Edgar. Mais on sut, ce jour-là, à la Capitainerie, où on le cacha dans la cale d'un bateau amarré, qu'Edgar pouvait courir beaucoup plus vite qu'il ne le croyait lui-même.

Après son « crime », c'est-à-dire trois coups de pied solides dans la portière gris argent de la BMW, il constata que la tôle des voitures, même haut de gamme, n'avait plus le même tonus. En fait, un rien pouvait la défoncer. Trois abysses avaient fait céder la tôle comme sous l'effet de plaques tectoniques. Et Edgar se réjouit un court moment lorsqu'il entendit rugir l'heureux propriétaire du véhicule, dont la franchise pour l'assurance était de mille cinq cents dollars en raison de son âge.

N'osant abandonner sur place l'amour de sa vie, le conducteur prit son cellulaire pour alerter la police, qui lui répondit de passer au poste quand il aurait le temps de faire sa déposition et d'obtenir un rapport ou… de remplir un constat à l'amiable. Qu'à cela ne tienne, il allait se faire justice lui-même.

À Edgar, qui grimpait déjà en vitesse l'escalier menant à la passerelle, l'enragé cria : « Je vais t'attendre de l'autre côté, gros crisse ! »

Le temps que l'autre retourne sur ses pas, trouve le chemin, un véritable embrouillamini, qui le conduirait à la marina de Longueuil, Edgar aurait atteint le bord du fleuve. Il se demanda ce qu'il ferait une fois rendu là-bas. Traverser le Saint-Laurent à la nage ?

Les douze tranches de pain cherchaient le chemin de la sortie. Edgar ralentit sa course sur la passerelle, rendit les mille calories en trop sur le toit des voitures roulant sur la route 132 et vit une longue giclée rouge framboise s'écraser contre le pare-brise d'une BMW gris argent. S'il m'attrape, je suis mort, pensa Edgar, suppliant son cœur de ne pas le lâcher.

Il entra épouvanté au bar de la Capitainerie après avoir fait un bref arrêt à la salle de bain pour se laver un peu. L'après-midi tirait à sa fin, on faisait la mise en place pour le repas du soir. Heureusement, c'était Élise qui travaillait. Elle tira d'un tiroir une carte magnétique permettant d'avoir accès au quai et lui indiqua un énorme yacht où il pourrait se terrer. Le propriétaire, qu'elle connaissait, était déjà parti pour la Floride. Elle nota rapidement le numéro de cellulaire d'Edgar pour le tenir au courant des développements.

Il se rendit compte qu'il n'avait jamais mis les pieds sur un bateau, outre un canot à rames lorsqu'il était petit, et commença à explorer les lieux avec une lampe de poche. C'était fascinant mais, certain de ne pas avoir le pied marin, il écarta la possibilité d'une petite croisière qu'il avait envisagée pendant trois secondes.

La cale était froide : il avait encore la nausée. Lui vint en tête le poème de Nelligan. « Ce fut un grand vaisseau taillé dans l'or massif. Ses mats touchaient l'azur sur des mers inconnues. La cyprine d'amour, cheveux épars, chairs nues, s'étalait à sa proue au soleil excessif... » Il récita dix fois le poème dans sa tête, puis fouilla dans des armoires encastrées à la recherche d'une couverture, mais les casiers étaient vides. Tout était vide. La cuisine, les chambres, le petit salon élégant. Il redescendit dans la cale noire et frigorifique. La sonnerie de son cellulaire le fit sursauter.

— Il est assis au bar et raconte aux clients ce qui lui est arrivé, chuchota Élise. Il a commandé un apéro et consulte le menu. Il passe son temps à se lever pour regarder dehors. Comme le quai est éclairé, ça risque d'être un peu long avant que tu puisses sortir. Il faut que j'y aille, je te rappelle quand il sera parti.

Furieux, Edgar se rendit compte qu'il avait éprouvé plus d'émotions au cours de la dernière semaine que pendant les dix dernières années. Était-ce le régime draconien de la Dre Lemenu, la cohabitation irritante avec son neveu, ou l'amour? Juste lâcher le mot en secret dans la cale vide d'un bateau fit trembler Edgar. Il n'avait pas choisi de vivre en célibataire, mais il s'y était habitué. Quelle idée étrange de vouloir conquérir Margot à tout prix. Il prit la pose du yogi, se brancha sur son iPod et s'exerça à la méditation en se disant qu'il avait le pouvoir de réchauffer ses pieds, ses mains, son tronc. Mais il n'avait pas encore atteint l'art de son maître de yoga et il était transi quand Élise le rappela deux heures plus tard.

— Tu peux sortir, il est parti, même s'il a dit qu'il reviendrait. Viens manger quelque chose pour te réchauffer.

— Non merci, je vais rentrer chez moi.

— Laisse faire le régime pour une fois. Mieux encore, je vais te commander un saumon poché. Comme ça, tu ne tricheras pas.

— J'aime pas le poisson. Puis j'ai pas faim.

— T'as pas faim! Alors ça va vraiment mal.

En fait, Edgar n'était pas présentable. Il sentait encore la vomissure, il était dans son survêtement de jogging et il avait l'estomac en pleine révolution. Mais sa principale hésitation venait du fait qu'il craignait de croiser Margot dans cet état.

— Non, ça va très bien, rétorqua Edgar en ricanant. On l'a bien semé, quand même, le maudit gars à la BMW. Est-ce qu'il t'a dit son nom ?

— Non seulement il m'a dit son nom, mais il m'a donné son numéro de téléphone.

— Tu ne vas pas l'appeler ! Traîtresse !

— Ben... une BMW...

— Elle est toute bosselée.

Élise se mit à rire.

— Non, je ne vais pas l'appeler. Quand je lui ai dit que j'étudiais en philosophie, il m'a demandé quel char ça conduisait, une philosophe. Bon, tu reviendras nous voir quand tu auras perdu tes cent livres.

Edgar appela un taxi. Il n'avait plus le courage de se mouvoir.

Nicolas et les actions de Bombardier

Une demi-douzaine de sacs-poubelles transparents étaient alignés à l'entrée de l'appartement. Nicolas crut d'abord que son oncle avait enfin décidé de vider le placard de ses vieilles fringues des années quatre-vingt-dix. Mais n'était-ce pas son chandail marine, son tajine de terre cuite, la photo de ses parents, ses draps de coton égyptien, son nouveau duvet qui lui faisaient un pied de nez, démunis de toute intimité ? Merde ! Tout son mince avoir se retrouvait là devant la porte.

Il était vingt-deux heures. La première neige de novembre tombait en silence.

Rivé à son ordinateur, Edgar tourna à peine la tête pour signifier à Nicolas que l'ère de l'Armée du salut était terminée. Que s'il n'avait personne pour l'héberger ce soir, il y avait toujours la Maison du Père.

— Est-ce normal de mettre son neveu dehors quand il neige et que le neveu n'a même pas de voiture pour transporter ses affaires ? Justement, j'étais sur le point de vous offrir de payer une partie du loyer, le temps que j'aie assez d'argent pour partager un appartement. Les logements sont chers en ville.

Edgar ne réagissait pas. Il farfouillait dans ses titres boursiers sans lever les yeux.

Nicolas s'approcha pour accrocher l'attention du vieux grincheux.

— Dehors! cria Edgar. C'est toi qui as vendu mes actions de Bombardier, petit crisse! Je t'ai sous-estimé, je te croyais même pas capable de peser sur la bonne case.

Sentant déferler un ouragan, Nicolas sauta sur le premier sac contenant ses produits de toilette et quelques vêtements chauds et courut dans le corridor pour appeler Valérie, espérant qu'elle l'hébergerait pour la nuit.

Plus de signal sonore sur son cellulaire. D'une cabine téléphonique, il composa le numéro de la compagnie de téléphone pour apprendre par message informatisé que le service du deuxième appareil de l'abonné principal avait été annulé. Nicolas n'avait plus de pièces à l'effigie de la reine. Il gagna un abribus où il se réfugia en attendant un véhicule de la ligne 8, 28 ou 88 qui le conduirait au métro. Il se sentait comme ces vagabonds transportant leurs bagages dans un sac vert et songea à aller dans un bar de la rue Saint-Charles pour acheter une bonne dose de substances illicites qui rendraient du coup sa vie lumineuse. Malheureusement, il n'avait pas d'argent. Il avait envie que son âme soit vide, vaine et vibrante comme lorsqu'il prenait du *crystal meth* et que ça le rendait euphorique.

Des flocons valsaient sous un lampadaire. Il s'imagina à la place d'un flocon et cela le pacifia. Un autobus s'arrêta enfin. À l'intérieur, uniquement lui et le chauffeur qui jetait à l'occasion un coup d'œil sur son bagage. Le vieil haïssable d'Edgar aurait au moins pu utiliser des sacs opaques.

Arrivé au métro, Nicolas fit faire de la monnaie pour appeler sa mère à frais virés. Handicapé par la perte de son cellulaire, il avait l'impression d'être retourné cent ans en arrière.

Contrarié, il lança l'appareil au bout de ses bras et le vit atterrir sous le comptoir d'une mini-pizzeria où l'on pouvait s'acheter quatre cents calories de pâte garnie pour 1, 99 $. L'éternelle Asiatique qui y travaillait quinze heures par jour récolta l'appareil et le tendit à Nicolas avec la même indifférence qu'elle mettait à réchauffer mille fois par jour une pointe de pizza avant de la servir au client. Une automate, pensa Nicolas. Et s'il lui disait comme cela, tout de go : « Je me suis fait mettre dehors par mon oncle et je suis dans la rue. »

Et la phrase sortit exactement comme il l'avait formulée dans son esprit.

La serveuse leva à peine la tête.

— Au fromage ou toute garnie ? s'enquit la dame, l'air de celle qui a tout entendu de sa diatribe pathétique et qui n'en a rien à cirer.

— Ce sera au fromage, finalement, laissa tomber Nicolas, et il se dirigea vers la rame de métro, son mince morceau de pizza en équilibre sur une assiette de papier encore plus mince.

Il en prit une bouchée. C'était gras, chaud et, finalement, plutôt réconfortant. Dans un coin de la station, deux bandes rivales avaient sorti des couteaux et quelques curieux pervers les observaient, attendant de voir qui frapperait le premier. Un agent de sécurité appelait du renfort policier tout en se tenant loin de la bataille. Il faut que je me pousse d'ici, jugea Nicolas, qui se mit à dévaler l'escalier. Il sauta dans un wagon juste à temps.

Nicolas se glissa sur une banquette et continua de manger sa pizza. Il s'essuya minutieusement les doigts avec une multitude de serviettes de papier et vida le reste de la bouteille de Purell. Merde, se dit-il, comment lutter contre toutes les impuretés qui souillaient le monde, sans Purell ? Le poteau juste devant lui, où s'appuyait, insouciante, une triple tatouée du bras gauche, abritait une multitude de bactéries, de germes, de bibites de toutes sortes comme celles qui meublaient la tête de Nicolas depuis le rejet de Simon.

Station Jean-Drapeau, deux ou trois personnes, dont on pouvait lire sur le visage la déception d'une mauvaise soirée au casino, situé tout près, aboutirent sur un banc, fermées au reste du monde.

En face de lui, un homme lisait *Le Devoir*, un journal de snobs, lui disait souvent Valérie, qui croyait s'informer en furetant sur le Net. Nicolas s'amusa à lire les articles qui lui faisaient face, se donnant comme défi de capter l'essentiel avant que le lecteur ou la lectrice tourne la page. Il était question d'une politique contre l'homophobie. Comme l'indiquait la ministre de la Justice, la politique n'était pas un plan d'action et ne contenait aucune mesure concrète. C'était bien ce qui décevait tant Nicolas en politique. Il y avait rarement des mesures concrètes et elles arrivaient toujours trop tard, avec très peu de moyens. Il y avait des promesses électorales, un scrutin, peu de voteurs, et les amis du pouvoir venaient réclamer leur dû le lendemain. On appelait cela la démocratie.

Voyant l'intérêt de Nicolas pour l'article, l'homme détacha la page et la lui tendit. C'était la première fois de la journée qu'on lui témoignait un brin de sympathie.

Dans sa déclaration, la politicienne voulait mettre l'accent sur la sensibilisation. La sensibilisation, ça ne coûte pas cher et ça rapporte des votes gais, pensa Nicolas. « Il arrive encore d'entendre dire que l'homosexualité est une maladie, qu'il s'agit d'un mal moral, d'un comportement déviant, ou encore qu'on choisit son orientation sexuelle », décrétait l'énoncé de politique qui comptait une trentaine de pages. Voilà qui était gentiment dit, se moqua Nicolas en poursuivant sa lecture.

Pour sa part, le président de Gai-Écoute trouvait qu'il s'agissait d'un grand jour pour la communauté lesbienne, gaie, bisexuelle, transsexuelle et transgenre.

Être membre d'un groupe au nom aussi long étourdit Nicolas, qui avait appris jeune à se satisfaire des termes «fif» ou «tapette», quand on le forçait à jouer au hockey.

À la station Berri-UQAM, le lecteur du *Devoir* demanda à Nicolas où il allait en zieutant ses effets exposés au grand jour.

— Ça m'apparaît un peu lourd pour un baise-en-ville.

— Petit problème avec mon coloc.

L'homme devait avoir environ trente-cinq ans.

— Tu cherches un endroit pour dormir?

— Vous voulez dire dormir avec vous? Vous ne croyez pas que nous avons une certaine différence d'âge?

— Tu n'es pas mineur, au moins?

— Non, je n'ai pas ce mérite.

— Pour l'âge, ça ne pose pas de problème. J'ai toujours eu des amants de quinze ans plus jeunes que moi.

— Ah bon! Des amants de quinze ans plus jeunes... Et quand vous aviez mon âge, vous les recrutiez à la maternelle?

— Mais non, quand j'avais ton âge, je fréquentais des gars plus âgés. On peut aller prendre un verre, au moins? T'as pas envie de jaser?

— Oui, mais pas avec vous. Alors, je vous remercie pour *Le Devoir*.

— Tu ne manques pas d'humour.

— C'est tout ce que je peux m'offrir ces jours-ci, c'est gratuit et j'en fais profiter les autres. Le reste n'est pas à vendre.

La colère d'Edgar

Fallait-il être un triple imbécile pour ne pas avoir saisi tout de suite le coup de Bombardier. Le petit suffisant avait agi par vengeance, par pure vengeance, parce qu'il ne pouvait pas utiliser son Mac. Edgar se laissa submerger par la colère, ce que lui avait enseigné son maître de yoga lorsqu'il n'y avait pas moyen de la maîtriser.

Vous rendez service aux gens et voilà qu'ils vous chient dessus, décréta Edgar, qui regrettait amèrement d'avoir dérogé à ses principes de non-hospitalité, de non-gentillesse, de non-ingérence.

Son téléphone cellulaire vibrait de façon insistante. Numéro inconnu. De toute façon, Edgar, redevenu ermite, avait décidé de se joindre aux abonnés absents. Un courriel de Margot, voilà qui était mieux.

Cher Edgar,

Ce soir, je suis allée à la bibliothèque où j'ai emprunté le dernier livre de Michel Tremblay. J'avais tellement hâte de le lire que je m'y suis mise en rentrant, bien au chaud, alors que la neige et la pluie se battaient entre elles. Un temps à ne pas mettre un chien dehors.

Edgar fronça les sourcils en lisant ce passage et poursuivit.

Je voulais vous remercier encore pour le tajine, vous savez combien j'aime la cuisine marocaine. Je ne vous savais pas si bon cuisinier. Ce fut un beau samedi. Je sais que vous êtes très occupé avec vos actions, la Bourse et tout cela. Et vous me disiez en plus que vous cherchiez du travail. Vous me semblez un homme inaccessible. Pourtant, votre baiser de samedi sur le pas de ma porte, l'ai-je rêvé ?

Bonne nuit, bons rêves, pas de puces, pas de punaises.

Margot

«Inaccessible», relut Edgar à haute voix. Je ne suis pas inaccessible, je suis imbécile. Voilà, je suis quadruplement imbécile. C'est sans doute ce que je devrais lui répondre. En plus, j'ai mis un chien dehors par ce temps. Dans son message, Edgar s'essaya à une prose qu'il tenta de rendre romantique.

Margot,

J'aurais aimé être un homme de Cro-Magnon, mais je suis du type de Neandertal que l'on a vite qualifié de laid, après l'avoir identifié en 1856, alors que celui de Cro-Magnon (1868) a tout de suite plu. Heureusement, comme l'a dit Saint-Exupéry, on ne voit bien qu'avec les yeux du cœur, l'essentiel est invisible.

Je suis heureux que vous ayez aimé mon tajine; la prochaine fois, je vous cuisinerai du pigeon, on en mangeait beaucoup à l'époque de la Nouvelle-France, et il y en a plein sur mon balcon (c'est une plaisanterie).

Bonne nuit.

Edgar

Assez satisfait de lui-même, Edgar envoya une copie de son courriel à Vézina pour savoir ce qu'il en pensait, lui avouant que le baiser du samedi soir lui avait procuré de grandes sensations.

Vézina répliqua dans les secondes suivantes par l'intermédiaire de son BlackBerry : *T'es complètement demeuré ou quoi ? Voilà ce que tu aurais dû lui écrire : J'ai encore le goût de tes lèvres, de ta langue, de ta bouche. Quand est-ce qu'on se voit ? Je peux me libérer cette fin de semaine.*

Edgar préférait-il être un quadruple imbécile ou un demeuré fini ? Ça restait à évaluer. Pour en avoir le cœur net, il composa le numéro de Vézina.

— Allo, Edgar, as-tu transmis à Margot le message que je t'ai envoyé ?

— Ça fait pas mal cliché, je n'ose pas.

— Est-ce que tu le penses ?

— Oui.

— Alors, ça ne fait pas cliché. L'homme de Neandertal, franchement Edgar ! Pourquoi pas le bossu de Notre-Dame tant qu'à y être ?

— Je ne suis pas convaincu au sujet du message que tu me proposes.

— Moi, oui.

— Pourquoi ?

— Parce qu'à trente-huit ans, j'ai déjà eu vingt-deux blondes, et qu'à cinquante-six ans, ce sera peut-être la deuxième de ta vie, si tu te réveilles.

— Bon, je pense que je vais aller me coucher. Je ne sais plus si je suis un imbécile ou un demeuré.

— Pauvre homme, c'est difficile, la dualité. Bonne nuit.

Edgar détourna le regard en apercevant les effets de Nicolas appuyés au mur. Comment allait-il se sortir de ce guêpier ? Il se coucha et ouvrit le dernier livre qu'il avait acheté : *La canicule des pauvres*, de Jean-Simon DesRochers. « On est un enfant pis on attend de devenir adulte... on est adulte pis on attend d'être amoureux... on est amoureux pis on attend de gagner de l'argent... on en gagne un peu pis on découvre que ça change rien. »

C'était d'une vérité criante. Tout est tellement plus simple quand on n'a pas d'attentes. Et pourtant, il y avait Margot qui lisait Michel Tremblay, toute seule dans son lit, et il y avait le petit crisse qui traînait quelque part dans la ville. Ça lui servira de leçon, conclut Edgar, qui s'endormit avec un rien de remords... pour se réveiller, comme ça lui arrivait souvent, vers deux heures du matin.

Il n'avait pas de fringale, rien qu'une rage profonde qu'il ne s'expliquait pas, doublée d'un vide intérieur. Méditer, voilà qui l'aiderait peut-être. Les journaux étalés un peu partout nuisaient à l'installation de son tapis de yoga. Il les chiffonna en boules et dressa une montagne de munitions qu'il se mit à lancer contre la bibliothèque, tentant de viser les K, qui étaient rares. Kipling, Kerouac, Khadra, Kundera. Tiens, *La plaisanterie* de Milan Kundera était maintenant classé au bon endroit. Le neveu avait donc retrouvé le fameux roman.

La cible des K ayant été atteinte trois fois, il se concentra sur les A. Atwood, Margaret, cela le troubla. Il n'aimait pas l'idée d'attaquer une femme, surtout de cette envergure. Il passa à Arcan, Nelly. Elle était déjà morte, cela ne risquait pas de lui faire mal. Attali, Jacques, il ne le rata pas. Éternel optimiste qui affirmait que tout allait mal, mais qui assurait que l'avenir serait meilleur. Meilleur que quoi? Que cette récession qui le renvoyait malgré lui sur le marché du travail?

Pour la vingt-deuxième fois, Edgar ouvrit son agenda et vérifia l'heure de l'entrevue. Onze heures ce matin, rue Saint-Denis.

Il avait reçu trois appels à la suite des demandes d'emploi qu'il avait envoyées. Il avait écarté les producteurs d'œufs, trop loin. Il avait aussi écarté un travail de courtier en placements dans une banque. Trop près de sa triste réalité, et personne ne vous faisait plus confiance dans ce domaine. Il avait accepté par contre une entrevue pour un poste de coordonnateur général d'un régime de retraite de groupes communautaires. Un projet novateur, lui avait-on dit. Il fallait être capable de travailler dans l'intérêt des membres et dans le respect des valeurs communautaires.

Pas surprenant qu'il ait été contacté par cette organisation, compte tenu du faux CV qu'il avait trafiqué. Il était peut-être « surqualifié » pour le poste, lui avait-on dit au téléphone, mais Edgar s'était toujours humblement considéré comme « surqualifié ». Ce ne serait que pour quelques mois, le temps que la Bourse se redresse.

Devant lui, l'amoncellement de projectiles de papier gênait sa vue. Il se prépara une tisane, se fraya un chemin à travers les journaux chiffonnés et sortit sur le balcon, emmitouflé dans son duvet.

Le crachin avait cessé, mais l'hiver s'installait insidieusement. Le terrain de tennis était déprimant, le stationnement du centre commercial autant. Il voulait de la neige, de la vraie, blanche, éblouissante, qui assourdirait la rumeur des voitures ; Edgar rêvait d'une vraie tempête, comme celles de son enfance. Mais l'hiver, dans le sud du Québec, était devenu une saison tronquée. Froid, neige, pluie, verglas, redoux, refroid, glace, grésil, grand soleil, repluie, reglace. Des trottoirs comme des patinoires.

Nicolas et les itinérants

Déjà vingt-trois heures, était-il vraiment nécessaire d'appeler sa mère? Le vieux détestable avait sans doute éteint son cellulaire. Micheline ne réussirait pas à le convaincre de reprendre son neveu pour la nuit. Pourquoi l'inquiéter inutilement?

Le point central du métro Berri-UQAM grouillait d'activité. Lieu de convergence, près de la Grande bibliothèque, la station débouchait sur le Quartier latin.

Avec sa poignée de pièces, Nicolas s'installa dans une cabine téléphonique en se disant que deux appels lui suffiraient pour trouver un endroit pour la nuit. Après s'être buté à la boîte vocale de Valérie où il était inutile de laisser un message, vu qu'il n'avait plus de téléphone, il composa le numéro du Bleu Raisin, où elle devait travailler ce soir-là. Le chef, Fred, lui répondit qu'on avait fermé tôt et qu'elle était allée regarder la fin du match de hockey chez elle. «L'abonné que vous tentez de joindre n'est pas disponible», signifia cette fois la voix censée représenter celle de Valérie. Elle devait être encore bêtement rivée à son téléviseur, admirant les passes des joueurs du Canadien, cellulaire éteint.

Se risquerait-il à appeler Akand pour lui confesser qu'il n'avait aucun endroit où dormir, qu'il lui restait trois dollars en petite monnaie et vingt dollars dans son compte en banque avant la prochaine paie? Il avait englouti le dernier chèque que lui avait expédié son père dans l'achat d'un iPod et de quelques ustensiles de cuisine. Ses besoins et ses goûts dépassaient largement le salaire qu'il gagnait au restaurant. Il aimait tout et ne voulait se priver de rien. Ses amis étaient tous plus argentés, surtout leurs parents.

Akand vivait chez sa cousine. Nicolas se voyait mal débarquer chez eux avec le baluchon de sa vie ouvert au grand jour.

La neige s'était transformée en légère bruine. À la sortie de la station de métro, une jeune fille lui tendit un tract de l'Action terroriste socialement acceptable. Elle l'avait sans doute confondu avec un itinérant, vu le barda qu'il transportait. « Allez à la place Émilie-Gamelin, tout près, il y a des tentes pour vous réchauffer, du café, de la soupe. »

Intrigué, Nicolas se laissa porter vers l'endroit. L'événement s'appelait État d'urgence, indiquaient des banderoles. Des tentes de toutes les dimensions meublaient la place, plutôt un terrain indéfini, derrière le terminus d'autobus, lui-même situé au-dessus du métro. Une cinquantaine de personnes faisaient la file, juste à l'entrée de la place. Une fille à peu près de son âge était assise sur un tabouret portatif au milieu de ce monde à part. Nicolas lui demanda où était la tente collation. Elle haussa les épaules.

— Pourquoi vous faites la file ? lui demanda-t-il.

— Pour dormir là, dit-elle en montrant la grande tente. Il faut se mettre en rang.

Elle descendit son capuchon sous ses yeux, geste qui signifiait que la conversation était terminée, et ajusta le sac-poubelle qui lui servait d'imperméable en serrant sur elle son sac de couchage.

Nicolas aperçut un gars doté d'un brassard, qui portait un manteau Kanuk. Sûrement un bénévole.

143

— Où est la tente collation?

— Là-bas, en face. Tu devrais mettre ton sac à l'abri. Demande à une bénévole de le garder et cache tes écouteurs. Je pense que le milieu ne t'est pas encore familier. Ici, on assure l'ordre, mais pas la sécurité de chacun.

— Qu'est-ce que ça veut dire, État d'urgence?

— C'est un événement créé par deux artistes engagés : Annie Roy et Pierre Allard. Une fois par année, ils offrent aux gens de la rue la possibilité de s'alimenter et de dormir au chaud. En même temps, ils exhibent aux autres citoyens un côté urbain qu'ils ne veulent pas toujours voir. Ça fait partie de leur démarche artistique. Excuse-moi, j'ai un petit problème à régler.

Un homme à la barbe hirsute qui n'avait pas croisé de douche depuis des siècles s'amusait à jeter des tasses biodégradables dans un des braseros alimentés au bois. Nicolas eut une vision du XIX⁰ siècle : des mendiants se réchauffant autour d'un feu, *Les misérables* version cour arrière d'un terminus d'autobus. C'était à la fois pathétique et intrigant. Sur un écran géant défilait un film français que personne ne regardait. Dans la tente collation déclamait une conteuse que personne n'écoutait. Nicolas resta là pendant un moment. Elle était entourée de deux bénévoles faisant office de gardes du corps, qui tentaient de faire taire ou d'éloigner les trop éméchés. L'artiste se produisait dans l'indifférence générale, mais elle ne semblait pas frustrée pour autant. Un bénévole demanda à l'assistance si on aimerait une chanson. Personne ne répondit.

— Qui ne dit mot consent, lança en souriant la conteuse transformée en chanteuse, et elle entama une rengaine à répondre qu'elle ne termina pas, faute de répondants.

— Je crois bien que je vais aller me coucher, dit-elle en déclarant à un admirateur trop envahissant qu'il devrait en faire autant.

Elle partit, escortée de ses anges gardiens.

Un homme qui mangeait une soupe avec appétit salua Nicolas.

— Ça va bien? As-tu goûté la soupe? Elle est très bonne.

— Non, je vais y aller tantôt. Est-ce que vous vivez dans la rue?

— Non, j'ai une maison. Mais j'aime les gens de la rue et j'ai une mission.

— Une mission? Travaillez-vous?

— Je travaille pour Dieu.

Tout un *boss*, se dit Nicolas avant de s'asseoir, en évitant autant que possible les gens qui le bousculaient en passant.

— Vous savez, il n'y a pas de hasard. Notre rencontre aura des suites. Croyez-vous en Dieu?

— Êtes-vous dans une secte ou un groupe genre Témoins de Jéhovah?

— Pas du tout, je crois au bonheur éternel. Juste ici, ce soir, vois-tu tout le bonheur qui circule?

Nicolas jeta un coup d'œil autour de lui. À une table, on transigeait des comprimés rose bonbon. Voyant qu'on les observait, l'acheteur et le vendeur conclurent la transaction et se mirent à observer Nicolas, lui signifiant du regard qu'il n'était pas de la gang, qu'il aurait intérêt à regarder ailleurs.

— Toi, vis-tu dans la rue? s'enquit le missionnaire auprès de Nicolas, qui n'eut d'autre choix que de faire l'imposteur.

— Un peu, oui, mais je vais dormir à la Maison du Père. Le jour, je me tiens à la Grande bibliothèque.

— C'est bon, la Grande bibliothèque l'hiver, mais il faut faire semblant de lire.

— Je ne fais pas semblant. Je lis.

En entendant cela, l'ami des sans-abri lui trouva quelque chose de louche.

Il jeta un coup d'œil sur son sac et y décela un chandail Tommy Hilfiger.

— Qu'est-ce qui t'a amené dans la rue?

Nicolas dut penser vite. Il se revit un an auparavant.

— Le *crystal meth*, une peine d'amour, tout cela mis ensemble.

— Tu viens du Lac-Saint-Jean? Tu as un petit accent.

Nicolas ne voulut pas prendre de risque. Si l'autre s'évertuait à lui trouver de la parenté éloignée...

— Oh non! Je viens de la Gaspésie, mes parents sont du Lac-Saint-Jean.

— Tu devrais retourner en Gaspésie, c'est là qu'est ton Dieu.

— Dans le rocher Percé?

Le missionnaire sourit et se leva pour aller faire le plein de soupe encore une fois. L'apôtre voyait Dieu dans sa soupe.

L'aventure devenait de plus en plus intéressante. Être un sans domicile fixe d'un soir commençait à exciter Nicolas.

Il fit sagement la file devant la table du café, en gardant ses distances, mais refusa la soupe que lui offrait une des trois cent soixante-dix bénévoles qui œuvraient à l'Action terroriste socialement acceptable. Son sac faisait l'objet de convoitise, il le sentait bien, mais il refusait de le laisser avec les autres dans un coin de la tente. Il trouva plutôt une table où il put le glisser à ses pieds et entreprit de faire la connaissance d'autres itinérants, moins illuminés que le premier et qui auraient quelque chose à livrer.

Cheveux longs sagement peignés, veste de cuir, le regard sobre, son voisin de gauche observait attentivement tout ce qui se passait autour de lui.

— Vous êtes un bénévole ou une personne de la rue? demanda Nicolas.

— Difficile de savoir, n'est-ce pas? Ici, c'est comme dans un hôpital psychiatrique, il y a plus de médecins que de fous. Je suis pas encore dans la rue, mais c'est pour bientôt.

— Vous n'avez pas l'air d'un itinérant.

— C'est un défi à relever, je t'assure. En travaillant fort, je réussis à trouver une place pour coucher chaque soir.

— Ah oui? Pas moi. Il faut dire que c'est nouveau. J'ai fait une dépression : peine d'amour, *crystal meth*, etc... Et vous?

— J'ai pas envie de raconter ma vie.

Dommage, se dit Nicolas avant de se lever pour finir son café ailleurs.

Pour circuler, il dut contourner un homme qui avait eu l'idée de se créer un lit de fortune avec deux chaises qu'il avait placées juste au milieu de la place. Plus loin, un amateur de guimauves en avait empilé une centaine dans une assiette et son objectif était de se rendre à destination. Une fois assis dans un coin, il observait chaque guimauve miniature attentivement avant de la croquer.

Après plusieurs tentatives de socialisation, Nicolas se rendit compte que la plupart des gens se connaissaient, qu'ils formaient des clans, que leur monde était aussi étanche et difficile à percer que l'indifférence qui les habitait.

La pluie glaciale s'intensifiait. Des bénévoles tentaient de raviver les braseros, mais en vain. On avait ouvert la porte de la tente dortoir et on laissait entrer un par un ceux qui avaient eu la patience d'attendre. La plupart n'avaient pas de sac de couchage, on leur en fournissait des usagés ou encore des couvertures.

— On va dormir sur des tables, grogna un des démunis.

— Ouais, c'est pas fort.

L'homme au manteau de cuir passa près de Nicolas et tira sur son sac par derrière. Sur la défensive, Nicolas s'agrippa à son bien et se retourna pour faire face à son « ami » qui ne voulait pas raconter sa vie.

— Tu n'es pas un itinérant, moi non plus. Je suis un flic, *under cover*. Il y en a qui ne voient que de la détresse humaine dans cette foule, mais il se trouve qu'il y en a un paquet là-dedans qui ne sont pas capables de se plier aux lois, aux règlements. La générosité, le partage, les valeurs sociales, ils s'en crissent. Ils ne voient pas la distinction entre le bien et le mal. Pour certains, attaquer un faux itinérant, c'est amusant. Alors, tu arrêtes de jouer au vagabond et tu t'en vas faire dodo dans ton lit chaud.

— Je n'ai pas de place pour dormir.

Le policier l'amena à l'écart et lui demanda sa passe de métro.

— Étudiant à l'Université de Montréal et pas de place pour dormir. Comment t'expliques ça ?

— Mon oncle m'a mis dehors ce soir.

— Rappelle ton oncle et dis-lui que je te mets en dedans s'il veut pas te laisser rentrer.

L'agent fantôme lui passa son téléphone. La sonnerie résonna dans le vide. Nicolas eut soudainement peur de vraiment passer la nuit en prison. Horreur ! Et il n'avait même plus de Purell.

— Je vais m'arranger, ne vous inquiétez pas. J'ai une amie qui peut m'héberger. Elle n'est pas là, je vais l'attendre chez elle.

— Où est-ce qu'elle habite?

Nicolas donna l'adresse du Bleu Raisin et salua poliment le flic.

Trempé, gelé, sans bottes, Nicolas se dit qu'il devait se trouver une place au chaud pour tenter de joindre Valérie. Le terminus d'autobus ferait l'affaire. Il y avait des bancs et c'était ouvert toute la nuit.

Encore une fois, il se heurta à la boîte vocale de son amie, tout occupée à se gaver de mises en échec et de chips au vinaigre. Il lui laissa tout de même un message de détresse, la suppliant de venir le rejoindre au terminus. Le match du Canadien devait pourtant être terminé.

Edgar, la nuit

Le besoin de travailler n'était pas si urgent. Si cet emploi ne convenait pas, il en chercherait un autre. Sauf que le gouffre qui se creusait de jour en jour dans ce pécule qui représentait sa liberté l'agaçait. Il ne fallait quand même pas attendre d'être dans la rue pour tenter quelque chose. Dans la rue... Edgar jeta un regard au loin pour voir si son neveu ne traînait pas quelque part. Un brin de culpabilité l'effleura. Il faudrait qu'il réactive le service de téléphone cellulaire de Nicolas parce que Micheline n'aurait de cesse de le harceler toute la journée. Il avait coupé la sonnerie de son téléphone fixe, qu'il n'utilisait presque plus depuis des années, sauf dans la fonction boîte vocale.

S'étant refroidi les sens et les sangs, Edgar rentra et se versa une tisane. Il utilisa son faux nom de Bobby Beaudoin pour aller flairer du côté de Facebook. En fait, il avait trois identités sur ce réseau social, ça l'amusait. Marie-Pierre Nobody avait fait un gâteau, Albert Machin Truc n'avait rien fait et le match du Canadien s'était soldé par une victoire en fusillade. Pour apprendre cela, il n'aurait été nullement utile d'aller sur Facebook, le voisin d'en face, celui qui râlait à pierre fendre, avait crié d'émoi toute la soirée. Ah oui! Il avait bien failli manquer ce message de la plus haute importance : Robert Quelqu'un D'autre avait un nouveau char, bleu de surcroît.

Fort de tant d'informations utiles et excitantes, Edgar mit son réseau social à *off*, s'étendit sur le divan et se plongea dans *La canicule des pauvres* en écoutant la *Symphonie n° 4* de Malher.

Nicolas et la faune nocturne

En déambulant dans la section des arrivées du terminus, Nicolas aperçut deux hommes qu'il identifia comme des itinérants, assis sur des banquettes. L'un d'eux portait une guitare en bandoulière. Il prit place à leurs côtés.

— Je viens de péter une corde de ma guitare, ça va me coûter tout l'argent que j'ai fait aujourd'hui, dit le premier, qui devait être dans la jeune quarantaine.

— Ouais, c'est pas drôle, acquiesça l'autre.

Juste en face, un comptoir accueillait les immigrants, un préposé s'affairait à aider un couple à se trouver un hôtel bon marché pour la nuit. Sur un tableau, près du comptoir, une liste d'endroits qui accueillaient les démunis avec les numéros de téléphone et les indications pour s'y rendre.

Le guitariste confia son instrument à l'autre itinérant pour se rendre aux toilettes. Il en revint avec un gobelet à café dans lequel il avait fait « mijoter » une soupe aux nouilles en expliquant à son compagnon de terminus qu'on pouvait la trouver à vingt-neuf cents le paquet à la pharmacie tout près.

— C'est bon, mais il faut trouver de l'eau chaude.

En regardant autour, Nicolas se rendit compte qu'il y avait non pas deux, mais quatre sans-abri. Près des rangés de téléphones publics, un homme se faisait discret avec son vécu bien organisé dans un vieux chariot d'épicerie. Et près du comptoir destiné à ceux qui ne savaient pas où les menait leur karma, un quadragénaire, plutôt bien mis compte tenu du luxe mis à sa disposition, parlementait avec les deux autres. En fait, il jouait les thuriféraires et réussissait à donner l'impression qu'il faisait partie du comptoir d'information. Le jeu divertissait Nicolas, qui appréciait la chaleur et le confort du terminus. Le plaisir fut toutefois de courte durée. Un costaud arborant un uniforme de sécurité vint se planter devant le tableau des désœuvrés et montra du doigt les deux SDF tout près de Nicolas. Le premier se leva aussitôt et s'approcha du thuriféraire, répétant à plusieurs reprises : « Le bombardier est là. »

Le musicien ne bougea pas d'un poil, trop affairé à déguster sa soupe. Quand l'armoire à glace s'approcha de lui, il lui demanda pourquoi il cherchait le trouble.

— Moi, je cherche le trouble ? Tu penses que moi, je cherche le trouble ? menaça l'agent de sécurité en restant faussement calme.

— OK. Je pense que je l'ai mal dit. Je veux dire qu'il n'y a pas de trouble, que la vie est belle.

L'autre l'observait avec insistance. Visiblement, il ne partageait pas cette philosophie. Il se tourna à demi vers celui qui répétait : « Le bombardier est là. »

— Lui, il a compris.

Pour sa part, l'homme au chariot d'épicerie roulait ses pénates vers la porte menant aux taxis.

Le guitariste lapait toujours sa soupe. L'agent ne bougeait pas, et Nicolas essayait de se faire oublier.

— Alors ? dit l'homme chargé de faire régner l'ordre.

— Pourquoi t'es si méchant ? lui lança le guitariste. On fait rien de mal. On se repose un peu.

L'uniforme reprit lentement sa tournée en lui lançant un regard qui signifiait qu'il avait intérêt à déguerpir avant son retour.

— Je ne pourrai pas passer la nuit ici ? demanda Nicolas au musicien.

— Non, si t'as pas de billet d'autobus, tu pourras pas rester ici. Moi, je viens seulement quelques minutes pour manger ma soupe. Après, je repars. Tu pourrais aller dormir dans les tentes à côté.

— J'y suis allé, mais il y avait trop de monde, mentit Nicolas, gêné de dire qu'il était trop dédaigneux pour se mêler aux sans-abri.

Le deuxième SDF revint s'asseoir, le temps que le bombardier finisse sa tournée. Il avait suivi la conversation.

— Tu peux aller dormir sur un des bancs du métro juste ici à côté. Là, tu es correct pour une heure ou deux en restant assis. Il ne faut pas s'étendre.

— Vous dormez toujours assis ?

— Oui. L'été, on peut s'étendre par terre dans le parc, répondit celui qui n'était pas musicien. Des fois, on va dans un refuge, surtout pour se laver, mais y a ben des règlements.

L'homme au chariot était revenu se poster devant les téléphones publics.

— On t'a jamais vu dans le coin, dit le musicien en s'adressant à Nicolas.

— Je ne suis pas de Montréal. Je retourne en Gaspésie. J'ai manqué mon autobus puis j'ai juste l'argent du billet.

— Qu'est-ce que tu faisais ici ?

— Enfermé pendant trois semaines dans un hôpital psychiatrique. Dépression, grosse dépression.

— Ah ! la maladie. C'est pas drôle. Qu'est-ce qui t'ont fait, à l'hôpital ?

— Ils m'ont fait dormir. Je dormais tout le temps.

— Pendant trois semaines? As-tu fait des rêves pornographiques?

— Pas à ce que je me souvienne.

Il restait encore la moitié de la soupe dans le contenant de carton. Le musicien le tendit à Nicolas.

— En veux-tu? J'ai plus faim. C'est de valeur de jeter cela.

L'estomac de Nicolas se retourna sur lui-même.

— Non merci, j'ai perdu l'appétit.

Le musicien cria à l'homme au chariot.

— Eh Jack, veux-tu ma soupe? Elle est encore chaude.

L'autre fit non de la tête.

— Bon, je vais être obligé de la jeter. Qu'est-ce que tu vas faire jusqu'à demain matin?

Le musicien hésitait à partir. Il semblait préoccupé par le sort de Nicolas.

— Je pense que je vais aller au métro de Longueuil, ils sont plus tolérants. Je prendrai l'autobus pour Québec à partir de là, demain.

Le musicien se leva et lui souhaita bon voyage en Gaspésie.

En fait, Nicolas avait eu une idée en parlant de Longueuil. Il avait toujours la carte qui donnait accès à l'immeuble où habitait son oncle. Il supputa rapidement où il pourrait se loger en attendant le matin. La piscine était verrouillée, la salle des casiers aussi. Si quelqu'un le croisait en train de déambuler dans le corridor, on appellerait sûrement la police. Mais il y avait le deuxième sous-sol, où l'on déposait les déchets dans des conteneurs.

Il serait au chaud et tranquille. Qui viendrait déposer ses ordures en pleine nuit?

Il courut pour attraper le dernier métro de la ligne jaune.

Edgar laissera-t-il revenir Nicolas ?

Edgar se secoua. Le réveil de son cellulaire poussait une fausse note de Chopin. Huit heures. Café, journal, robe de chambre. Avant de prendre une douche, il fit rebrancher le téléphone de Nicolas.

Complet marine et cravate grise, lignée de jaune pâle. Sur une chemise anthracite, cela serait d'une telle sobriété, lui avait affirmé Vézina, surtout s'il voulait faire décontracté. Edgar aurait aimé avoir l'avis de Nicolas là-dessus, mais voilà, il l'avait mis dehors. Avant d'endosser sa tenue d'entrevue, il décida de nettoyer la zone de combat. Il remplit quelques sacs de papier brun de journaux et s'apprêtait à aller les jeter dans la benne à déchets au fond du couloir lorsque la diabolique invention sonore vibra dans sa poche de robe de chambre. Sa sœur, évidemment.

— Micheline, il n'est pas question de discuter de ça aujourd'hui. Tu veux savoir pourquoi je l'ai mis dehors ? Il m'a volé cinq mille dollars. Il a dû passer la nuit chez une amie. Je ne sais pas ce qu'il t'a dit, ton petit Saint-Nicolas, mais moi, je ne suis plus capable.

Un silence au bout du fil.

— Il ne m'a rien dit. Il ne m'a pas appelée depuis trois jours. Lorsque je lui ai téléphoné tard hier, un message disait qu'il n'y avait plus de service au numéro que j'avais composé. Il t'a volé cinq mille dollars ? Dans tes tiroirs, ton portefeuille, d'un seul coup ou graduelle-ment? Il a recommencé à consommer, c'est ça?

Micheline sanglotait. D'abord doucement, comme quelqu'un qui essaie de se contenir, puis Edgar sentit qu'il avait affaire à une inondation au bout du fil.

—Non, Micheline, c'est-à-dire que oui, pour con-sommer, il consomme, mais ce n'est pas ce que tu crois. Il achète beaucoup de choses; c'est pour cela j'imagine qu'il n'a pas d'argent pour se payer un appartement. Les cinq mille dollars, c'est autre chose. Il a vendu mes actions de Bombardier pendant que j'étais sous la douche.

— Et qu'est-ce qu'il a fait avec les cinq mille dollars?

Bon, il lui fallait maintenant donner un cours de valeurs mobilières 101.

— Il n'a pas touché les cinq mille dollars.

— Alors, il ne les a pas volés.

— Oui, d'une certaine façon. Les actions avaient considérablement baissé depuis un certain temps. Il les a vendues en activant une manœuvre sur mon ordinateur. Mais comme elles étaient en perte, je ne pourrai jamais récupérer cet argent.

— Veux-tu qu'on te rembourse? Joseph peut emprunter de l'argent à son père. Il a un cancer du cerveau, il n'a plus de grands besoins. Mais pourquoi a-t-il fait ça?

— Non, je ne veux pas que tu me rembourses, ce n'est pas de ta faute. Pourquoi il a fait ça, je n'en ai aucune idée. Je dois me préparer, je suis convoqué à une entrevue pour un emploi.

— Un emploi? Tu vas retourner travailler? Où?

— Peut-être à un régime de retraite d'organismes communautaires.

Micheline réprima un petit rire au bout du fil.

— Des organismes communautaires?

— Oui, la vie est dure pour tout le monde. Si tu veux rappeler Nicolas, j'ai fait réactiver son téléphone.

— Je vais l'appeler. Il va s'excuser. Laisse-lui une chance, le temps de se trouver un coloc fiable. On veut pas qu'il habite avec n'importe qui.

— Excuse-moi, Micheline, comme je le disais, j'ai un rendez-vous important.

— Et Margot, comment va Margot?

— Margot?

— Oui, c'est bien que tu aies quelqu'un dans ta vie.

— Là, je t'arrête, Margot est une connaissance.

Edgar réalisa du coup qu'il était en train de se justifier, ce qu'il n'avait jamais cru nécessaire de faire de toute sa vie.

— Au revoir, Micheline.

— Bonne chance pour ton entrevue. On se rappelle.

Se rappeler. Sa sœur avait dit se rappeler. Edgar ne rappelait pas. Tout au plus, il répondait parfois au téléphone.

Devant lui, son attirail de travailleur salarié. Le syndrome du complet de flanelle grise vint le hanter. Se lever chaque matin, prendre le métro, assister à des réunions, rendre des comptes, entendre les jacasseries, être meilleur que l'autre, recevoir des ordres, sauver sa peau, plaire à Monsieur Untel ou à Madame Unetelle. Performance, jactance et complaisance. Retourner dans la basse-cour le décourageait. Pourtant, ce stage au purgatoire était un mal nécessaire dans la gestion de la crise actuelle. Il se fit une promesse. Quand son capital aurait recommencé à donner un rendement intéressant, il dépenserait, s'achèterait des tas de choses. Il lui faudrait apprendre à dépenser. Tout cet argent envolé qu'il aurait dû prendre plaisir à dépenser. Encore une fois, il aurait aimé consulter Nicolas sur l'art de dépenser, un art dans lequel le jeune excellait, mais il l'avait chassé de sa vie.

Accoutré comme il se devait, Edgar se regarda de pied en cap, estimant que sa nouvelle silhouette, plus effilée, lui seyait bien.

Il appela un taxi pour se rendre au métro et saisit les deux sacs remplis de journaux.

Comme toujours, la pièce où se trouvait la trappe à déchets puait les ordures. Edgar tenta de jeter ses sacs, mais ils étaient trop gonflés et, même en poussant de toutes ses forces, il ne réussit pas à les faire descendre. Bon, il devrait les porter dans le dépotoir au deuxième sous-sol.

Dans l'ascenseur, il croisa Isabelle Rodrigue.

— Edgar, comme tu es chic!

— Merci.

— Des funérailles?

— Non, un baptême. Je suis le parrain. Ah! Ah! Ah!

— Sérieusement.

— Je me cherche du travail.

— Vraiment, pourquoi?

— Eh bien, pour gagner ma vie, je crois. Il y en a d'autres qui le font.

— Oui, mais je croyais que le système et toi étiez fâchés. Veux-tu que je m'informe à l'Union des producteurs agricoles? Peut-être à la Fédération des producteurs de lait?

— Non, merci. Le lait, le porc, les céréales, les plans de fertilisation, le purin, les volailles sur parcours et les vaches en stabulation libre, ça me rappelle trop mon passage au ministère. J'ai déjà donné.

— Alors, bonne chance, lui lança Isabelle Rodrigue en sortant au niveau du garage.

Edgar sortit rapidement au deuxième sous-sol et hâta le pas afin de ne pas faire attendre le taxi qui était sans doute déjà devant l'immeuble. Une voix pas si inconnue résonnait derrière un vieux frigo.

— Non, maman, je ne veux pas retourner chez mon oncle Edgar. Il m'a mis dehors en pleine tempête. Je n'avais même pas de bottes. J'ai passé la nuit dans le sous-sol de l'immeuble, couché sur un vieux divan miteux. Je vais me trouver un appartement, ma demande de prêts et bourses a été acceptée, ça va m'aider. Oui, je prends toujours mon Seroquel. Non, je n'ai pas recommencé à consommer. Les actions de Bombardier? Ça valait cinq mille dollars? J'ai juste appuyé sur la case Vendre pour voir ce que ça donnerait. Non je ne sais pas à quoi j'ai pensé. À rien, je suppose... Je te l'ai dit, le vieux maudit, je ne suis plus capable.

Edgar s'amusait follement. Il s'approcha de Nicolas et lui fit un signe de la main avant de se glisser dans l'ascenseur.

Pour conjurer le sort, Edgar, qui apprivoisait la théorie des biscuits chinois, se jura que, s'il décrochait le poste de coordonnateur chez les communautaires, il emmènerait Nicolas manger un *smoked meat* chez Schwartz's, histoire de lui montrer ce qu'était un pur délice. Et que le gras n'avait jamais tué personne. Peut-être aussi pour faire la paix. Et s'il décrochait le poste chez les communautaires, il emmènerait Margot souper au Bleu Raisin. Avec tout le bien que Nicolas en disait, ce devait être bon. Une bouteille de Moët et Chandon se marierait bien avec les entrées. Puis un château quelconque pour accompagner le bœuf ou l'agneau. Il discuterait avec Vézina pour le choix d'un bordeaux. Pour les grandes occasions, il n'y avait que le bordeaux selon Edgar.

Au sortir de l'ascenseur, son neveu l'attendait, essoufflé d'avoir gravi l'escalier en courant.

— Je suis désolé pour les actions de Bombardier.

Edgar lui balança de nouveau la célèbre phrase de *Love Story*: «En amour, on n'a jamais à dire qu'on est désolé.»

— Où est-ce que vous allez, fringué comme ça?

— À des funérailles. Tu peux remettre tes affaires en place, je te donne deux semaines de sursis. Puis, oublie pas, tu me dois cinq mille dollars.

Nicolas fronça les sourcils et prit le chemin des ascenseurs, traînant toujours avec lui son sac transparent.

— Excusez mon retard, dit Edgar au chauffeur de taxi.

La voiture taxi était sale et vieille. Elle empestait la nicotine. Edgar se rendit compte que le chauffeur ne lui faisait pas la conversation, mais parlait à quelqu'un dans son cellulaire à l'aide d'un écouteur.

Il tapota l'épaule du chauffeur pour lui signifier qu'il désirait faire un arrêt.

— Je parle à ma sœur à New York.

— Ah oui! Tout à l'heure, j'ai parlé à ma sœur à Jonquière. C'était chez moi pendant que je ne travaillais pas. Maintenant, soit vous parlez à votre sœur à New York, soit vous me conduisez.

Le chauffeur dit au revoir à sa sœur.

— Elle a des problèmes.

— On a tous des problèmes. Pouvez-vous faire un arrêt au restaurant vietnamien, rue Joliette?

Edgar déposa une pièce d'un dollar sur le comptoir et sortit avec deux biscuits chinois. «Le menteur a beau dire la vérité, on ne le croira pas.» «Non, ça ne va pas», soupira Edgar en froissant le papier. «Votre chance est à deux pas d'ici», disait le deuxième. Voilà qui était mieux.

Nicolas, Valérie et l'insulte suprême

Sale, nauséabond, dégoûtant, épuisé et en manque, Nicolas n'aspirait qu'à une chose : se laver, dix fois, cent fois, mille fois. Comment faisaient donc les sans-abris qui vivaient dans la rue ?

Il goba trois comprimés de Seroquel en entrant dans l'appartement de son oncle et se fit couler un bain. Pendant trois secondes, il songea à jeter ses jeans, son pull et son manteau, mais il en fit une boule qu'il enfouit dans un sac transparent. Il les laverait à l'eau chaude. Tant pis s'ils perdaient un peu de leur couleur.

Alors qu'il mijotait dans la baignoire, son cellulaire lui livra une retentissante fanfare. C'était Valérie.

— Je te cherche depuis hier.

— C'est moi qui t'ai cherchée tout ce temps. Mon oncle m'a mis dehors. J'ai passé la soirée avec des itinérants qui mangeaient des guimauves sous une tente ou qui buvaient de la soupe aux nouilles au terminus.

— *Cool* !

— Non. Pas *cool* du tout. Et j'ai dormi derrière un conteneur de récupération. Pourquoi tu répondais pas, crisse ? Tu m'avais dit que je pourrais aller chez vous quand je serais mal pris. T'es pas venue au terminus non plus.

— On regardait le hockey, Akand et moi, et puis après, bien... on était occupés, alors j'ai éteint mon cellulaire.

— Quoi? Avec Akand?

— Non, dis-moi pas que... Akand et toi...

— Fais-toi-en pas. S'il y a eu quelque chose entre lui et moi, c'est fini. Tu peux t'envoyer en l'air avec lui tant que tu veux.

— Attends, c'était juste en passant. Je sors sérieusement avec Charles maintenant.

— En passant? Pendant le match Sénateurs-Canadiens, après le but de Kovalev, un intermède oral, juste avant le tir en fusillade, je suppose.

— Je dirais plutôt que c'était une mise au jeu en territoire défensif. Je comprends pourquoi maintenant. T'as regardé le match, c'était bon, hein?

— Non, il n'y avait pas de télé sous la tente. C'est le vieil asthmatique, cardiaque, épileptique d'en face qui m'a décliné sa vie en trois périodes. En tout cas, c'est vache.

— OK, on gère ses émotions, Nic, je pouvais pas deviner que toi et lui... Maintenant que j'y pense, c'est vrai que c'était pas mal différent qu'avec les autres gars.

Nicolas coupa la conversation et lança le téléphone. L'appareil atterrit dans la cuvette. Il était foutu... Nicolas se laissa couler dans l'eau profonde de la baignoire et commença à compter. Il se releva en crachant de l'eau. Trente secondes, ce n'était pas suffisant pour se noyer. Il se fit plutôt un shampoing en se demandant qui des deux il détestait le plus, Valérie ou Akand.

L'affront du vieil oncle était devenu une légère avanie comparativement au camouflet que venait de lui servir Valérie.

Le Seroquel commença à le pacifier. Engourdissement, léthargie et finalement torpeur le menèrent directement au sofa où son oncle passait une partie de sa vie, affalé, à supputer sur ses placements, lorsqu'il n'était pas branché sur son ordinateur, au demeurant resté allumé. Un événement subit avait sans doute précipité son départ pour que le vieux ait ainsi oublié de verrouiller son si précieux outil. Avant de sombrer dans le sommeil, Nicolas activa le compte de placements d'Edgar pour y lire un montant qui, même déduit de la colonne en négatif, affichait une somme qui lui sembla astronomique. Avec tout ce fric, je ne me chercherais pas de travail, rumina Nicolas, je partirais faire le tour du monde. Il aurait voulu se voir loin, très loin, sur un voilier, en solitaire et sans assistance. Il ne voulait pas penser au lendemain. Il ne voulait pas de lendemain. Il voulait juste dormir, se laisser glisser dans l'abîme du rêve, comme le cœur chaviré de Nelligan.

Edgar impressionne la galerie

Les techniques d'entrevue n'ayant pas changé depuis son passage au ministère, Edgar avait mis le comité de sélection dans sa poche.

— Croyez-vous que c'est le moment de se lancer dans des placements à risque compte tenu de la crise actuelle? lui avait demandé la directrice du régime de retraite nouvellement créé.

— Je crois que c'est le meilleur moment. Votre clientèle est encore en train de se bâtir et vous ne comptez pas verser de pension avant quelques années. En ce qui a trait au marché boursier, il est tellement bas qu'il ne peut faire autrement que de remonter.

Et il émit un rire qu'il voulait subtil.

— Nous préférons parler de membres plutôt que de clients, lui avait rétorqué la directrice, un brin mère Teresa.

— Bon alors, pour les membres, il faudra penser à un portefeuille comptant au moins 60 % d'actions. Ça peut sembler audacieux mais, considérant le marché actuel, c'est prometteur à long terme. Évidemment, nous sélectionnerons des entreprises versant de bons dividendes pour assurer un rendement à court terme. On pourrait aller du côté des Bourses émergentes, comme celles de l'Asie, pour le moyen terme.

— Idéalement, nous voudrions essentiellement des entreprises d'ici, ajouta le directeur des ressources humaines.

— Et des placements éthiques, renchérit la directrice du fonds.

Ah oui! pensa Edgar, on fait dans le communautaire, ne l'oublions pas. Il ne se laissa pas non plus impressionner quand on lui demanda de décrire ses points faibles, question qu'il avait toujours trouvée particulièrement stupide. Et la réponse à laquelle il avait ajouté une variante sembla les combler.

— Je suis un peu entêté, ce qui me permet de mener certains projets à terme, mais je consulte beaucoup.

Puis il ajouta son commentaire qui faisait toujours rire au ministère.

— J'aime bien les biscuits au chocolat. Mais ça, c'est sans conséquence, sauf pour mon foie.

La représentante d'une maison pour femmes violentées lui lança un regard séduit. Un bon vivant qui mange des biscuits, ça ne risquait pas de vouloir jouer au macho ou de leur imposer ses vues.

En conclusion, il les leurra en leur affirmant que *his best achievement* (on était passé à l'anglais) était sûrement lorsqu'il était allé au Burkina Faso pour propager l'œuvre du cardinal Léger.

— Et combien de temps avez-vous été là-bas? demanda la directrice, les yeux fouineurs.

— J'y suis allé à quelques reprises.

— Avez-vous connu...

Edgar balaya la question d'un léger coup de tête pensif et enchaîna.

— De quels outils serons-nous équipés pour transiger?

Les trois autres restèrent bouche bée. Ils avaient vraiment besoin d'un expert.

— Je m'occuperai de tout cela, si je suis embauché, évidemment.

La directrice commençait à se répéter et revint à la charge en observant le complet trop élégant d'Edgar.

— Notre fonds regroupera des organismes communautaires, des femmes œuvrant dans le bénévolat, des travailleuses sociales. Alors, nous devons toujours garder en tête que l'objectif premier est d'aider ces gens à se préparer une retraite décente, mais en harmonie avec leurs principes.

— Tout en étant préoccupé par le rendement, je pense, comme Stendhal, que les conseillers, les banquiers, les manufacturiers, dont la vie est récompensée par des millions et non des sensations tendres, en viennent à voir leur cœur s'ossifier peu à peu. Ce que je tente d'éviter, évidemment.

Le directeur des ressources humaines gobait tout ce qu'il disait, en songeant que l'homme était habile. Était-il compétent?

— Nous avons cru comprendre que vous viviez de vos placements. Comment surmontez-vous la présente crise?

Le coup avait frappé. Voulait-il lui faire dire qu'il était en train de quémander une job?

— Je ne vous cacherai pas que, oui, j'ai vécu des moments inquiétants, mais j'avais prévu le coup. Il faut prendre des risques dans la vie.

Il prit son sac de cuir qui gisait à ses pieds et décida de les laisser réfléchir.

— Je ne voudrais pas abuser de votre temps, vous devez avoir d'autres candidats à rencontrer.

Dans leurs yeux, il vit l'inquiétude qu'il avait voulu semer. Désemparée, la directrice se leva pour le saluer.

— Quand seriez-vous disposé à commencer si votre candidature nous intéressait?

— Est-ce que ma candidature vous intéresse?

Edgar savait bien que oui, mais il voulait se le faire dire.

— L'entrevue mérite un A plus, lâcha le directeur des ressources humaines. Maintenant, est-ce qu'on a les moyens de vous payer? Avez-vous un chiffre en tête?

— Ça pourra toujours s'arranger, vous savez. Pour moi, il s'agit d'un choix social.

En fait, il aurait accepté le travail à n'importe quelles conditions, le temps de se sortir de ce bourbier boursier. Et il n'avait pas envie de se plier à une autre kermesse du genre.

Dans le métro qui le menait à la station Longueuil, il observa les passagers, de toutes cultures, de tous styles, pour la plupart branchés sur leur iPod. On était en début d'après-midi, les voitures étaient à moitié vides. Les banquettes orange et les wagons, qui faisaient se gonfler de fierté le maire Jean Drapeau en 1967, étaient démodés, vieillots, dépassés. Sur une bande défilante, il lut la nouvelle du jour: les constructeurs automobiles américains sollicitaient une aide massive du gouvernement pour éviter la faillite.

L'économie ne pouvait-elle pas passer par autre chose que les maudites voitures?

L'activité de se vendre avait été intense pour Edgar, qui dut marcher au moins cinq minutes pour se rendre au nouveau débarcadère situé à l'autre extrémité du métro. Il sauta dans un taxi et, une fois rendu chez lui, il constata qu'il n'avait pas fait de courses, qu'il était affamé, épuisé par le manque de sommeil et par sa prestation. De plus, son neveu occupait son sofa.

Valait mieux se préparer un gin tonique. Beaucoup de glace, beaucoup de tonique, c'était meilleur pour sa santé. Il s'assit à son bureau, réalisa du coup qu'il avait laissé son ordinateur actif et regarda dormir son neveu.

Il cliqua sur le site de messagerie Hotmail pour voir si Nicolas l'avait utilisé. Rien, tant mieux. Il retourna sur le site de Placements en direct pour vérifier si l'idée ne serait pas venue à ce chenapan de tripoter encore ses actions. Heureusement, non.

Edgar éteignit son ordinateur sans vérifier les récentes cotes de la Bourse ; l'avant-midi avait été éreintant.

L'enfant, c'était un enfant, dormait toujours, les sourcils froncés, les mâchoires serrées, les cheveux en broussaille, encore humides, un voile de tristesse sur ses traits. Edgar se demanda s'il lui était arrivé d'être aussi malheureux dans sa jeunesse. Dans la cour d'école, au primaire, on ne lui passait jamais le ballon. Au début de son cours classique, lorsqu'il était pensionnaire, personne ne l'invitait à se joindre à une équipe de hockey. La seule fois où il s'était présenté à la présidence de sa classe, il avait été battu à plates coutures. S'estimant plus intelligent que la moyenne, il avait toujours porté sur le monde un regard critique. Les livres et la musique avaient été ses meilleurs amis, les plus fidèles. Au ministère, on le croyait gai. Il laissait parler les gens.

Il se demanda s'il ne devait pas se trouver un nouveau chat pour remplacer Vézina. Les chats aussi étaient fidèles, quand ils ne vous faisaient pas le coup de mourir, évidemment.

Un cri strident brisa le silence de treize heures. Nicolas sursauta et Edgar se leva d'un bond.

— Une nouvelle querelle chez les voisins.

— Je n'ai pas envie de les entendre, je vais dans ma chambre, répondit Nicolas, désolé d'être sorti de son coma bienheureux. Dans le vestibule, il ramassa un des sacs transparents contenant ses draps. Il s'apprêtait à se rendre à sa chambre lorsqu'ils entendirent les cris devenir plus insupportables.

Edgar frappa de toutes ses forces contre le mur de la cuisine avec une poêle à frire. Nicolas s'approcha. Le poids douloureux d'un corps projeté contre le mur, une fois, deux fois, trois fois, fit valser les ustensiles accrochés au mur.

— Appelle la police, il est train de la tuer, ma parole ! lança Edgar.

Nicolas chercha instinctivement son cellulaire, qui était mort dans la cuvette. Edgar lui tendit le sien.

— On ne peut pas attendre la police, cria Nicolas, la fille va être en morceaux à son arrivée.

Edgar n'avait pas envie de jouer à Superman, mais bon, il le fallait bien. Pendant que Nicolas composait le 9-1-1, le misanthrope devenu sauveteur s'empara de la poêle en fonte et d'une longue rôtissoire émaillée qui lui servirait de bouclier.

De son côté, Nicolas attrapa un deuxième poêlon et un rouleau à pâtisserie.

— Je frappe à la porte et je fonce dans le tas. Avec la poêle, tu te places derrière et tu me défends au besoin, cria Edgar avant de sortir.

Après plusieurs coups, la fille vint enfin répondre. Les portes commencèrent à s'ouvrir discrètement sur le palier, mais personne ne sortit pour aller prêter main-forte aux deux héros. Elle avait pris le temps de se laver le visage, mais il y avait un filet de sang qui coulait encore de son nez.

— Venez, dit Edgar, en prenant le bras de la jeune fille.

— Non, ça va, tout est correct.

Derrière elle, l'homme attendait, indolent.

Une forte odeur de marijuana se répandit dans le couloir alors que les portes se refermaient aussi sournoisement qu'elles s'étaient ouvertes.

Le cellulaire d'Edgar vibra dans la poche de Nicolas.

— C'est la police, ouvrez !

Nicolas alla dans l'appartement de son oncle pour activer le code d'entrée.

— La police arrive, dit Edgar, qui tenta de nouveau de tirer la femme par la manche. Venez chez moi pour la déposition.

Elle résista. Son chum s'approcha d'elle pour fermer la porte, Nicolas le menaça de sa poêle.

— Toi, approche pas!

La fille se dégagea, retourna à l'intérieur et poussa la porte d'un coup de pied. Deux policiers sortaient de l'ascenseur.

— Il l'a frappée. On l'a entendu, déclara Nicolas aux hommes.

— Merci, vous pouvez rentrer dans votre appartement, on va aller prendre votre déposition au besoin.

Edgar et Nicolas tendirent l'oreille. La conversation entre les policiers et la fille dura environ trente secondes, puis ce fut tout. Ils étaient repartis. Elle avait tout nié. Nicolas n'avait plus sommeil. Il semblait encore plus abattu après cette montée d'adrénaline.

— Il n'y a pas grand-chose dans le frigo, dit tout bonnement Edgar en refermant la porte.

Nicolas s'approcha, se vida une rasade de gin Bombay Sapphire qu'il coupa d'un peu de tonique, puis s'appuya au mur de la cuisine.

— Je pense que je vais me suicider. C'est trop. Le monde est fou, puis moi aussi, je crois.

— Tu trouves pas que la journée a été assez mouvementée? Ça peut pas attendre à demain?

Nicolas pouffa.

— Je vais faire des pâtes, dit Edgar. Josée di Stasio affirme que les pâtes, ça rend heureux.

— Heureux, c'est un bien grand mot. Vous pouvez aller enlever votre attirail de grand-messe, je vais préparer le repas, lui annonça Nicolas en fouillant dans le garde-manger. Il y trouva deux paquets de champignons séchés, des porcini, qu'il mit à tremper dans du bouillon de poulet. Et des pâtes. Edgar gardait une collection impressionnante de pâtes.

— Je vais prendre une douche, marmonna Edgar pour laisser la chance au jeune de cuisiner. Pendant qu'il serait occupé, il ne penserait pas à se jeter du balcon.

Nicolas chute pour la troisième fois

Nicolas hacha un oignon et écrasa deux gousses d'ail, qu'il fit revenir dans l'huile d'olive. Pendant que tout cela embaumait la cuisine, il coupa les champignons et les fit sauter, les gratifiant d'une bonne quantité d'huile. De temps en temps, il tendait l'oreille pour voir si la tempête s'était vraiment apaisée du côté des voisins.

Edgar sortit de la salle de bain, huma les arômes et s'assit. Les deux chandelles, témoins du passage à table de Margot, montaient encore la garde. Nicolas les alluma pendant qu'Edgar ouvrait une bouteille de chianti. Après le gin, ça aura un effet dévastateur, pensa Nicolas avant de se laisser tenter.

— C'est vachement bon, conclut Edgar qui, à la surprise de Nicolas, n'en prit toutefois qu'une portion.

Après le repas, Edgar fouilla dans une pile de livres à donner d'où il sortit un coffret des principales œuvres de Camus, dont *Le mythe de Sisyphe*, et lut à haute voix : « Il n'y a qu'un problème philosophique vraiment sérieux, c'est le suicide. Juger que la vie vaut ou ne vaut pas la peine d'être vécue, c'est répondre à la question fondamentale de la philosophie. »

— Ça ne veut rien dire, répliqua Nicolas, avant d'aller faire son lit.

— Au contraire, ça veut tout dire, marmonna Edgar, qui reprit sa lecture, toujours à haute voix, citant cette fois un extrait de *L'homme libre*: «C'est parce que le monde est malheureux dans son essence que nous devons faire quelque chose pour le bonheur, c'est parce qu'il est injuste que nous devons œuvrer pour la justice; c'est parce qu'il est absurde enfin que nous devons lui donner ses raisons. »

— Ça, c'est mieux, convint Nicolas, mais je vais dormir maintenant.

— Tu ne vas pas à tes cours?

— Je ne vais plus à mes cours. Demain, je vais partir comme vous le souhaitez si vivement et je vais me trouver une job.

— Comme plongeur? Ta maman va être contente.

— On verra.

Edgar, Nicolas et les croquettes pour chiens

À moité endormi, le misanthrope vit apparaître au fond de la cuvette une masse rouge sang qui le stupéfia. Son corps rejetait son nouveau mode de vie, trop ascétique. Il se pencha au-dessus de l'eau brouillée pour observer la masse étrange qui avait la forme rectangulaire d'un... téléphone cellulaire.

Armé d'une paire de gants de latex, il tenta de repêcher le téléphone de Nicolas, mais les gants étaient trop courts. Il tira la chasse d'eau, espérant se débarrasser du problème dans l'égout, mais l'appareil restait bien en place. Pour l'instant, il ne bouchait pas la sortie d'eau.

Son propre téléphone vibra. C'était le directeur des ressources humaines du régime de retraite qui offrait à Edgar un salaire dérisoire compte tenu de l'opinion qu'il avait de lui-même. Il réussit à le faire augmenter de quelques milliers de dollars. Oui, il pourrait se mettre au travail dès lundi prochain.

Toutefois, ses préoccupations se situaient à un autre niveau ce matin-là. Il frappa à plusieurs reprises à la porte de la chambre de Nicolas, puis se décida à entrer. Il secoua vigoureusement le neveu, qui finit par émerger d'un cauchemar. Sur sa table de chevet, la bouteille de chianti, qu'ils n'avaient pas terminée la veille parce qu'elle goûtait le vinaigre, et un contenant de médicaments, les deux vides.

Nicolas se leva et courut vomir.

Il revint se coucher.

— J'ai vomi du sang.

— Non, tu as vomi ton cellulaire, je le sais, je l'ai pissé tantôt. T'en a pris combien de ces machins-là ? demanda Edgar en examinant l'ordonnance sur le contenant.

— Il en restait seulement deux.

— Pensais-tu te suicider avec deux antidépresseurs et une demi-bouteille de vin bouchonné ?

— Non, je voulais juste dormir.

— Eh bien, tu as assez dormi. On va dire que tu as eu une rechute. Pour l'instant, tu te lèves et tu prends une douche. Après, tu vas aller à tes cours.

— J'ai mal au cœur, gémit Nicolas en implorant son oncle de le laisser tranquille.

— Alors, tu vas faire un peu de yoga. Respire profondément pendant cinq minutes en te disant que tu reprends la maîtrise de ton corps, de ton estomac, de ta vie.

— De ma vie ? Tout ça en cinq minutes, non merci. Je préfère aller prendre une douche.

— Je vais faire du café.

Nicolas sortit en s'asséchant les cheveux et s'installa à table devant un café et *Le Devoir*. Un coup d'œil sur les petites annonces pour se trouver un appartement, mais il y en avait peu. Quand il aurait accès à un ordinateur, il pourrait lancer un appel sur Facebook et visiter le site appartalouer.com.

— Une toast ? lui offrit Edgar, en déposant devant lui un morceau de pain grillé recouvert de beurre.

La rôtie passait difficilement, mais elle passait.

Edgar avait hâte de se retrouver seul avec son journal et ses orchidées. Il devait les tailler, les nourrir, leur faire entendre un peu de Malher.

— Tu n'as pas peur d'être en retard à ton cours?

— Je ne peux pas aller à mon cours. Je ne veux voir ni Akand ni Valérie.

S'il connaissait Valérie de nom, Edgar n'avait jamais entendu parler d'Akand.

— Qui est Akand?

Nicolas hésita.

— Ton amoureux?

— Oui, mais il a couché avec Valérie. Je ne veux plus les voir. Je ne veux plus aller travailler au restaurant avec Valérie non plus. Je veux mourir.

— Ça, tu l'as déjà dit hier, tu te répètes.

— Qu'est-ce que je vais faire?

— C'est une question que je ne me suis jamais posée, alors je ne peux pas te répondre.

— Pourquoi?

— Parce qu'à ton âge je n'avais pas le temps de me poser ce genre de question. Il fallait travailler pour payer le loyer, la nourriture, survivre, aller à mes cours. Après ça, quand il restait du temps, j'étudiais. Ensuite, je n'en ai jamais vu la nécessité.

Dans un bol, Edgar versa des céréales d'avoine enrichies de graines de lin, de germe de blé, de soya biologique, de raisins secs et de canneberges, et y vida un verre de lait.

— Ça ressemble à des croquettes pour chiens, dit-il à Nicolas, avant d'y plonger sa cuillère.

— Ça goûte aussi les croquettes pour chiens.

— Vous avez déjà mangé de la nourriture pour chiens? s'enquit Nicolas pour se moquer.

Edgar le regarda avec un sourire narquois.

— Oui, pendant trois jours. Lorsque je suis arrivé à Sherbrooke pour faire mes études, avant que je me trouve du travail. Je nichais dans un studio en face d'un bar de danseuses nues fréquenté par les motards criminels de la ville. C'était pas cher et c'était assez tranquille, du moment qu'on ne les dérangeait pas. L'ancien locataire avait laissé l'appartement dans un état désastreux. Il était parti sans payer le loyer et avait abandonné son chien sur les lieux. Le propriétaire de l'édifice a expédié l'animal à la SPA et m'a acheté un balai et une moppe pour que je nettoie. Je les ai encore. Sur place, il y avait aussi un sac de croquettes pour chiens. Je les ai fait bouillir avec un sachet de soupe à l'oignon, des macaronis, et j'ai bouffé cette fricassée pendant trois jours. C'était meilleur que ça, conclut-il en repoussant le bol de céréales.

— Vous avez plein d'argent maintenant, je l'ai vu dans votre compte, pourquoi vous ne le dépensez pas?

— T'as encore fouillé dans mon ordinateur, petit crisse!

— J'ai pas fouillé, le site était ouvert.

— Ça, je te le concède. T'as dû voir aussi que j'en ai perdu autant qu'il m'en reste. Ça semble beaucoup, mais je dois vivre là-dessus pendant des années, c'est pourquoi il faut que je travaille. J'aurais peut-être dû profiter de cet argent. Mais moi, je ne suis pas capable de dépenser tout le temps comme toi et la majorité des gens. C'est peut-être l'effet des croquettes pour chiens. Il faudrait que tu me donnes des cours.

— Vous allez travailler dans un bureau?

— Oui mais, comme je travaillerai pour des gens qui œuvrent dans des groupes communautaires, je n'aurai pas à me déguiser ainsi tous les jours.

— Puis la Bourse?

— C'est l'avantage de ce travail. Je vais pouvoir glaner des informations pour nos membres qui vont me profiter également. Et il me restera les soirées pour spéculer.

Nicolas voulut se déplacer vers le sofa avec le journal et s'étendre pour continuer sa lecture, mais Edgar lui retira le journal des mains.

— Maintenant, mon cher neveu, tu vas t'habiller, assister à ton cours, régler tes affaires de cœur, et ce soir, on va aller manger un *smoked meat* chez Schwartz's pour célébrer mon nouvel emploi.

— C'est gras, non?

— Oui, et c'est bon, avec un cornichon, un black cherry et une bonne portion de frites. Tu pourras toujours en commander avec viande maigre, mais je ne te le conseille pas, ça manque de caractère.

Nicolas pigea dans le panier contenant une centaine de pensées issues des biscuits chinois: «Votre bonheur est lié à votre regard sur la vie.»

— C'est du Camus déguisé, marmonna Edgar, qui puisa lui-même dans le panier: «La gentillesse est la meilleure qualité de l'âme.»

Nicolas pouffa.

— Ça correspond parfaitement à votre personnalité.

Edgar encouragea son neveu à quitter les lieux.

— Allez. Pas d'école, pas de *smoked meat*, pas d'hébergement. Laisse-moi travailler, enfin!

— Je vous dis que je veux me suicider et c'est tout ce que ça vous fait. Vous êtes fou.

— Fou ou pas, tu déguerpis et tu as deux semaines pour te trouver un appartement. Et tiens, lis donc ça: si tu trouves que tu as des aptitudes pour le suicide, tu vas voir que tu te trompes grandement.

Edgar lui tendit le dernier livre de Nelly Arcan, *Paradis, clef en main*, sorti des presses quelques mois après le suicide de l'auteure, Isabelle Fortier de son vrai nom.

C'est une fois installé dans le métro que Nicolas aborda la mort dans cet opuscule de plus de deux cents pages. « On a tous déjà pensé se tuer. Au moins une fois, au moins une seconde, le temps d'une nuit d'insomnie ou sans arrêt, le temps de toute une vie. On s'est tous imaginé, une fois au moins, s'enfourner une arme à feu dans la bouche, fermer les yeux, décompter les secondes et tirer. (…) Il y a des gens pour lesquels ces pensées ne passent pas. Elles se coincent dans l'embrayage. Elles s'imposent, elles s'expriment, elles les suivent pas à pas, dans leur dos, elles les attendent à chaque tournant. »

C'était troublant, cette idée fixe du suicide. Bien loin de la rancœur de Nicolas, de la spoliation, de cette petite traîtrise qui n'en était pas une, en réalité, parce que Valérie ne savait pas que lui et Akand étaient amants. Amants, c'était bien différent d'amoureux. Non, pour Akand, il représentait une de ces curiosités québécoises, au même titre que le sirop d'érable ou le hockey du Canadien. Et Valérie était une tête folle. Intelligente et gentille, mais une tête folle.

Nicolas ne pouvait s'arracher du livre de Nelly Arcan : fasciné, happé, non pas par la morbidité de la chose, mais par la richesse du style, l'écriture. Il oublia de descendre à la station Berri-UQAM, poursuivit sa lecture dans un wagon vide et sortit au retour pour se rendre à la Grande Bibliothèque où il évita, en plongeant le nez dans son livre, le regard du musicien itinérant qu'il avait croisé deux jours plus tôt. Comme la plupart des SDF qui fréquentaient la Grande Bibliothèque, le musicien avait devant lui un livre dont il ne tournait pas les pages, un livre de Chrystine Brouillet qu'un usager des lieux avait dû laisser sur une table. L'homme ne devait pas savoir comment fouiller dans le système informatique contenant des milliers de titres. Il n'avait pas besoin de littérature, de toute façon. Il avait besoin de se réchauffer, d'occuper le vide du temps avant d'aller faire sa prestation dans le métro.

Lire sur le suicide a ses limites, se dit Nicolas après deux heures. Aussi émouvante que fût la prose, il y avait un petit côté scatologique dans le contenu qui invitait à la modération. Son oncle avait raison, il n'avait pas vraiment l'instinct suicidaire. Seulement, le bonheur lui apparaissait comme un supplice de Tantale, insaisissable.

Il monta à l'étage des ordinateurs pour prendre ses courriels. Sa mère lui avait écrit deux fois.

— Que deviens-tu? Edgar m'a dit que ton téléphone était dans les toilettes. Pourquoi? Je vais déposer de l'argent dans ton compte pour que tu en achètes un autre. Il faudrait de plus que tu cherches un appartement pour habiter avec quelqu'un de ton âge. Vivre avec un vieux garçon comme Edgar, dans ce genre d'édifice, ce n'est pas bon pour ton moral.

Nicolas n'en revenait pas. C'était sa mère qui l'avait forcé à loger chez le vieux, et voilà qu'elle lui suggérait de se trouver un appartement.

Dans un deuxième courriel, elle lui apprenait que son grand-père, le père de son père, était mort des suites de son cancer. Elle lui demandait de prendre le premier autobus le lendemain, les obsèques auraient lieu dans deux jours. «Il est inutile de faire traîner les choses. À part toi, tout le monde habite autour. On va exposer le corps pendant une journée et demie et on va l'enterrer jeudi. Appelle-nous pour nous dire à quelle heure tu arrives, ton père va aller te chercher au terminus. »

Des funérailles, vraiment tout pour lui remonter le moral. Il se rappela les parties de cartes avec son grand-père paternel au chalet de l'oncle Léo, quand il était petit. Nicolas lui reprochait de tricher. L'homme était décédé le jour de ses soixante-dix ans. Il n'avait plus toute sa tête depuis que les métastases s'étaient emparées de son cerveau. Employé dans une multinationale de Jonquière, la même où travaillait le père de Nicolas, le bonhomme ne faisait à peu près rien depuis qu'il avait pris sa retraite. La matière première qui lui avait permis de gagner sa vie avait aussi ravagé ses cellules.

Hospitalisé peu de temps après le départ de Nicolas, le grand-père s'était éteint doucement. Sans refuser de le voir après qu'il eut appris que son petit-fils était gai, il s'arrangeait pour ne pas s'asseoir près de lui lors des soupers, le saluait de loin et l'observait parfois comme s'il était un extraterrestre, se demandant pourquoi on ne faisait pas soigner ce pauvre enfant malade, comme il l'avait qualifié un jour. Ce que la sœur de Nicolas lui avait rapporté en le qualifiant de grand-père attardé.

Nicolas n'avait pas d'argent pour payer le billet d'autobus. Il expédia un courriel à Micheline pour lui demander d'en déposer dans son compte d'ici la fin de la journée. Retourner chez lui, manger la nourriture réconfortante de sa mère, reprendre sa chambre avec son téléviseur, dormir dans son lit capitaine avec les photos de Pierre Lapointe et d'Ariane Moffatt, revoir sa sœur Nathalie, la taquiner. Ses amis du cégep et du secondaire seraient aux funérailles.

Pendant le long trajet jusqu'à Jonquière, il pourrait étudier pour son examen de Pol 1000 et lire sur Simone Veil. Le travail était presque terminé, toutefois il avait besoin de rencontrer Valérie pour la dernière partie. Mais voilà, il n'avait pas envie de la voir. Elle lui avait écrit un courriel, de même qu'Akand. «Allô Nic, j'ai tenté de te joindre, j'ai appelé chez ton oncle, le vieil ours, qui m'a dit que ton téléphone était dans la cuvette des toilettes et qu'il ne prenait pas les messages. Tu ne bouderas pas tout le reste de la session, quand même! Comme tu n'étais pas au cours hier après-midi et ce matin, j'ai *scanné* mes notes, que je t'envoie en dossier attaché. Nous nous retrouvons ce soir au Saint-Sulpice, Charles, Akand et moi; pourquoi ne viens-tu pas nous rejoindre? Il va y avoir d'autres étudiants de sciences po, ça va être *cool*. Il faut aussi qu'on aille rencontrer Éléonore Lépinard. Si tu ne veux plus travailler avec moi ou si tu as décidé de lâcher l'université, il va falloir que tu me le fasses savoir. :)»

Lâcher l'université! Il n'en était pas question. Ses notes étaient excellentes. Il n'était pas dans la nature de Nicolas d'abandonner, mais plutôt de se surpasser. Au contraire de Valérie, justement, qui voulait sauver la planète et qui n'avait pas eu assez de discipline pour terminer son cégep.

Il imprima le document et lui répondit succinctement.

«Je te remercie pour les notes de cours. Mon grand-père est décédé. Je dois me rendre au Saguenay. Peux-tu reporter la rencontre avec Éléonore? J'ai un engagement pour le souper ce soir et je dois me coucher tôt. Je prends l'autobus de neuf heures trente. Je serai de retour pour travailler au restaurant vendredi soir.»

Au moment de lire le courriel d'Akand, il ressentit une douleur oppressante au thorax, la peur de la déception, le rejet encore une fois. Ne pas cliquer, s'affranchir de lui tout de suite, se libérer et passer à autre chose. En même temps, il lui manquait. Ses étreintes rapides dans les toilettes de l'université ou d'un bar, sur la banquette de la Mini Cooper, parfois dans un motel du boulevard Taschereau. S'agissait-il d'un lien purement physique, au point qu'une fille puisse le remplacer entre deux périodes de hockey?

Il choisit de ne pas ouvrir le courriel pour l'instant.

De lui transmettre uniquement un message laconique qu'il recevrait sur son BlackBerry. Akand avait en effet un BlackBerry, un autre cadeau de son oncle vivant en Angleterre. Était-ce vraiment son oncle ou un amoureux, forcé lui aussi de s'exiler et qui n'attendait que le moment de rentrer en Inde avec Akand ?

Voilà que Nicolas fabulait, rongé par une jalousie malsaine, une jalousie qui lui donnait envie de faire souffrir Akand. Puisqu'il souffrait, il fallait que les autres souffrent tout autant. Il était en nage et, comme il n'avait pas renouvelé son ordonnance de Seroquel, il ne vit qu'une bonne promenade au grand vent pour le soulager, du moins l'empêcher de sombrer.

Le ciel était nuageux, et l'air humide transperçait les os. Il retourna à la place Émilie-Gamelin pour constater que l'endroit était redevenu un terrain vague. Il gardait de cette soirée un goût de détresse humaine, comme il en avait vu au centre de désintoxication. Surtout les jeunes, les mineurs qui avaient déjà abandonné, renoncé, abdiqué à quinze ans. Il n'était pas de ceux-là, il n'avait jamais été de ceux-là. Il allait retourner à la bibliothèque et terminer le livre de Nelly Arcan, dont l'image de *cover girl* avait transcendé sa nature fragile et délétère.

Il choisit un fauteuil confortable. Certains passages lui donnaient la nausée : « On croit que ce n'est pas une grande perte de ne pas se sentir chier. Ce n'est pas vrai : au moment où toute communication est rompue avec sa propre merde, elle devient obsédante comme une tache dans l'œil. » Ou encore : « Manger était impensable, on me gavait avec des tuyaux passés dans le nez. Je me levais du lit, je découvrais un rond d'urine sur le drap. »

Finalement, après sa dernière tentative de suicide, le personnage du roman décidait qu'il vivrait. Du même souffle, l'auteure se donnait la mort après avoir remis le manuscrit à son éditeur. Le vieil ours avait raison, finalement. Le désir de Nicolas de se suicider ne reposait que sur un désespoir temporaire. Rien à voir avec cette douleur morale, cette fatalité dont était atteinte Antoinette Beauchamp dans *Paradis, clef en main*.

Il avait faim. Il avait engraissé d'au moins un kilo depuis qu'il prenait du Seroquel et il lui venait parfois en tête des goûts étranges, comme du *smoked meat* justement. Il trouva cinquante cents dans sa poche et appela son oncle de la cabine téléphonique. Il mentit pour ne pas avoir à se justifier.

— Je sors de mon cours, est-ce que ça marche toujours pour le *smoked meat*?

— Si, ça marche! J'y ai pensé toute la journée. On peut se rejoindre au métro Saint-Laurent vers dix-sept heures trente. Es-tu au courant pour ton grand-père?

— Oui, je prends l'autobus pour Jonquière demain.

— Mes condoléances, se crut obligé de dire Edgar.

— Ça va, il n'aimait pas les tapettes. Il me pensait malade.

— Ton amie Valérie te cherche.

— On s'est trouvés.

— Ton téléphone est toujours dans la cuvette. Il faudra bien que tu le repêches à un moment donné.

— Je vais m'en acheter un nouveau. Ma mère va déposer de l'argent dans mon compte.

— Mais il faudrait quand même le sortir. Ça va finir par boucher le conduit.

— Est-ce qu'il a bougé?

— Non.

— Bon, c'est bien. À mon retour de Jonquière. De longues pinces à barbecue devraient faire l'affaire.

Edgar songea en raccrochant qu'une bonne partie du salaire d'enseignante suppléante de Micheline servait maintenant à sauver son petit Nicolas, alors qu'une bonne taloche aurait pu tout aussi bien faire l'affaire.

Nicolas avait le temps d'écrire à Akand avant de rencontrer son oncle à la station de métro.

« Je crois que nous en sommes à l'étape de devenir amis maintenant. Je ne peux quand même pas rester dans une relation avec quelqu'un qui s'envoie en l'air avec mon amie et ma collègue de travail pendant un match de hockey. Je dois me rendre chez moi pour les funérailles de mon grand-père. On se revoit à l'université lundi. »

Nicolas ne savait pas s'il devait signer amicalement, au plaisir ou je t'embrasse.

Alors il ne signa pas. En réalité, ce qu'il avait vraiment envie d'écrire, c'était « Mange de la marde ! », mais il s'était retenu.

— Pourquoi ? lui avait demandé Edgar en mordant dans son sandwich de pain de seigle débordant de moutarde et d'une quantité impressionnante de tranches de bœuf fondant, bien épicé et bien gras.

— Je ne sais pas.

— Il ne fallait pas te retenir.

— Eh, Tony ! Peux-tu m'apporter un autre black cherry, s'il te plaît ?

— Bien sûr, Edgar. J'espère que tu ne passeras pas encore cinq ans sans venir nous voir.

— Promis.

Le serveur demanda en même temps à Nicolas comment il trouvait son sandwich.

— Je crois que c'est la meilleure chose qui me soit arrivée aujourd'hui.

Voilà ! Tony leva les mains vers le ciel en signe de bénédiction.

— Tu sais quoi, Nicolas, lui dit Edgar sur le ton de la confidence, la viande tient d'une recette secrète importée par Reuben Schwartz, un juif polonais qui a ouvert la place en 1928. Lorsqu'ils ont tourné le documentaire *Chez Schwartz's*, les membres de l'équipe n'ont pas eu accès à la pièce où on assaisonne la viande, qui est fumée pendant dix jours. Un secret d'État, je dirais.

— Quand avez-vous mangé votre *smoked meat* pour la première fois?

— À ma première excursion à Montréal, quand j'étais étudiant à Sherbrooke.

— Après les croquettes pour chiens?

— Pas longtemps après, en effet. Quand j'ai touché ma première paie comme préposé aux bénéficiaires de nuit.

Nicolas s'essuya les doigts avec une multitude de serviettes et les passa au Purell.

— Si tu penses te purifier de toutes les saletés du monde avec ça, tu te trompes.

— Je veux être propre.

— Tu veux être propre, populaire. Tu veux être aimé, tu as peur d'être un *reject*, tu joues au gentil garçon. Je ne fais rien de tout ça et je ne m'en porte pas plus mal. Je suis gros, solitaire, je ne pogne pas avec les femmes, et pourtant, je ne suis pas malheureux du tout. Un jour, à la radio, j'ai entendu un écrivain qu'on interviewait sur le bonheur dire tout simplement: «Pourquoi rechercher le bonheur total? Être à moitié heureux me suffit amplement. On n'est pas si exigeant dans les autres domaines.»

— J'ai besoin de Seroquel, dit Nicolas, et je n'ai pas d'argent.

— Il y a une pharmacie Jean Coutu sur la route, on va s'arrêter. Si tu promets de ne pas gober la bonbonnière au complet.

— Vous ne finissez pas vos frites?

— Je suis à la diète, n'oublie pas.

Edgar régla l'addition, et ils sortirent de chez Schwartz's vingt-deux minutes exactement après y être entrés. Dehors, la file s'allongeait devant le resto.

Edgar et son placard

Il fallait être au bureau à huit heures, ce qui était tout bonnement inhumain pour Edgar, qui avait à peine eu le temps de se raser, n'avait pas déjeuné ni bu son café. Il n'arriva qu'à huit heures quinze.

L'homme assis à la réception leva les yeux de son ordinateur pour lui dire que la patronne l'attendait depuis huit heures.

— Je suis Edgar, dit le misanthrope, qui essayait d'être agréable.

— Moi, Sébastien. Excusez-moi, je suis occupé. Et il passa à Facebook.

Edgar attendait.

— Le bureau est au fond, à droite.

Tout en longeant les murs, Edgar jetait un coup d'œil à droite et à gauche, tentant de repérer d'où venait l'odeur de café. Il la flaira enfin dans une cuisinette. Aussitôt expédiés ses respects à la directrice, il comptait bien se précipiter vers les effluves de caféine.

— Edgar, je vous attendais, nous allons faire les présentations.

La tournée des poignées de main dura pas moins de vingt minutes : il n'y avait que cinq personnes à saluer.

Une plaque à son nom, portant le titre ronflant de spécialiste en placements, décorait une porte qui s'ouvrait sur un local minuscule, sans fenêtre, avec un bureau et deux chaises.

— Vous aviez demandé qu'on vous commande un Macintosh, il n'est pas arrivé. On vous a installé un PC en attendant.

Il y avait des limites, quand même! Un PC! Edgar s'assit à son bureau, désirant à tout prix un café. Le bureau du réceptionniste était juste à côté.

— Est-ce qu'on peut avoir du café? lui demanda-t-il.

— C'est dans la cuisinette au fond; n'oubliez pas de laver votre tasse et de mettre un dollar dans la soucoupe, répondit Sébastien, puis il retourna à Facebook.

— Il est réceptionniste, il ne faut pas lui demander ça, dit la directrice en invitant Edgar à l'accompagner dans la cuisinette.

Elle lui servit une tasse de café, qu'il avala d'un trait avant de se resservir lui-même.

— Vous être directrice, dit-il en souriant.

Ils retournèrent à son bureau, qui sentait encore la peinture. La disposition des tablettes laissait penser qu'il s'agissait d'un ancien placard.

— Je ne travaillerai pas sur un PC, dit-il, c'est improductif pour moi, vous pouvez le retirer. Quand le Macintosh doit-il arriver?

La directrice alla demander au réceptionniste d'appeler le fournisseur. Sébastien ne se leva pas pour leur apporter la réponse. Il composa le numéro de poste d'Edgar.

— Ce ne sera pas avant jeudi.

Edgar regarda la directrice droit dans les yeux.

— Pas avant jeudi?

— Oui, jeudi. Ne pouvez-vous pas travailler sur le PC en attendant?

— Non.

— Alors, qu'allez-vous faire jusqu'à jeudi?

— Je vais apporter mon propre ordinateur.

— C'est une idée. Quand allez-vous être en mesure de recevoir nos membres?

— La semaine prochaine, j'imagine, lorsque je serai branché sur tous les réseaux dont j'ai besoin.

— Vous savez, il faut augmenter considérablement le nombre de nos partenaires. L'actuaire que nous avons consulté a choisi des hypothèses économiques réalistes avec un biais conservateur en ajoutant une marge additionnelle pour écart défavorable afin de se donner un coussin. Il a prévu les argents qui seraient requis afin d'être en mesure d'indexer les rentes et les crédits de rentes chaque année.

— De l'argent, madame, et non pas des argents. Argent est un mot invariable.

La directrice lui jeta un regard contrarié. Edgar reprit le plus normalement du monde, sans tenir compte de la mine de sa patronne.

— C'est ici que je vais recevoir les «membres»? fit-il en plaçant ses index et ses majeurs en forme de guillemets.

— Ici ou dans la cuisinette. Vous pourriez y accrocher quelques tableaux pour faire plus chaleureux, ajouta-t-elle en regardant les murs jaune moisson.

— Je crois que de simples reproductions fixées avec de la gommette feront très bien l'affaire. C'est moins long si l'on doit vider son bureau rapidement.

— Vous ne vous plaisez pas ici? demanda-t-elle, l'air offusqué. Vous avez un an de probation mais, si vous jugez maintenant que le travail ne vous convient pas, il faut le dire tout de suite.

— Un an de probation?

— C'est un poste de cadre.

— Je sais bien, mais c'est un peu long.

Au risque de se fissurer le visage, Edgar sourit de toutes ses dents.

— Mais enfin, il faut ce qu'il faut. Je dois maintenant me familiariser avec les lieux, conclut-il en se levant pour serrer la main de la directrice. Qui va venir retirer l'ordinateur?

— Vous pouvez toujours demander à Sébastien s'il n'est pas trop occupé.

Ils entendirent la réponse en provenance de l'accueil.

— Je suis débordé.

Une fois la directrice sortie, Edgar arracha les fils et déposa brutalement l'ordinateur par terre. Démuni sans son précieux Mac, il appela un taxi pour aller prendre le sien chez lui.

— Je serai de retour dans environ une heure. Pourriez-vous prendre mes messages? demanda-t-il à Sébastien.

— Ils vont directement dans la boîte vocale.

— Mais si les gens appellent et veulent me laisser un message directement? Vous pouvez noter le numéro, et je vais les rappeler.

— Habituellement, je les transfère à la boîte vocale. Je prends seulement les messages de la directrice.

Edgar prit son manteau dans le placard et s'apprêtait à sortir lorsque le réceptionniste le rappela.

— La porte du garde-robe. Pourriez-vous fermer la porte du garde-robe comme il faut?

Edgar revint sur ses pas et glissa la porte coulissante en se disant que, si la porte du placard gênait à ce point le réceptionniste, la prochaine fois, il la fermerait lui-même.

— Où allez-vous? lui demanda encore Sébastien.

— Chercher mon ordinateur chez moi. Pourquoi?

— Si on me le demande, ou si vous avez des appels.

— Si j'ai des appels, transférez-les dans ma boîte vocale. C'est comme ça, non?

Le réceptionniste était retourné à Facebook, l'ignorant totalement. Les deux autres personnes qui travaillaient près de là observaient la scène avec amusement. Edgar referma la porte tout doucement et attendit quelques secondes avant que se manifeste la rumeur.

— Penses-tu qu'il va rester? demanda une voix de perruche, sans doute la responsable des publications et des relations avec les membres.

— Il le faudrait, répondit la comptable, ni agréée ni agréable, c'est le seul candidat acceptable qu'ils ont trouvé. À soixante-dix mille dollars par année… un homme avec un MBA. Ces gens-là, d'habitude, ils travaillent à la Banque TD. À moins d'être un peu tarés.

— En tout cas, il va falloir qu'il se fasse à l'idée que je ne suis pas à son service, conclut Sébastien.

Edgar rouvrit la porte en coup de vent.

— J'ai oublié quelque chose, dit-il en les dévisageant. Est-ce déjà l'heure de la pause-café?

Sébastien cliqua sur cyberpresse.ca et les autres retournèrent s'asseoir à leur poste.

Edgar ne se donna pas la peine de revenir à son bureau, il fit demi-tour et repartit. C'était bien ce qu'il croyait, il était le seul candidat valable. Il pourrait ainsi gagner du temps.

Une fois dans le taxi, son cellulaire vibra. C'était Vézina.

— Alors, comment ça se passe?

— Je dois aller chercher mon propre ordinateur. Mon Mac n'est pas arrivé, et le réceptionniste refuse de prendre mes messages. Mais j'ai su que j'étais le seul bon candidat.

— Tiens bon ! Ça ne devrait pas durer une éternité, cette descente aux enfers. Prends ça *cool*. As-tu retrouvé *La plaisanterie* ?

— Oui.

— Je vais la chercher dimanche. On se fait une bouffe ?

— Non. On commande. Je crois que cette semaine va me tuer.

— À dimanche, cher prolétaire.

La circulation était fluide sur le pont Jacques-Cartier. Edgar regarda sa montre pour la troisième fois depuis le matin. Renouer avec le temps, la ponctualité, l'assiduité. La vie qu'on doit découper en pointes de tarte. Une pointe pour se lever, une pour déjeuner, une pour se rendre au bureau, une autre pour effectuer telle ou telle tâche. À la fin de la journée, l'assiette était vide, et le travailleur, vidé.

Edgar se dit qu'il choisirait lui-même le moment de son départ. Travailler était une chose, somme toute agréable, payante même parfois, mais supporter l'hypocrisie et la malveillance en était une autre. Seuls les marginaux comme lui étaient autonomes, ils n'avaient pas à se nourrir du sang des autres. Mais ils n'étaient pas à l'abri des sangsues et des vampires. Ils ne possédaient que le pouvoir maléfique de les tenir éloignés.

Devant son immeuble, le chauffeur de taxi demanda s'il devait attendre.

— J'ai un ordinateur assez lourd à descendre, répondit Edgar, souhaitant que l'autre réagisse.

— Alors, est-ce que je vous attends ou pas ?

— J'aurais peut-être besoin d'aide. Y a-t-il quelque chose de prévu pour ça ?

— Vingt dollars feront l'affaire, rétorqua le chauffeur.

— Mais c'est le prix de la course !

— C'est vingt dollars, sinon vous le faites vous-même.

— Vous pouvez repartir, dit Edgar en lui tendant un billet vert. Donnez-moi un reçu.

Un chien frisé, flanqué d'un compagnon à la tignasse tout aussi frisée, fonça sur lui avec ses pattes boueuses.

— Ça va faire, le cabot, cria Edgar en le repoussant.

— Ce n'est pas un cabot, c'est un caniche, siffla son propriétaire, indigné de voir ainsi traité son animal de compagnie, et il est très cordial.

— Il vaudrait mieux qu'il soit coprophage, avec toute cette merde qui nous entoure, grommela Edgar en indiquant le tas d'excréments de chien en forme d'escargot, tout près de l'entrée.

— Copro quoi ?

— Coprophage. Allez voir dans le dictionnaire, ça va enrichir votre vocabulaire.

L'autre prit son chien dans ses bras et lui parla à l'oreille.

Une fois chez lui, affamé et contrarié, Edgar n'eut pas la force de débrancher son ordinateur tout de suite. Il glissa une tranche de fromage entre deux rôties et engloutit le sandwich pendant que la cafetière s'activait. Un vrai café, avec du lait fouetté et généreux !

Il prit une minute pour consulter les cotes de la Bourse ; c'était désastreux. Vers quoi allait-il diriger ses « membres » ? Il n'en avait aucune idée. Il étudierait le modèle des grandes banques, et il fallait faire du placement éthique en plus !

Après la Bourse, il décida de jeter un coup d'œil sur ses courriels. Margot lui avait écrit tôt le matin.

Cher Edgar,
Je voulais vous souhaiter bonne chance pour votre première journée de travail. Je penserai à vous pendant que je rangerai

les mille vêtements du client du lundi. Pour le souper, je vais préparer un pain de viande avec des pommes de terre en purée et des petits pois Lesieur. Je sais faire de la cuisine beaucoup plus élaborée, mais c'est ce que j'avais prévu. Alors, si vous voulez venir le partager avec moi, ce serait agréable. Qui a dit que les lundis devaient être tristes ? Surtout que vous aurez eu une grosse journée.

Bisous.

Margot

Un pain de viande... Les larmes lui montèrent aux yeux. Avec des petits pois. Il n'en demandait pas tant. La seule pensée d'un pain de viande en compagnie de Margot lui donna le courage dont il avait besoin pour terminer cette journée infernale.

Son cellulaire vibra.

— C'est Sébastien, je vous passe Hélène, la directrice.

— Edgar, je voulais vous inviter à luncher avec le directeur des ressources humaines et la responsable des publications, mais vous n'étiez pas à votre bureau. Quand comptez-vous être là ?

— D'ici une demi-heure ; j'ai travaillé un peu ici pour m'avancer. Vous savez que le marché est nerveux ces jours-ci, il faut le suivre de près.

— Oui, sans doute, répondit la directrice. Nous vous attendons pour aller luncher.

En glissant son ordinateur dans son étui, Edgar se demanda pourquoi il y avait un directeur des ressources humaines pour six personnes, lui inclus. Et de ce nombre, il y avait le réceptionniste qui ne foutait rien de la journée. Normalement, le directeur des ressources humaines aurait dû relever. Au MAPAQ, comme il y avait autant de fonctionnaires que de cochons dans une mégaporcherie, il était plus facile pour le farniente de prendre racine dans le terreau fertile de l'édifice du 200, rue Sainte-Foy, sans que personne s'en rende compte.

En le voyant arriver avec son propre ordinateur, le réceptionniste ne pipa mot et, quelques instants plus tard, Edgar entendit vaguement des propos désobligeants qu'il n'écouta pas, trop absorbé à brancher son iMac adoré. Une chaise semblait à l'origine de la querelle.

Pendant que la comptable était allée se poudrer le nez, Sébastien lui avait ravi sa chaise, considérant que son dos méritait mieux qu'un simple fauteuil, peu ergonomique de surcroît. Le litige avait des racines profondes. À l'ouverture du bureau, la comptable avait réclamé une chaise adaptée aux exigences du travail. Le réceptionniste aussi. Mais une seule chaise spéciale avait été achetée.

— Ça ne me dérange pas de partager, dit la comptable, mais cette chaise a été commandée pour moi. Puis-je la ravoir ?

— Non, il n'en est pas question. Cette chaise m'appartient autant qu'à toi, j'ai demandé une chaise exactement comme celle-là.

— Alors, je regrette, nous allons devoir en discuter dans le bureau de la directrice. Nous allons régler cette histoire-là une fois pour toutes.

Et la comptable partit chercher la directrice. Il était midi moins cinq et Edgar se demanda si le petit frappé et la comptable allaient enfin capituler pour qu'on aille enfin luncher.

Entre-temps, le téléphone avait sonné. Le technicien de service l'appelait pour lui indiquer comment brancher son routeur. Edgar n'avait pas de routeur chez lui, il n'y comprenait rien.

La bataille se poursuivait autour de la chaise, que la directrice avait ramenée elle-même au bureau de la comptable. Sentant l'appui de la fille aux publications,

Sébastien se pavanait en disant qu'il irait chez Bureau en gros acheter lui-même une chaise, qu'il mettrait son nom dessus et que, lorsqu'il partirait, il l'apporterait avec lui. Edgar souhaita que ce jour fût très bientôt.

Le routeur une fois installé et la bataille de la chaise réglée pour un temps, la directrice les amena manger dans un endroit végétarien de la rue Saint-Denis où elle commanda du vin biologique. Et dire que tout près, dans un des nombreux restaurants jalonnant la rue grouillante, il y avait tant de viande grillée, braisée, mijotée, rôtie qui se mourait d'envie d'être dévorée, songea Edgar, qui avait peine à se concentrer en pensant à Margot. Ce serait ce soir, ça devait être ce soir, ça ne pouvait plus attendre.

— À part les chaises, y a-t-il des sources de conflit que je devrais connaître? demanda Edgar au directeur des ressources humaines.

— En général, nous travaillons assez en harmonie. Il n'y a pas de conflit majeur, nous tentons de régler nos problèmes rapidement. Nous sommes une petite équipe.

La question lui brûlait les lèvres, mais Edgar se retint de la poser. Il lui restait quelques mois encore pour apprendre ce que faisait vraiment un directeur des ressources humaines dans une boîte de six personnes. Pour le réceptionniste, la chose était plus urgente.

— Pourquoi Sébastien ne veut-il pas prendre mes messages?

— Ce n'est pas dans sa définition de tâche.

— Ne pourrait-on pas…

— Non, répondit machinalement le directeur des ressources humaines. Il est employé dans le cadre du programme Jeunes volontaires. Il a offert ses services lui-même dans un projet global de réinsertion sociale. Il travaille à temps partiel pour nous. Il est payé par le gouvernement; nous n'avons pas à lui verser de salaire.

— Étant donné qu'il ne travaille pas, c'est moins grave de ne pas lui verser de salaire, souligna Edgar.

— Il se présente au bureau régulièrement, quand même, et il a fait d'importants progrès dans son cheminement, souligna la responsable des publications et des relations avec les membres, qui avait clairement choisi son clan. Et puis, il est en train d'écrire un livre.

— Sur quoi donc ? s'enquit le directeur des ressources humaines.

— Sur ses expériences, ses échecs, sa famille dysfonctionnelle.

— Il a du mal à noter un message sans faire trois fautes, fit remarquer la directrice.

— Il a un *coach* d'écriture.

— Un *coach* d'écriture ?

— Oui, ça fait partie de son projet.

— Et c'est le gouvernement qui paie ?

— Ça, je ne sais pas.

La directrice leva son verre à la santé du nouveau spécialiste en placements. Edgar alluma du coup. L'emploi pour lequel il avait postulé en était un de coordonnateur général. La plaque sur sa porte le qualifiait de spécialiste en placements. Il était le seul à avoir une plaque. Le poste de coordonnateur n'existait plus. Il avait été transformé en celui de directeur des ressources humaines, juste avant l'entrevue.

— Merci pour la plaque, dit Edgar avec un brin de malice, j'apprécie. Surtout que je suis passé de coordonnateur à spécialiste en placements. Suis-je gagnant au change ?

Personne ne répondit. Les trois autres enfouirent la tête dans leur plat de légumineuses garnies de tofu.

Nicolas, Akand et le Sky

Le deuxième étage du Sky était à peu près vide, il était encore tôt. Nicolas redescendit au rez-de-chaussée et observa le *show* d'une drag-queen aux cheveux foncés et aux mollets galbés. Il était venu dans un bar du village gai pour s'étourdir après avoir passé la soirée à laver la vaisselle en silence au restaurant. Valérie l'avait salué, sans plus, en le voyant entrer au Bleu Raisin. L'atmosphère y était chargée, ce vendredi, chacun faisant sa petite affaire. L'assistant-chef s'amusait à replacer les couteaux chaque fois que Nicolas les rangeait quelque part. C'était une manie. Il vidait aussi le verre d'eau de Nicolas et le plaçait dans le lave-vaisselle toutes les demi-heures.

Nicolas avait branché les écouteurs de son iPod pour se perdre dans les méandres du groupe Vulgaires Machins.

Il était revenu du Saguenay le vendredi précédent et avait réussi à éviter Akand en s'assoyant à l'autre extrémité de l'auditorium, tout en lui souriant de loin. Et pourtant, chaque fois qu'il le voyait, il était troublé par l'envie de se lover contre lui, de lui parler de son prochain travail qu'il avait intitulé «L'engagement des artistes a-t-il vraiment une portée politique?», et de lui confier qu'il était guéri de Simon.

En voyant arriver son premier amour au salon funéraire, un poids violent lui avait noué le cœur alors que la rancune ramenait son esprit à l'ordre.

Simon était attirant dans son pantalon noir et son veston de cuir. Simon, son amour fondateur. La passion qu'ils avaient vécue pendant deux ans collerait à l'âme de Nicolas le reste de sa vie. Simon n'était plus ivresse ni plaisir. Il était devenu le poids d'un sentiment si fort que Nicolas le rechercherait dans toutes ses relations futures.

Il eut peur un instant de céder à l'envie de le supplier de reprendre la romance. Il l'avait fait à quelques reprises pendant son année de désespoir. En voyant son ancien amoureux se diriger vers le cercueil de son grand-père, Nicolas s'était figé. Sa sœur Nathalie l'avait senti. Elle s'était approchée de lui.

— Tu veux que je lui dise de partir?

— Non.

— Qu'est-ce qu'il fait ici?

— Je ne sais pas.

— Il vérifie s'il te fait encore de l'effet. S'il peut te faire souffrir encore. Maudit tordu. En tout cas, il n'est sûrement pas venu voir si on a bien maquillé pépère.

Nicolas étouffa un rire dans sa manche. Sa mère suivait Simon des yeux. Lorsque ce dernier se releva en faisant un signe de croix magistral, elle sourit à Nicolas et prit la main de son mari.

— Inutile d'essayer de l'éviter, chuchota Nathalie. Dis-lui que tout va bien. Je m'occupe du reste.

— Non, ça va aller, lui rétorqua Nicolas.

Simon était devant eux.

— T'es venu pour les sandwiches, lui demanda Nicolas, ou pour faire un peu de théâtre?

— Je suis venu t'offrir mes condoléances. Est-ce qu'on peut aller dehors?

— Ce n'est pas nécessaire.

— Tu m'en veux encore, tu n'es pas venu me saluer avant de partir en septembre.

— Il y avait déjà eu trop d'adieux.

Simon se tourna vers Nathalie.

— Est-ce que je peux parler à ton frère?

Nicolas fit signe à sa sœur de s'éloigner. Elle hésita. Les trois jeunes avaient l'impression d'être l'objet d'une curiosité malsaine.

— Allons prendre l'air, dit Nathalie, et elle les entraîna vers l'extérieur.

C'était carrément l'hiver au Saguenay. La récente neige était restée au sol.

— On gèle, dit Nathalie, je vous donne cinq minutes et on retourne à l'intérieur Nicolas et moi; toi, tu t'en vas après.

Simon lui jeta un regard éploré.

— Tu peux laisser tomber ton air de croque-mort, lui lança Nathalie, on fait déjà assez dans le funèbre, merci.

Elle regarda son frère s'éloigner avec son oiseau de malheur.

Tout au long de la discussion, le visage de Nicolas demeura fermé. Si l'idée lui venait de partir avec Simon, Nathalie s'interposerait. Elle irait chercher son père comme lorsqu'ils étaient petits et que les grands harcelaient son frère, «le chétif», parce qu'il était mince et délicat. Elle ameuterait parents et amis s'il le fallait, quitte à réveiller le mort. Nicolas écoutait l'autre, sans réagir. Finalement, il lui serra rapidement la main et revint vers sa sœur.

— Qu'est-ce qu'il voulait?

— Il déménage à Montréal. Il voulait qu'on soit amis, que je l'aide à trouver un appartement, du travail.

Nicolas cessa de parler. Il s'appliquait à façonner une balle de neige collante.

— Que lui as-tu dit?

— Que je lui souhaitais bonne chance, mais que des amis, j'en avais déjà.

— Ça fait encore mal?

Nicolas lança la balle de neige avec violence. Elle alla s'écraser contre le mur du salon funéraire, laissant une tache blanche aux formes éclatées.

— Oui, ça fait encore mal, assez pour avoir la force de lui refuser mon amitié.

— Combien de temps ça dure, une peine d'amour?

— Si on ne décide pas de s'immoler sur-le-champ, ça peut durer longtemps.

— Mais on s'en remet?

— Bien sûr qu'on s'en remet. Si la tendance se maintient, j'en aurai bientôt deux à mon actif. Elles vont pouvoir se disputer entre elles.

— Tu vas pas recommencer le même trip.

— Non, sûrement pas.

— Et si Simon t'avait demandé de reprendre?

— Dans ma tête, je suis sevré de lui. J'en ai eu la preuve ce soir. Mais l'amour ne se passe pas que dans la tête.

— Et l'autre?

Nicolas remonta le col de son manteau.

— Il fait *frette* en maudit, lança Nicolas.

Nathalie revint à la charge.

— C'est qui?

— Trop long à expliquer pour l'instant. Je n'ai pas envie d'en parler.

— Tu as une tête d'enterrement.

— C'est de circonstance.

— Ouais, si on allait conduire le vieux au cimetière, ce serait une bonne chose de réglée. Une dernière dizaine de chapelet, puis ils vont refermer la tombe.

En les voyant entrer dans la pièce, Micheline leur jeta un regard inquiet.

Nicolas se dirigea vers sa mère pour la rassurer.

— Il est parti. Quand est-ce qu'on ferme le cercueil ? Ça commence à être long, ce carnaval souvenir.

— Tu parles comme ton oncle Edgar. Au fait, cherches-tu vraiment un appartement ? Ça devait être temporaire, tu sais, chez lui. Juste pour s'assurer que tu étais en sécurité au début, mais là, ça va mieux. Ça va vraiment mieux, n'est-ce pas ?

— L'oncle, il commence à travailler lundi. On ne se verra pas si souvent. Et oui, ça va mieux. Mais j'ai de la difficulté à te suivre. Il fallait habiter avec lui absolument, maintenant il ne faut plus ?

— Il est tellement cynique.

— Si c'était que ça. Il n'est pas endurable. Pourtant, j'essaie de me faire oublier.

— En jouant dans ses actions ?

— L'autre jour, il m'a emmené manger un *smoked meat*, je ne sais pas ce qui lui a pris. Il faut dire qu'il m'avait mis dehors la veille. Il m'a donné deux semaines de sursis. Mais avec mon salaire de plongeur, j'en ai juste assez pour mes dépenses. Même avec un prêt et une bourse, il faut travailler environ vingt-cinq heures par semaine pour arriver, mes amis le disent. Ce qui fait que ça prend plus de quatre ans pour avoir un bac et deux ou trois autres années pour avoir une vraie job.

— On ne peut pas faire plus pour toi.

— Je sais, je ne le demande pas non plus. J'aimerais pouvoir me débrouiller tout seul.

— Tant que tu vas étudier, on va payer tes frais de scolarité, tu ne vas pas tout laisser tomber, tu es brillant.

— Mais non, maman. J'ai de très bonnes notes, j'aime ça.

Le père Georges, le frère du défunt, qui avait été missionnaire au Pérou, fit s'agenouiller l'assistance pour une dernière prière. Ensuite, on demanda aux membres de la famille de rester pour fermer le cercueil.

Nicolas s'éclipsa. Le simple fait de voir la dépouille du grand-père, honni par ailleurs, au visage grimé comme dans *Six Feet Under*, le terrorisait. Il avait hâte que tout cela finisse. Mais il restait encore la messe et la sinistre balade au cimetière.

Devant la fosse, il éclata en sanglots. Les têtes se tournèrent vers lui. Il avait donc pardonné à son grand-père de l'avoir rejeté. Ses grands-oncles, sauf le missionnaire, le regardaient pourtant curieusement. Un homme, ça ne pleure pas en public. La vérité était que sa rencontre avec Simon l'avait troublé. L'effort qu'il avait dû faire pour l'affronter tournait en larmes. Il laissa les autres à leurs poignées de terre et se hâta vers la sortie du cimetière.

Une tempête de neige se préparait. Le parc des Laurentides serait long à traverser le lendemain. Il ouvrit la portière de la voiture de son père, s'assit, sortit deux comprimés de Seroquel, les regarda, en remit un dans le contenant, coupa l'autre en deux et en avala une moitié sans eau. S'il pouvait se passer de Simon, s'il pouvait se passer de *crystal meth*, il pourrait bientôt se passer de Seroquel. Se guérir d'un bobo à la fois.

À la réception qui suivit les funérailles, l'atmosphère du cimetière s'était évanouie, la vie reprenait son cours. La bière coulait à flots. La tante Thérèse, un verre de vodka à la main, vint l'embrasser.

— Comment va Edgar ? Toujours seul dans son coin à brasser de l'argent ? Habites-tu toujours chez lui ? Il est encore vieux garçon, je suppose ? Penses-tu qu'il va se décider à venir nous voir un jour ? À qui il va laisser tout cet argent-là ?

Tant de questions jaillissaient de la bouche vermillon que Nicolas choisit de ne répondre à aucune.

— Votre rouge à lèvres a débordé, laissa-t-il tomber, avec un sourire pincé, et il avala d'un coup le verre de vin que lui tendait son père.

Sa tante avait pris la direction de la salle de bain pour refaire son maquillage.

— Mon père n'a jamais compris qui tu étais, dit Joseph. Il avait trop de préjugés, sans doute. Il n'avait pas d'éducation. Pour lui, il y avait les vrais gars qui sortaient avec des filles, c'est tout. Il m'a même déjà demandé comment j'avais fait pour manquer ton éducation. Il pensait que tu n'avais pas assez joué au hockey.

Nicolas éclata de rire.

— Il ne te haïssait pas.

— Moi, oui. Du jour au lendemain, il s'est mis à me regarder comme si j'étais un animal étrange.

— Ça ne veut pas dire qu'il ne t'aimait plus. La preuve, il a pensé à toi dans son testament. Le notaire a accepté d'en faire la lecture à la fin de l'après-midi parce qu'il savait que tu repartais demain. Il a demandé que tu sois là. Attends-toi pas à une fortune quand même.

Une vague d'émotions toutes plus contradictoires les unes que les autres vint submerger Nicolas. Il avait honte, il était heureux que son grand-père ne l'ait pas rejeté complètement, il ressentait du coup un deuil qu'il n'avait pas envisagé et il éprouvait de la pitié pour son père. Se faire reprocher de ne pas l'avoir forcé à jouer au hockey…

Une fois passé le ressac, un autre sentiment ressurgit : la liberté. Avec une aide financière, il aurait le choix de vivre où il le voulait, comme il le voulait.

— Je mangerais bien un petit sandwich pas de croûte, déclara son père en manière de conclusion.

— Moi aussi, j'ai faim. Le Seroquel m'a transformé en ogre.

— Avec l'héritage, je pense amener ta mère dans un Club Med. Puis s'il en reste, je change de char.

Il en resterait. Le grand-père, veuf depuis dix ans, avait souscrit une bonne police d'assurances quand il était jeune et il avait toujours vécu de façon frugale. Il précisait que les petits-enfants pourraient profiter de l'usufruit de l'héritage des parents.

— L'usufruit ? avait demandé Nathalie au notaire.

— Oui, *usus* et *fructus* en latin, usage et jouissance en français.

Nicolas et Nathalie avaient souri. Pas le notaire, sérieux de profession.

— Cela signifie que vos parents touchent un héritage qu'ils placeront selon les termes du testament et que vous recevrez les bénéfices de ces placements. Votre grand-père a dit souhaiter que ses petits-enfants étudient pour avoir un bon travail et qu'ils gagnent honnêtement leur vie, comme lui l'a fait. Votre grand-père était un brave homme, travaillant et honnête. Un homme de son époque.

*

Travaillant et honnête, se dit Nicolas, accoudé au bar du Sky, en repensant à son grand-père. Le travail lui avait donné un cancer du cerveau. Nicolas commanda une bière à une blonde transgenre avant de faire une tournée de reconnaissance. Il y avait tellement de beaux gars qu'il était difficile de faire un choix. Et pourtant, depuis une heure, avec ce barbu, mi-vingtaine, lunettes rectangulaires et cheveux mi-longs, il jouait au chat et à la souris. Ils se croisaient, s'entrecroisaient, se cherchaient tout en s'évitant. Nicolas n'osait pas, l'autre non plus.

La faune du rez-de-chaussée, celle du *happy hour* qui se prolongeait, commença sa migration vers le deuxième ou le troisième étage pour envahir les pistes de danse. Nicolas suivit.

Un homme dans la trentaine l'enlaça et le fit tournoyer. Il lui passa le bras autour de la taille. Le contact était sensuel. Ils dansèrent ainsi une dizaine de minutes. L'homme s'appelait Bill, parlait l'anglais avec un accent australien ou néo-zélandais. Il parlait peu, il louvoyait lascivement. Nicolas se laissait guider, toucher comme s'il était devenu le pantin de son partenaire de danse.

Bill lui proposa de le suivre. Nicolas en était encore à se demander s'il devait ou pas lorsqu'un message texte apparut sur son écran de téléphone. C'était Akand.

Comment avait-il eu son nouveau numéro ? Par Valérie, bien sûr, qui avait consulté le carnet des numéros de téléphone des employés du Bleu Raisin.

— Où es-tu ?

Nicolas hésitait à répondre. À ses côtés, Bill, la main baladeuse, se faisait pressant. Agacé, Nicolas le repoussa doucement, lui signifiant qu'il devait répondre.

— Je suis au Sky.

— Je viens te rejoindre, ne bouge pas.

Que si, il bougerait. Pour se débarrasser de Bill.

— Je dois faire un appel. Je te rejoins au troisième étage.

D'un signe de la main, l'autre lui fit savoir qu'il avait compris, qu'il disparaissait.

Bientôt, Akand serait là. Venait-il en ami comme Nicolas le lui avait proposé dans son dernier courriel? Se contenter de son amitié était encore mieux que de risquer de ne plus le voir du tout. Leurs discussions, leurs visites au marché Jean-Talon, leurs repas indiens... Tout lui avait manqué au cours de la dernière semaine. Et surtout, son corps chaud, sa grande maîtrise lorsqu'il faisait l'amour. Simon était un pur-sang. Akand était la spiritualité douce et enveloppante qui se déchaînait parfois.

Nicolas commanda une autre bière. L'ivresse aidant, les images de Simon et d'Akan se superposaient dans sa tête. Les deux étaient douloureuses. L'attente le rendait anxieux. Quand Akand serait devant lui, il feindrait le calme et une légère indifférence. On allait se parler en amis, liquider le malaise, passer à autre chose.

Un message texte apparut: « Où es-tu? » « Au deuxième, près du bar. »

Nicolas tressaillit. Il se retourna et l'aperçut. Il se dirigea vers lui, oublia qu'il devait être calme et indifférent et embrassa Akand deux fois sur la joue, se colla contre sa poitrine. Les bras de l'autre ne vinrent pas se refermer sur lui. Nicolas se distancia.

— Comment vas-tu? demanda seulement Akand avec un sourire.

— Bien, tu veux une bière?

— Oui, c'est *cool* ici.

Ils trouvèrent une place sur un sofa moelleux. Les décibels les condamnaient au silence. Ni l'un ni l'autre n'avait envie de crier pour se faire entendre. Nicolas se leva, mal à l'aise, et alla observer les danseurs.

Une jeune fille l'entraîna sur la piste.

— Es-tu gai?

— Regarde autour de toi. Les chances sont bonnes.

— Pas moi, mais j'aime bien la musique, et ici, on ne se fait pas embêter par les gars.

— En restant chez soi, on ne se fait pas embêter par les gars non plus.

— Très drôle. J'étudie en sexologie. Et toi?

— En sciences politiques. Pas mal moins sexy.

Nicolas faisait durer la conversation, se sachant observé par Akand.

— Alors, c'est ton laboratoire de recherche ici?

— Un peu. Nous en sommes justement à traiter des amours de passage en homosexualité.

Chaque fois que la brunette parlait, elle s'approchait de lui pour se faire entendre, se collait à son oreille, lui touchait une épaule. Ça l'agaçait.

Lorsqu'il aperçut Akand debout, près de la piste, il planta là sa danseuse et le rejoignit. Akand le serra dans ses bras et le berça contre lui sur la piste de danse.

— Je suis *sorry*, dit-il. Tout n'est pas clair dans ma tête.

— Pourquoi avec Valérie?

— Elle a de si beaux seins.

Nicolas ne put s'empêcher de sourire. Akand l'embrassa, puis jeta des regards inquiets autour de lui, par automatisme.

Vézina, Edgar et l'amour avec un grand A

L'appareil était visqueux et dégoûtant après un sé-jour de deux semaines dans l'eau. Vézina avait repêché le cellulaire de Nicolas avec l'épuisette qu'il utilisait pour récupérer ses balles de golf dans l'étang. Se croyant atteint d'une MTS en voyant le téléphone au fond de la cuvette, il avait failli s'évanouir. En apprenant la nature de l'objet, il s'était précipité vers le coffre de sa voiture pour en ramener l'outil indispensable.

Une fois le téléphone dans la fosse à déchets, Edgar se pencha sur la question de la soirée. Quelle pizza allait-on commander?

— J'opterais pour une toute garnie, décréta François Vézina, qui avait apporté un valpolicella 2005.

— J'irais plutôt du côté des quatre fromages avec champignons.

— J'admire ton renoncement, mais je n'ai pas ce sens du sacrifice. Si on négociait plutôt une moitié-moitié extra large, genre côté cour: fromages, côté jardin: toute garnie? Je suis en plein apprentissage de compromis.

— Toujours avec madame cinquante ans?

— Elle s'appelle Martine. Et nous sortons ensemble depuis six mois maintenant. Il y a eu un intermède d'un mois, après mon aventure de septembre, mais c'est elle qui m'a rappelé.

— Oh! six mois avec la même fille. Tu deviens vieux ou quoi?

— Tu ne me prends pas au sérieux, elle non plus, et moi… je ne suis pas branché. Mais si tu voyais son élan.

— Son élan?

— Au golf...

Edgar hésitait à parler de Margot qui, ces jours-ci, relisait Camus, son ami d'adolescence. « J'avais cinq ans quand il est mort, et pourtant, j'ai toujours eu l'impression qu'il vivait encore. » Après avoir dit cela, elle avait rougi, avouant ainsi son âge. « Je vous pensais beaucoup plus jeune », avait répliqué Edgar.

C'est seulement une fois qu'on eut vidé la bouteille de valpolicella et ouvert celle de cognac que la grande histoire, comme toutes les histoires d'amour, fut abordée.

— Sais-tu ce que m'a écrit Margot dans un courriel aujourd'hui? demanda Edgar, allumant son ordinateur pour lui lire textuellement la citation.

Vézina s'approcha de l'écran.

— Non, tu restes là, je vais lire.

— Oh! il y aurait donc plus qu'une citation dans cette banale missive.

— Comme je te l'ai peut-être dit, elle aime bien Camus.

—Non, tu ne me l'as jamais dit, mais Martine aussi aime bien Camus.

Edgar se mit à lire.

— Ce matin…

— Ce matin maman est morte, poursuivit Vézina, content de son jeu de mots.

— Franchement, Vézina… Je reprends : Ce matin, je suis tombée sur une citation de Camus : « Il n'y a pas de honte à préférer le bonheur. » Est-ce qu'on va toujours au cinéma samedi?

— Et puis?

— Et puis le reste, c'est personnel.

— Nous en sommes donc au personnel. J'aime bien la citation.

— Je te lis ce que je lui ai répondu.

— Pas nécessaire, interrompit Vézina.

Et il s'étira, prit *La peste* en dessous d'un pot d'orchidées et ouvrit le roman à une page écornée :

— « Mais il peut y avoir de la honte à être heureux tout seul. » Page 190. Voilà ce que tu lui as répondu. Pas si mal, j'en conviens, on progresse. Tu as au moins arrêté de te dénigrer. L'important n'est pas de déblatérer sur ta laideur, ta grosseur, tes travers, ton côté ombrageux ou asocial.

— Est-il utile d'en mettre autant ?

— On pourrait même en ajouter, mais enfin. Ce qu'il faut, c'est lui servir ses qualités à elle sur un plateau.

— L'autre jour, en apprenant son âge, je lui ai dit qu'elle faisait plus jeune.

— Et comment était le pain de viande, lundi dernier ?

Edgar était mal à l'aise. Il se mit à jouer avec une plante, se leva, marcha un peu.

Vézina remplit son verre.

— Doucement avec le cognac, je travaille demain.

— C'est vrai, tu travailles. Et alors, la dure condition de la classe ouvrière ?

— Fatigant, agaçant, accaparant et ennuyant.

— Tu as raison, le travail, c'est ennuyant. Si on revenait au pain de viande ?

— Elle portait des jarretelles.

— Pour servir le pain de viande ?

— Non. Quand je suis arrivé, elle était habillée d'une robe rouge grenat, portait un foulard noir qui lui couvrait les épaules. J'ai toujours aimé les foulards. Ça fait tellement élégant. Mais elle n'a pas servi le pain de viande avec sa robe rouge. À ce moment-là, elle portait un peignoir de soie rose saumon.

Edgar toussota nerveusement.

— Tu sais, elle lit beaucoup.

— Je ne veux pas connaître le contenu de sa bibliothèque, mais la couleur de ses jarretelles.

— Tu commences à me fatiguer un peu. Ça relève de la vie privée.

— Je suis quand même ton conseiller dans ce dossier. Penses-tu que tu aurais persisté sans mes conseils ?

— Les jarretelles étaient noires et le soutien-gorge aussi, avec des rayures roses et une bordure de dentelle. La petite culotte était agencée au soutien-gorge.

— Et les bas ?

— Noir transparent, avec une couture derrière.

— Le parfum ?

— Bizance de Rochas. Je l'ai vu dans sa salle de bain.

— Et le pain de viande ?

— D'abord, on a bu du mousseux, de la blanquette de Limoux. Après, c'est allé très vite.

— Pas trop vite quand même ?

— Non, le pain de viande avait eu le temps de sécher un peu.

Le cellulaire de Vézina sonna.

— Oui chérie, je te rapporte du lait 2 %. Autre chose ? Non, je n'arriverai pas trop tard.

Edgar se bidonnait.

— Tu es devenu affreusement sage. Et puisque tu as dit que tu ne rentrerais pas trop tard, il faudrait y songer si tu ne veux pas que ça se termine comme la dernière fois.

— Je ne suis pas si pressé. Il est tôt quand même. Et le neveu parasite ?

— Toujours présent. Mais il a touché des revenus d'un héritage et j'ai exigé qu'il me rembourse le montant des actions de Bombardier qu'il a liquidées. En fait, il ne le sait pas, mais j'ai placé l'argent pour lui dans un fonds de croissance à court terme. Le fric lui file entre les doigts.

— Pourquoi tu fais ça pour lui et non pour moi?

— Parce que tu es un grand garçon et que je n'ai pas besoin de te voir décamper rapidement. Ce n'est pas tout, il a des tendances suicidaires, difficile de le forcer à partir maintenant. Heureusement que sa mère ne le sait pas.

— Non mais, il est con comme une bite ou quoi? Vingt ans, toute la vie devant lui, et le jeune, à quoi il pense dans ses moments libres? À se suicider. Il pourrait avoir le cancer, la peste, le choléra, une dysfonction érectile, mais non, il n'est pas heureux, le jeunot.

— Ce n'est pas si simple.

— Ce n'est pas si compliqué non plus. Ou on est fou et on se fait soigner, ou on ne l'est pas et on se secoue les puces.

— Tu as un langage un peu radical pour un ancien de la gaugauche.

— Et toutes ces histoires d'amour qu'il lui reste à vivre.

— Justement, on dirait que ça ne lui réussit pas, les histoires d'amour. Son nouveau chum a couché avec sa meilleure amie pendant un match du Canadien. Et voilà qu'on s'est retrouvé en plein drame. Juste pour me faire sentir coupable, c'est arrivé la nuit où je l'ai mis dehors. Et ça fait deux jours que je ne l'ai pas vu, mais il m'a texté pour me dire de ne pas m'inquiéter, qu'il était chez un ami. C'est chiant quand même, tu ne trouves pas?

— Oui, c'est chiant. Revenons plutôt à Margot.

Vézina fouilla dans une pile de CD.

— C'est pratique, tout est à la portée de la main, ici.

Il glissa le CD dans le lecteur et se mit à fredonner cette vieille chansonnette française interprétée par Patrick Bruel : « Ah ! qu'il doit être doux et troublant l'instant du premier rendez-vous où le cœur las de battre solitaire s'envole en frissonnant vers le mystère… Vous, l'inconnu d'un rêve un peu fou, faites qu'il apporte pour nous le bonheur d'aimer la vie entière, l'instant du premier rendez-vous. »

Edgar entra dans le jeu et se mit à chanter lui aussi : « Un amour naissant, c'est un premier roman dont on joue tendrement le personnage. On ne sait jamais s'il sera triste ou gai, mais on voudrait vite en ouvrir toutes les pages. »

— J'ai une question. Que fait Martine dans la vie ?

— Elle joue au golf, voyage, lit en mangeant des biscottis avec du thé à la violette. Et elle m'aime follement, même si elle ne veut pas l'avouer.

— Et pour gagner sa vie ?

— Elle a été mariée à un avocat qui défendait les motards criminels. Il est mort.

— Tué par la pègre ?

— Non, d'une cirrhose.

— Margot vit de l'aide sociale et elle fait des ménages pour arrondir ses fins de mois.

— C'est tout à son honneur. Et elle trouve le temps de lire Camus. L'autre jour, j'étais invité à une pendaison de crémaillère. Un genre de plain-pied, style Frank Llyod Wright, aux abords de la rivière des Prairies, pour lequel j'avais dégoté une hypothèque à 3 %. Flûte de champagne et petits fours en main, je circulais, ne sachant pas à qui parler puisque je ne connaissais personne. Je réussis à m'immiscer dans une conversation. Une propriétaire de galerie d'art, je crois, a demandé à un couple composé d'un comptable anglo-protestant et d'une productrice de l'Office national du film, juive et française d'origine, comment il vivait sa mixité. Tu sais ce que le comptable a répondu?

— Je meurs d'envie de le savoir.

— Il a répondu: «Du moment que le sexe va, tout va. Anglais, Français, protestant, juif, *who cares*?»

— Et qu'a dit la productrice de l'Office?

— Elle a ri et lui a joué dans les cheveux. Est-ce que ça répond à tes questions existentielles?

— Alors, ça peut marcher entre nous? Elle ne me trouvera pas trop ennuyeux avec mon travail...? Je ne veux pas changer mon style de vie.

— Qui te demande de changer de style de vie?

— J'ai l'impression qu'on doit tout chambarder quand on rencontre quelqu'un.

— Évidemment, il serait difficile pour moi de discourir sur les bienfaits de la cohabitation. Je ne te la suggère pas.

— Cohabiter, je n'y pense même pas. Si je peux réussir à me débarrasser du jeune, ça va être un grand soulagement. Mais je songe à avoir un nouveau chat.

— Pour le tuer en lui donnant des petits pois?

— Je te l'ai dit, Vézina est mort d'une peine d'amour.

— Je ne t'ai pas cru. Les Vézina ne meurent pas d'une peine d'amour.

Pour signifier qu'il était peut-être l'heure d'aller faire dodo, Edgar se leva et commença à bichonner son orchidée la plus capricieuse.

— Je crois qu'elle manque un peu d'oxygène, déclara Edgar pour être encore plus clair sur son besoin de se retrouver en paix.

— Ça va, j'ai compris, je fais de l'air.

— Je t'appelle un taxi.

— Tu as raison. Je reviendrai avec ma douce demain chercher la voiture. Mais j'y pense, *La plaisanterie*, j'allais repartir sans elle.

Edgar alla voir dans les K et tira le livre du rayonnage. Il allait le tendre à Vézina lorsque des cris perçants et des bruits de coups violents éclatèrent dans leur soirée tranquille.

— Qu'est-ce qui se passe ?

— Les voisins, ils se battent. Je vais appeler la police.

— Tu ne penses pas qu'on devrait... intervenir ?

— La dernière fois qu'on l'a fait, elle a refusé de porter plainte et a tout nié devant les policiers.

Edgar composa le 9-1-1 et s'empara d'une poêle en fonte pour frapper contre le mur de la cuisine. Les claquements et les gémissements se poursuivaient de plus belle.

Vézina était pétrifié.

— Vivre en couple n'est donc pas toujours une bonne idée.

— En effet.

— Tu ne penses pas que je devrais te chercher une maison de ville, genre condo, pas trop d'entretien, dans un quartier tranquille ?

— Qu'est-ce qui me garantit que ça va être tranquille ? Puis je n'ai pas envie de déménager, et le moment n'est pas propice à sortir du comptant pour une mise de fonds.

Une porte claqua, suivi d'un « Bon débarras ! »

Edgar entrouvrit la porte et aperçut la jeune femme l'œil enflé, les cheveux entremêlés, la lèvre fendue, assise par terre. Elle fumait un joint en pleurant. Edgar le lui arracha des mains et le jeta dans les toilettes.

— La police s'en vient.

Vézina arrivait avec une serviette humide et de la glace. Il prit doucement la victime dans ses bras et appliqua délicatement la glace sur sa lèvre et son œil endoloris. Edgar pensa qu'il savait s'y prendre, même avec les femmes en morceaux.

— Ça pue le pot! As-tu du parfum?

Edgar revint et la vaporisa d'un bon nuage de Monsieur.

— Ça fait viril, lui glissa Vézina à l'oreille. Comme ça, vous allez avoir la force de tout raconter aux policiers.

Émergeant du néant, elle se tourna vers Edgar.

— Si je porte plainte, je n'aurai plus de place où rester.

— Ça va s'arranger, les policiers vont vous trouver un endroit pour ce soir, dit Edgar pour la rassurer.

— Je ne veux pas aller dans une maison pour femmes battues.

— Vous préférez vous faire tapocher?

Vézina leva les yeux vers Edgar, en signe d'exaspération.

Deux agents sortaient de l'ascenseur.

— Qu'est-ce qui s'est passé? demanda le plus grand. Il s'adressait directement à la fille.

— On s'est chicanés.

Il se tourna vers Edgar et François.

— Avez-vous été témoins?

— On a entendu des bruits de querelle, j'ai composé le 9-1-1 et on l'a trouvée assise par terre.

— Où habite-t-elle?

— Ici, répondit Edgar en indiquant l'appartement.

L'autre policier frappa à la porte. Aucune réponse.

— Police, ouvrez!

Rien.

— Dis-moi pas qu'il va falloir que j'aille me chercher un mandat.

— J'appelle de l'aide pour accompagner la dame à l'hôpital, répondit son confrère, je vais faire la garde devant la porte pendant que tu vas chercher un mandat.

Se tournant vers la fille, le même agent lui demanda si elle voulait porter plainte. Elle leva les yeux vers le policier, le regard perdu, se tourna vers Vézina, puis vers Edgar.

— Vous pourrez coucher ici après, marmonna celui-ci.

L'écorchée fit signe que oui.

— Si vous le permettez, je vais noter la déposition de madame en attendant l'agente qui va l'accompagner à l'urgence. Après, ce sera votre tour, dit-il à l'adresse des deux gars. Nous devons rester dans le corridor, je surveille le suspect.

Vézina acquiesça tout en disant à Edgar qu'il le chargeait d'appeler Martine pour lui expliquer la situation. Si lui tentait de le faire, ce serait un désastre encore une fois. Martine comprit. Et pour taquiner Vézina, Edgar ajouta qu'on progressait.

Une fois les dépositions enregistrées et la malheureuse menée à l'urgence, Edgar sortit des draps propres pour faire le lit de Nicolas. Comme il était chez un ami, la fille, qui s'appelait Joanie, pourrait occuper sa chambre.

— Bon, voilà, après le neveu déprimé, me voici avec la fille paumée.

Vézina aida Edgar à faire le lit. Il huma les draps.

— Ça sent bon. Margot?

— Non, c'est Carmen, sa collègue, qui fait la lessive. Une vraie bénédiction. Comme j'ai des grosses journées, elle vient plus souvent maintenant. Même qu'elle m'apporte des muffins.

On frappa à la porte.

— Ma parole, est-ce déjà notre éclopée qui revient?

C'était Nicolas, les bras chargés de sacs.

— Je suis allé magasiner un peu.

Il sortit un cachemire pour le montrer à Vézina.

— Très classe, en effet.

— Merci. Akand m'a dit que ça faisait très *stylish*.

— Akand? demanda Edgar.

— Oui, nous avons repris.

Pendant que Nicolas plaçait ses choses dans sa chambre en chantant, Vézina chuchota à Edgar que, pour un déprimé, il avait l'air bien en forme.

— Il est peut-être sur la bonne voie. Tant mieux, il va pouvoir déménager bientôt.

Nicolas sortit de la chambre en demandant où étaient passés ses draps de coton égyptien.

Vézina et Edgar lui racontèrent le triste événement.

— Mais où je vais dormir?

— Sur le divan, ma foi, on ne t'attendait pas ce soir.

— Il n'en est pas question. C'est ma chambre. Pourquoi elle ne dort pas sur le divan?

— Écoute bien mon petit bonhomme, pour ce soir, c'est comme ça, sinon, tu peux aller t'installer dans le deuxième sous-sol.

Vézina opina aux propos d'Edgar.

— Je suis fatigué, poursuivit Edgar, je dois m'occuper de nos « membres » demain. Alors, je mets mes boules Quies, je fais mon yoga et je me couche. Toi, tu t'occupes d'accueillir convenablement la jeune, vous pourrez échanger sur vos malheurs, dit Edgar en se retirant dans sa chambre.

Pendant qu'il se brossait les dents, Edgar entendait Nicolas et Vézina discourir sur *La plaisanterie*.

— Je crois que je la préfère à *L'insoutenable légèreté de l'être*, émit Vézina.

— J'hésite. J'ai bien aimé *La lenteur* aussi. As-tu lu *La canicule des pauvres* de Jean-Simon DesRochers? Je viens de la finir.

Edgar sourcilla. C'est donc lui qui avait son roman. Il ne pouvait certes pas lui en vouloir de lire. Il y a des péchés qui se pardonnent plus facilement. Dans sa chambre, il entendait les deux faire jouer *Premier rendez-vous* et entonner en chœur : « Ah ! qu'il doit être doux et troublant l'instant du premier rendez-vous où le cœur las de battre solitaire s'envole en frissonnant vers le mystère... »

Il se glissa dans son lit et écouta le refrain avec joie, se rappelant l'extase qu'il avait connue avec Margot, la veille, après le cinéma.

Nicolas, Annie Roy et le hockey

Le travail sur Simone Veil leur avait valu un A. Leur professeure avait jugé la recherche rigoureuse et la forme, impeccable. Elle y avait même noté de l'intelligence et de l'émotion.

— Pourquoi on n'a pas eu un A plus alors ? demanda Nicolas à Valérie, toujours obsédé par la performance.

— Parce que ça voudrait dire qu'on est parfaits et on n'est pas parfaits. L'important, pour moi, c'est que ce projet soit fini. Les soupers de bureau de Noël ont commencé au Bleu Raisin. J'ai hâte au congé des Fêtes pour enfin pouvoir dormir le matin. Pourquoi les gens n'ont-ils jamais compris que les matins étaient faits pour dormir ?

C'était la première fois qu'ils discutaient vraiment depuis l'incident du mois de novembre. Ils avaient échangé extraits de travail et corrections par courriel pour éviter de se voir, justement. Au restaurant, ils se croisaient entre deux services, deux piles d'assiettes.

— Charles va bien ? risqua Nicolas.

— Oui...

Valérie ne demanda pas de nouvelles d'Akand, sentant encore de l'amertume de la part de Nicolas. Et lui, hanté par la jalousie, tentait de succomber au désir de la harceler, de la questionner.

— Mercredi, on se réunit chez Charles à la fin de la soirée pour visionner le match du Canadien. Son coloc va l'enregistrer, on va manger des ailes de poulet et boire de la bière. Viens avec Akand, on va s'amuser, on travaille tout le temps, merde! On met fin aux hostilités?

C'était viscéral, Nicolas ne put s'en empêcher.

— Comment c'était avec Akand?

— Non, mais t'es complètement timbré!

Nicolas refoula sa honte. La honte d'être si possessif. Tous les défauts étaient de mise dans cette société: la paresse, le narcissisme, la lâcheté, l'insouciance, mais s'il en était un qu'il fallait cacher, c'était bien la jalousie.

— Tu as raison. Je suis pas mal timbré, mais je l'aime.

— Alors, laisse-le libre, surtout de venir voir le match.

— Je dois faire une entrevue autour de ma recherche sur l'engagement de l'artiste et sa portée politique. Je devrais avoir terminé mon travail mercredi justement.

— Une entrevue?

— Oui, quand c'est possible, j'aime bien faire des entrevues au lieu de seulement utiliser les livres ou les journaux. Mon prof aime ça.

— À part les membres des commissions jeunesse de partis politiques, personne ne sait ce qui va lui arriver après sciences po. Toi, tu pourrais devenir journaliste en te décrochant un certificat en communications après ton bac.

— Journaliste? Il me semble que ce sont tous des gens cyniques, dotés d'un copieux égo.

— Même dans ton journal de snobs qui a plus de cent ans?

— Surtout dans mon journal de snobs. C'est pour ça que je l'apprécie.

— Tu aimes donc les gens cyniques et vaniteux.

— Quand ils ont quelque chose à dire, oui. Surtout s'ils font autre chose que recopier des communiqués ou fouiller dans Wikipédia.

— Alors, on vous attend mercredi?

— Si Akand y va, j'y vais. Mais il faut que je termine mon travail d'abord, ne m'attendez pas. Est-ce que Charles est au courant pour toi et Akand?

— Certainement pas. As-tu l'intention de gratter le bobo jusqu'à l'os?

— Non, mais comment peut-on aimer quelqu'un et le tromper?

— S'il te plaît, change de registre.

— On ne badine pas avec l'amour.

— Calme tes ardeurs, il y a une différence entre un béguin passager et les sentiments, mon petit chéri.

— Tu crois, poupée?

— Il faut que je te montre mon nouveau chapeau. Je l'ai acheté en ligne.

Valérie exhiba un bonnet muni de cache-oreilles dans lequel étaient nichés des écouteurs pour iPod.

— C'est bien plus confortable que de se coincer des écouteurs froids dans la tuque.

Nicolas essaya le chapeau et trouva l'idée géniale. Il en voulait un.

Valérie lui fit un signe de la main et s'évapora dans la foule d'étudiants.

Annie Roy, l'une des deux responsables de l'Action terroriste socialement acceptable, avait donné rendez-vous à Nicolas au café Coyote, en face du métro Beaubien. Il éprouva une sensation de bien-être et de douceur lorsqu'il goûta le café au lait du Coyote. Peut-être le meilleur qu'il ait bu de sa vie. Un délice réconfortant. Un plaisir qui contente. Depuis un mois, il ne prenait qu'un demi-comprimé de Seroquel par jour. Le puits d'angoisse était moins profond, la crainte de perdre Akand, moins présente. Il ne voyait plus la mort comme une solution. De fait, il voyait la vie, et la vie lui apparut tout à coup sous la forme d'un torrent d'énergie, enveloppée d'un manteau Kanuk, se déplaçant comme une déesse.

Annie Roy avait effectivement fait de la danse contemporaine avant de passer à d'autres formes d'art.

Elle commanda un sandwich au thon et un verre d'eau, du robinet, précisa-t-elle.

— Étudiant en sciences politiques?

— Oui, et je prépare un travail sur la portée politique de l'engagement des artistes. Je me suis retrouvé, un peu malgré moi, dans votre événement État d'urgence. C'était… heu… comment dire…

— Dérangeant peut-être? C'est le but de notre démarche : déranger pour que les gens prennent conscience que les itinérants font partie du contexte urbain. On passe à côté d'eux sans les voir, on fait comme si cette misère-là n'existait pas. En établissant en plein centre-ville un camp de réfugiés, on force la population et les politiciens à reconnaître leur existence. Et ça finit par déborder sur des actions concrètes.

— Mais c'est long?

— Très long, parfois. Et je dois te dire que présentement je suis épuisée, je n'ai plus de vie sociale. Mais il y a aussi des moments de grand bonheur.

— Qu'est-ce qui vous motive à continuer?

— Le fait d'être dans l'action, de refuser le fatalisme. On pose des gestes à sa mesure. On se sent meilleur au fond de soi. C'est mieux que de regarder le monde s'enfoncer. Mon chum et moi, on a fondé l'Action terroriste socialement acceptable après avoir entendu dans le même bulletin de nouvelles qu'un organisme avait besoin d'une centaine de paires de bas chauds par jour pour des itinérants et que les institutions bancaires avaient fait des milliards de profits. On n'a pas vraiment choisi cette forme d'engagement, on a été interpellés par l'actualité.

Annie Roy mordit dans son sandwich.

— Hum, c'est bon, je n'avais pas encore eu le temps de manger aujourd'hui.

Elle regarda Nicolas se frotter les mains de Purell avant de toucher son sandwich. Il se sentit ridicule devant cette artiste qui fréquentait les plus démunis, les embrassait, les serrait dans ses bras.

— Je sais, je suis un peu maniaque.

Annie Roy ne répondit pas. Elle poursuivit sur sa lancée.

— Notre premier geste a été de faire une installation en soudant de vieux poêles ensemble. On y a placé des chaussettes. Ceux qui en avaient besoin pouvaient venir y puiser des bas chauds. On a alerté les médias. Personne ne savait trop d'où ça venait, mais on a réussi à attirer l'attention sur les problèmes des sans-abri.

— Les sans-abri qui circulaient sur le site d'État d'urgence n'avaient pas l'air de réaliser vraiment ce qu'on faisait pour eux, sauf ceux qui travaillaient comme bénévoles, souligna Nicolas.

— Ce sont des gens qui sont au bout de leur rouleau, qui ont contracté une forme de dépendance aux services. Ils sont super frustrés. Parfois, je leur fais savoir que je ne suis pas contente, que je ne suis pas obligée de faire ce que je fais, et je leur demande de nous traiter poliment.

— Et le fait qu'il y ait plus d'une centaine d'artistes qui participent au projet, ça augmente la portée politique ?

— Je crois que oui, parce que c'est médiatisé. On veut intégrer le côté un peu merdique de la situation et la recherche spirituelle. Parce que les artistes sont en quête de sens. À la base, on ne devient pas artiste pour faire du cash. Il arrive que certains deviennent riches, mais ce n'est pas pour ça qu'ils ont choisi les arts. Je ne refuserais pas d'avoir de l'argent moi-même. Ça dépendrait de ce que j'en ferais ensuite.

— Alors, on peut faire œuvre utile et avoir de l'argent?

— Je dirais même que ça aide. L'important est de comprendre le sens de l'engagement. Moi, j'y trouve beaucoup de plaisir comme artiste. Et il n'y a pas de tâches sottes dans l'engagement. Tout le monde doit mettre la main à la pâte dans la mesure de ses moyens. Si on est à l'aise dans l'envoi de courriels et si on ne veut pas faire la vaisselle, on ne s'engage pas à faire la vaisselle. Moi, je compte sur les bénévoles. On en a trois cent soixante-six, et c'est important qu'ils ne nous laissent pas tomber. Chaque bénévole a son utilité et son importance, et c'est grave quand ils ne prennent pas leurs responsabilités, qu'ils les laissent aux autres qui doivent prendre les bouchées doubles.

— Et pourquoi y a-t-il si peu d'engagement chez les jeunes?

— Peut-être que la satisfaction passe plus souvent par la consommation. On se fait plaisir en allant acheter des choses et on ne se rend pas compte que c'est un plaisir passager, alors on recommence. C'est comme ça qu'on se valorise, je pense.

— L'autre jour, j'ai entendu un journaliste du *Devoir* à la radio vous critiquer parce que vous offriez un repas sept services à des itinérants avec l'aide d'un grand chef connu. Il disait que ce n'était pas ça dont les itinérants avaient besoin.

— J'ai pleuré après avoir entendu ça. J'étais profondément blessée. Qui peut décider qu'un itinérant n'a pas besoin d'un bon repas? J'aime bien ça moi-même pour me remonter le moral, et vous?

— J'adore cuisiner et bien manger.

Le cellulaire d'Annie Roy n'arrêtait pas de vibrer depuis le début de l'entrevue. Elle le laissait faire ou l'arrêtait machinalement, tout en poursuivant la conversation. Mais il devenait insistant; c'était sa fille de onze ans qui avait oublié un livre à la maison.

— J'appelle mamie et elle va aller te le porter à l'école. Je t'embrasse.

— Ça fait beaucoup de choses avec lesquelles jongler.

— J'espère qu'un jour l'événement va vivre par lui-même, que quelqu'un va prendre la relève et que je vais pouvoir me consacrer à mes autres projets artistiques.

— Je veux travailler avec vous.

— Penses-y avant de t'engager. Je ne m'occupe plus des bénévoles, mais voilà le nom de la personne que tu pourras appeler.

Annie Roy lui tendit une carte.

— Si ça ne te tente pas, tu n'as pas besoin de côtoyer les sans-abri, dit-elle en regardant le Purell. Tu pourrais envoyer des communiqués, tiens, ou distribuer des tracts à l'université.

— Vous savez, j'ai essayé de leur parler quand j'y suis allé, mais c'est moi qui avais l'impression d'être rejeté, de ne pas faire partie de leur monde.

— Ce sont des êtres brisés par la vie, ils ont leur propre code, mais quand on réussit à pénétrer leur intérieur, on en apprend beaucoup.

Annie Roy, quarante et un ans, ex-danseuse, mère de deux enfants, conjointe d'un autre artiste engagé, s'est levée, a mis son manteau et a regardé sa montre.

— Il me reste trois heures et vingt-deux minutes pour terminer ma demande de subvention au Conseil des arts avant que les enfants reviennent de l'école. Au revoir.

*

Du corridor de l'immeuble où habitait Charles, Nicolas entendit des encouragements, puis des cris de déception. Valérie lui ouvrit la porte distraitement et retourna s'asseoir près de son amoureux.

— Salut ! Comment vont nos Glorieux ? lança Nicolas joyeusement aux quatre personnes écrasées devant le téléviseur à écran plasma, soixante pouces de large. C'était le dernier achat du coloc de Charles. Étudiant lui aussi, il travaillait dans un magasin d'appareils électroniques. Nicolas rangea au frigo la bière qu'il avait apportée.

Les autres se tassèrent pour lui faire une place, sans trop lui prêter attention. Nicolas crut d'abord qu'on mettrait le système à pause et qu'on le saluerait, mais il comprit vite qu'on avait d'autres préoccupations. Que ce n'était pas lui la vedette, mais le gars avec un chandail rouge qui poussait un disque de trois onces de caoutchouc noir galvanisé.

— Tabarnak ! cria Akand, la *puck* était presque dans le *net*.

Nicolas se tourna vers Valérie.

— Tu aurais pu lui dire que c'est une rondelle et un filet.

Elle lui indiqua deux livres qui traînaient sur le tapis : *Le petit guide de stratégie du hockey* et *Habitants et Glorieux, Les Canadiens de 1909 à 1960*.

— Il est en train de les lire ; bientôt il connaîtra tous les termes précis.

Nicolas demanda à Charles s'il avait un routeur. À sa réponse affirmative, il ouvrit son nouveau MacBook, cliqua sur AirPort et alla sur le blogue des profs de sciences politiques de l'université après avoir mis le chapeau de Valérie muni d'écouteurs.

Charles actionna la télécommande pour sauter les messages publicitaires et arriver à la fin de la deuxième période. Nicolas grappillait du côté de Facebook. Il n'y avait jamais là de grandes nouvelles. Il avait reçu un message sur son mur : « Simon Tremblay voudrait vous ajouter à sa liste d'amis… » Nicolas cocha la case Ignorer et poursuivit la lecture des potins, levant la tête à l'occasion quand une équipe comptait un but.

Il lut sur Facebook que les Canadiens avaient perdu.

— Énervez-vous pas, ils ont perdu 4-3.

Les autres se mirent à chahuter.

— T'es méchant, Nic, lui lança Charles en le frappant avec un coussin. Pour ta punition, tu vas chercher de la bière chez le dépanneur.

— Au contraire, je suis bon pour vous, ça va vous épargner du temps : plus besoin de regarder le match maintenant, on peut jouer à Rock Band, c'est bien plus amusant.

Charles s'était enfin décidé à mettre l'attaque à cinq à pause. Il lui présenta son coloc Julien, heureux propriétaire du Rock Band.

— Pas besoin d'aller chez le dépanneur, j'ai apporté de la Guinness, dit Nicolas.

— Oh, un connaisseur, commenta Julien en installant Rock Band.

— Il est dix heures trente, il nous reste seulement trente minutes pour nous énerver. Après, les voisins vont se plaindre. À onze heures, on retourne au match et toi, Nic, tu ne parles plus pendant le jeu, sinon on va t'expulser.

Sachant que Nicolas avait choisi la Guinness pour lui, Akand en ouvrit une et sourit à son amoureux. En public, il était extrêmement distant.

On porta un toast aux pauvres Canadiens qui allaient sûrement l'emporter la prochaine fois.

— Je suis en train de devenir alcoolique, énonça Akand en rigolant.

— Mais non, t'inquiète pas. Ce n'est pas une bière ou deux qui vont te rendre alcoolo, le consola Valérie.

Akand avait été surpris en arrivant au Québec de voir les filles boire de la bière à même le goulot. En Inde, seulement celles qui travaillent et se sont affranchies de leur famille peuvent prendre un verre de vin blanc à l'occasion. En fait, selon les chiffres officiels, moins de 5 % des femmes indiennes consomment de l'alcool.

Nicolas s'empara d'une guitare.

— Maintenant, on fait de la musique !

Edgar et le monde tordu du travail

Presque trois semaines avant qu'Edgar ait un Mac-intosh au bureau. Il avait persévéré devant une résistance passive dont il ne connaissait pas les origines.

C'est après qu'il eut menacé de facturer la location de son ordinateur personnel qu'on avait enfin acquis le divin joujou, un iMac plus performant que le sien, doté d'un écran à haute définition lui permettant de transiger simultanément sur de nombreuses plateformes financières. Si le bonheur s'était mesuré en octets, il eût été l'homme le plus heureux de la terre. Mais la félicité passait aussi par une certaine qualité de vie. Et son travail, si accaparant, l'épuisait et l'éloignait malgré lui de Margot.

Pendant des années, il s'était cru débordé par l'estimable tâche d'engranger un capital dont la moitié s'était volatilisée sans qu'il en eût profité. Et alors que le vrai défi de sa vie, celui d'aimer une femme, se présentait à lui, la presque totalité de ses énergies se perdait dans un boulot ennuyeux.

— Excusez-moi de vous déranger pendant votre recueillement, dit le directeur des ressources humaines en regardant sa montre. Après vos rencontres avec les membres, qui devraient commencer bientôt, d'ailleurs, nous devrons nous réunir avec la directrice pour discuter de placements éthiques.

— Au fait, les fonds éthiques ont fini l'année avec un rendement négatif de - 34,6 %.

— C'est seulement 1,6 % de moins que l'indice. Quoi qu'il en soit, nous discuterons de ça plus tard, notre directrice y tient beaucoup. Aux œuvres du cardinal Léger, il devrait bien y avoir des placements éthiques quand même ?

Edgar avait déjà perçu qu'on essayait de le piéger avec le cardinal, mais il n'allait pas se laisser « décanoniser » si facilement. Le directeur des ressources humaines repartit comme il était venu.

Edgar sortit de l'immeuble pour appeler Vézina.

— Rends-moi service. Trouve le logo de l'œuvre du cardinal Léger quelque part et envoie-moi un document quelconque par télécopieur. Il ne faut pas que mon manège soit mis au jour trop rapidement.

— Qu'est-ce que j'écris comme texte ?

— Je vais t'envoyer un modèle de rentes viagères. Tu feras un copier-coller et tu l'enverras à mon attention. Comme le directeur des ressources humaines a toujours le nez fourré partout, il ne manquera pas de le voir.

— Est-ce que c'est éthique ?

— S'il te plaît, ne prononce pas ce mot-là aujourd'hui. On réglera la question de la morale plus tard. On va juste s'amuser un peu.

— Si c'est pour s'amuser… Qu'est devenue la fille ?

— La fille battue ?

— Oui. Tu ne connais pas une tonne de filles, tout de même.

— Nicolas l'a accompagnée à un centre pour femmes. C'est devenu sa cause. Ainsi, il s'emploie à autre chose qu'à se regarder le nombril. D'ailleurs, je l'ai constaté, il va mieux. Qu'en penses-tu ?

— Dimanche dernier, il avait l'air en forme en tout cas. C'est l'amour, sans doute.

— À ce sujet, justement, je vais amener Margot manger au Bleu Raisin ce soir. Le chef, Fred, m'a suggéré d'apporter un pinot gris et un pinot noir, le pinot gris pouvant servir d'apéro, et le noir en accompagnement du repas. Mais je pensais plutôt à un champagne avec les entrées et à un bordeaux pour la suite. Un champagne, est-ce que ça ferait démodé ?

— Démodé ? Il y a longtemps que tu es démodé, Edgar, alors préoccupe-toi pas trop de ça et vas-y avec un Moët et Chandon. Des bulles de luxe, ce n'est jamais démodé. Et n'oublie pas de la faire rire.

— Oui, oui, je me réveille la nuit pour me déguiser en bouffon. Excuse-moi, je dois retourner au bureau.

En effet, une femme l'attendait, assise dans un fauteuil, face au bureau du réceptionniste.

— J'ai tenté de vous joindre sur votre cellulaire pour vous dire que madame était arrivée, déclama Sébastien, mais c'était toujours occupé, lança-t-il, pour être sûr que toute la galerie l'entende.

La dame suivit Edgar dans son réduit. Elle jeta un coup d'œil autour de la pièce.

— C'est ici qu'on doit brasser de grosses affaires ? s'enquit la directrice d'un centre pour la famille.

— Nous sommes un organisme à but non lucratif; nos effectifs doivent être au service des membres.

— Vous avez raison, un fraudeur bien connu avait de beaux bureaux. Ce qu'on ne savait pas, c'est qu'il les payait avec notre argent.

— Vous avez investi dans ses fonds ?

— Oui, nos employées ont perdu leurs placements; plus personne ne peut prendre sa retraite maintenant. Notre personnel a une moyenne d'âge de soixante ans et notre mandat est de former une relève pour aider les jeunes familles. Imaginez le drame.

— Ce qui pourrait vous encourager, c'est que le marché boursier a recommencé à monter.

— Nous ne voulons pas d'actions dans nos fonds, c'est trop risqué.

— Pas d'actions ? À ce moment-là, on ne peut pas vous garantir des rendements supérieurs à 2 %. Difficile de préparer un régime de retraite avec ça.

— J'imagine que je dois retourner devant les employées pour le leur expliquer.

— J'imagine que c'est la seule option.

L'entretien avait été trop court. Edgar tentait de retarder le plus possible le moment de sa réunion, qui risquait de s'éterniser jusqu'à l'heure du lunch.

— Parlons un peu de votre organisation, ça va me donner une idée de vos besoins.

Il sortit une fiche de projection de retraite.

— En fait, le moral de l'organisation est tellement bas que je me demande si nous survivrons. L'argent que nous a volé le fraudeur, ce n'était pas seulement les économies personnelles des membres que nous avions placées en vue de leur départ, c'était une partie du budget de fonctionnement que nous voulions faire croître. Vous savez, dans le communautaire, on est toujours à la merci des subventions. En tout, il nous a fraudées pour tout près de cinq cent mille dollars.

— Vous avez placé dans ses fonds l'aide financière que vous octroyaient les ministères ?

— Oui, j'ai tellement honte. Pourquoi on n'a pas déposé ça à la caisse populaire comme la plupart des organismes ? Au début, on était contentes. Imaginez, des rendements de 10 % sur de simples dépôts à terme. Peu de frais de gestion.

Edgar se leva pour s'assurer que le directeur des ressources humaines n'écoutait pas à la porte et fit signe à la dame de baisser le ton.

— Je ne sais plus quoi faire, poursuivit la dame. On paie nos employées avec notre marge de crédit et elles ne le savent pas. Il va falloir produire notre déclaration de personne morale et nos états financiers d'ici le 31 décembre. Nous sommes le 15. Il y a des jours où je ne vois qu'une façon de m'en sortir: sauter en bas du pont Jacques-Cartier.

— Ils ont installé des grillages de sécurité, plus moyen d'enjamber le parapet.

— Vous voyez, tout va mal.

— Il s'agit d'une erreur de jugement, pas d'un crime. Ce n'est pas vous la fraudeuse, mais c'est vous qui allez écoper, ça je ne le conteste pas. Alors, si vous voulez mon avis, vraiment personnel, et je devrai tout nier si vous dites que ça vient de moi, trouvez-vous un médecin rapidement et faites-vous signer un arrêt de travail. Maladie de Crohn, candida, migraine, mal de dos lancinant causé par le déplacement d'un meuble.

— Je suis une femme d'honneur.

— Il ne s'agit pas d'honneur, madame, mais de sauver votre peau. Ne vous inquiétez pas, pendant votre absence, il y aura quelqu'un d'autre pour écoper.

— Peut-être avez-vous raison. Mais où trouver un médecin rapidement?

— Oui, je sais, c'est à peu près comme chercher le cadavre de Jimmy Hoffa.

— Elle est bien bonne! Vous êtes drôle.

— Je travaille là-dessus.

Il griffonna l'adresse d'une clinique privée de Saint-Lambert sur un papier.

— Appelez en sortant d'ici, vous aurez un rendez-vous cet après-midi. Ça vous coûtera quatre-vingt-cinq dollars d'honoraires.

— Pensez-vous que ça va s'arranger?

— Non, ça ne va pas s'arranger. Mais vous ne serez pas là pour le subir. Croyez-moi, j'ai été fonctionnaire pendant vingt ans. Rien ne s'arrange, mais tout se contrôle, conclut-il en se levant pour lui ouvrir la porte.

De retour devant son écran, il soupira. En jetant un coup d'œil sur son portefeuille personnel d'actions, il constata qu'il était encore loin de son objectif. Quelques mois encore. Un an tout au plus et ce serait le retour aux grasses matinées, aux nuits fébriles devant ses titres, aux cafés au lait, bus lentement en lisant *Le Devoir*, espérait-il.

Son téléphone sonna. Il était attendu au bureau de la directrice.

— Comment ça s'est passé avec la dame du centre pour la famille ?

— Ses employées ne veulent pas investir dans des actions. Trop risqué. Quand je lui ai parlé d'un rendement maximum de 2 %, elle a décidé de consulter ses membres.

— C'est malheureux. Êtes-vous conscient que nous venons peut-être de perdre un apport important ? Avez-vous tenté des explications ? On m'avait parlé d'une somme d'environ cinq cent mille dollars. Il est impératif de nous former un bon bassin de membres, incluant une masse monétaire importante. La réussite du projet repose là-dessus.

— Êtes-vous consciente que la somme en question a déjà été engloutie dans les fonds d'un célèbre criminel à cravate ? Alors, nous n'avons pas perdu grand-chose. Si un jour elles la récupèrent, nous pourrons toujours nous ajuster. Je ne miserais pas trop là-dessus.

La directrice générale et le directeur des ressources humaines étaient frustrés. Edgar le sentit à la manière dont ils s'agitaient sur leur chaise. Ils se sentaient spoliés d'une information qui aurait dû leur revenir de droit.

— Mais, comment ça s'est passé ?

— Ça s'est passé, c'est tout.

— Malheureux que nous n'ayons pas existé avant, commenta la directrice, nous aurions pu éviter ça.

Elle sortit un dossier portant sur les placements éthiques.

— Vous savez, à la lecture de certaines données, les fonds éthiques sont aussi performants que les autres. Évidemment, en raison de la crise, ils ont écopé comme les autres. Mais vous voyez, dit-elle en lui montrant une colonne de chiffres, avant la récession, les rendements étaient très bons. En 2006, il y avait quand même cinq cent quatre milliards d'actifs dans des investissements responsables et équitables.

— Êtes-vous au courant que, dans la plupart des fonds éthiques connus, on trouve des exploitants de pétrole ? Les sables bitumineux, ce n'est pas très propre. Il y a aussi des mines d'or, pas toujours sécuritaires pour les travailleurs, comme vous le savez, surtout en Afrique. Avez-vous lu *Noir Canada* ? Les fonds éthiques, je trouve ça plutôt hypocrite. Je suis moi-même très en faveur du respect de l'environnement : je n'ai pas de voiture, j'utilise des produits bios, je fais ma lessive à l'eau froide. Mais si vous voulez faire fructifier du capital, ne pensez pas vous passer des aurifaires ou des pétrolières. Même les mémés granolas et les consommateurs de poulet de grain élevé en liberté aspirent à prendre leur retraite un jour eux aussi.

— Mais ça fait partie de notre mandat.

— Les Québécois détiennent environ 4 % de leurs économies dans des fonds éthiques ; on pourrait hausser ça à 5 %. On serait au-dessus de la moyenne, suggéra Edgar pour en finir.

La solution sembla satisfaire le directeur des ressources humaines.

— Pourriez-vous dresser une liste d'indicateurs permettant de répertorier un certain nombre de compagnies valorisant la santé, l'équité et l'engagement communautaire ? conclut la directrice générale.

Subitement, l'environnement avait disparu du discours.

— Bien sûr, je m'occupe de cela après les Fêtes.

À son bureau, la comptable l'attendait pour lui faire signer des factures de consultation.

— Êtes-vous allé récemment sur le blogue de Sébastien ?

— Je ne suis jamais allé sur le blogue de Sébastien. Mes intérêts se situent à d'autres niveaux. Je suis en train de lire l'histoire d'une immigrante, vietnamienne d'origine, qui est arrivée au Québec en bateau dans les années soixante-dix. Un récit de vie, fort pertinent et bien écrit. Ça s'appelle *Ru*.

— Je connais. Vous l'avez terminé ?

Edgar sentit qu'elle voulait le lui emprunter.

— Non, pas encore.

Il signa rapidement les factures et alla chercher une salade pour le lunch. Il en profita pour choisir un pinot noir d'Oregon, un bergstrom de Lancel 2006, en vue du souper au Bleu Raisin avec Margot. Ce serait parfait, lui avait dit le conseiller des vins à la SAQ, et ça enchaînerait bien avec le champagne. Il y avait une parenté dans les cépages.

En composant son NIP de carte de crédit, Edgar se dit qu'il ne s'agissait pas d'une dépense somptuaire, mais plutôt d'un progrès vers la voie de la déraison, et que c'était bien.

Écartant l'envie malsaine d'aller voir ce que disait Sébastien de lui sur son blogue, Edgar se concentra plutôt sur la performance des fonds émergents : russes ou asiatiques. La Russie, c'était trop risqué ; pour l'Asie, on verrait. Imitant les autres, qui avaient tous hâte de s'évader le vendredi, il éteignit son ordinateur vers seize heures et prit le chemin de la station Berri-UQAM.

La trivialité des chauffeurs de taxi parqués au métro de Longueuil avait eu raison de sa patience, assez limitée par ailleurs, et il marcha pour se rendre chez lui.

Pour quérir sa douce, il appellerait un taxi privé qu'il avait dégoté par hasard. Il avait maintenant un chauffeur personnel qui s'appelait Jean pour ses sorties officielles.

Après s'être douché, rasé, parfumé et vêtu d'un pantalon de velours côtelé et d'un col roulé sombre, il appela Margot pour l'avertir qu'il passerait la prendre.

Au Bleu Raisin, Valérie les dirigea vers une table en retrait. Au centre, un arrangement floral composé de roses rouges.

— C'est une attention de Nicolas, dit Valérie en se présentant.

— Quelle gentillesse, s'exclama Margot.

— Je crois qu'il essaie de gagner du temps ou de se moquer un peu de moi, lui chuchota Edgar.

— Peu importe, j'aime les fleurs, dit-elle en souriant.

Frédéric Mey sortit de la salle à manger en s'essuyant les mains sur une serviette nouée à la taille, suivi de Nicolas.

— Je vous présente mon patron, fit-il à l'adresse d'Edgar et de Margot.

Margot lui tendit la main et Edgar, qui avait déjà serré suffisamment de mains au cours de la semaine, se contenta de le saluer.

— Madame est peut-être la future fiancée ? demanda Fred en voyant la bouteille de champagne et les roses.

Nicolas regarda Valérie et les deux pouffèrent de rire.

— Ni fiançailles ni mariage, dit Margot tout simplement.

— Alors, pour votre première visite, je vous propose un menu dégustation que j'ai composé pour vous. En entrée, les crevettes Black Tiger laquées aux betteraves et suprême d'orange Minneola, ainsi qu'un tataki de thon et gravelax de saumon, avec portobelos marinés et grillés. En plat principal, comme monsieur aime la viande, je lui suggère le médaillon de cerf des Appalaches avec une réduction de vinaigre balsamique et de la polenta farcie aux poireaux et aux figues. Madame devrait essayer le saumon boucané, un produit de Longueuil, en passant, servi avec une poêlée de fenouil glacé à l'orange sanguine vierge et aux poireaux. Ça vous va ?

— Parfaitement, répondit Edgar, et Margot acquiesça.

— Alors, c'est parti !

Valérie apporta un seau à glace pour déposer la bouteille de champagne. Elle la déboucha et remplit deux flûtes élégantes.

— Quelles jolies coupes, dit Margot.

Edgar eut la délicatesse de ne pas la reprendre en lui disant qu'une coupe était plus large que profonde.

— Alors, ni fiançailles ni mariage ? lui souffla Edgar.

— Je ne peux pas me marier, répondit Margot.

— Non ? À cause du mari au Maroc ?

— C'est réglé depuis longtemps, cette histoire.

Elle se pencha vers Edgar et lui chuchota à l'oreille.

— Je ne suis plus vierge…

— Et moi, j'habite chez mon neveu.

Deuxième partie

Edgar et Barack

Le réveille-matin n'était même plus nécessaire dans la vie d'Edgar. Son existence, devenue une case horaire, s'était réglée d'elle-même après deux mois de travail. Son temps était partagé, découpé, taillé au bistouri.

Il était sept heures. Ce matin de janvier s'annonçait historique. Un, deux, trois clics de souris, le premier président noir américain, Barack Obama, se trouvait sur tous les sites Internet de nouvelles du monde avec son discours: *On this day, we gather because we have chosen hope over fear, unity of purpose over conflict and discord.*

Il observait la foule venue acclamer Obama. Cette confiance puérile se serait évaporée dans trois mois.

Il fallait quand même passer à l'essentiel. La Bourse avait dû prendre une envolée spectaculaire. Avant même d'aller quérir *Le Devoir* ou d'appuyer sur le bouton de la machine à espresso, il se précipita sur un site boursier. Non! L'indice Dow Jones avait chuté de 4 %. Il revint au discours d'Obama: *We remain the most prosperous, powerful nation on earth.*

Sûr, répliqua Edgar, avec onze millions de chômeurs. Le messie entre en fonction, et voilà que la Bourse chute. Si c'est le miracle qu'on nous prédisait...

Pour ajouter à l'injure, la minuterie qu'il avait ajustée à sa poêle électrique, et qui lui permettait d'être éveillé par une bonne odeur de bacon fumant, ne semblait pas avoir fonctionné. Les tranches de viande grasse gisaient, froides et molles, au fond du contenant. Le fil avait tout bonnement été débranché. À la place, Nicolas y avait installé celui d'une yaourtière. Edgar en dévissa le couvercle, et l'odeur de lait en fermentation le dégoûta. Il vida le contenu de la yaourtière dans l'évier et s'occupa à cuisiner son bacon fumé à l'érable. On était le 20 janvier, et l'animal s'incrustait dans son appartement depuis septembre.

Pour suivre le discours du nouveau président, Edgar monta le volume de son ordinateur. Ce qui lui valut trois coups de semonce dans le mur. Nicolas n'avait pas de cours ce mardi matin et comptait bien récupérer.

— Lève-toi, lui cria Edgar, c'est un jour mémorable. Ce soir, on va se faire une choucroute pour fêter ça.

Quand Edgar parlait de cuisiner quelque chose, Nicolas savait bien ce que cela signifiait. L'oncle s'attendait à ce que la choucroute soit prête lorsqu'il reviendrait de son travail. Parfois, Nicolas se prêtait au jeu ; d'autres fois, il prétextait une réunion de travail à l'université.

— Qui va aller acheter les saucisses ? demanda Nicolas, qui s'était levé en se disant qu'il se recoucherait après le départ d'Edgar.

— Tu as amplement le temps de te rendre chez le saucissier, rue Saint-Charles, avant ton cours de cet après-midi.

En voyant sa yaourtière vide, Nicolas s'exclama :

— Où est passé le yogourt ?

— Dans l'évier.

— Pourquoi ? Il était fait de lait bio naturel avec de la vitamine D.

— Tu avais débranché ma poêle.

— C'est pas bon pour vous, le bacon.

— C'est du bacon de dos, et le yogourt, maintenant, ça se boit en petites bouteilles. Avec dix milliards de bactéries probiotiques actives.

— Impossible, la bouteille est trop petite pour contenir tout cela et c'est bourré de sucre. Puis le *I. casei defensis*, ça n'existe même pas. C'est un nom de marketing.

— Tu veux dire qu'on boit ça pour rien ?

— Non, mais du vrai yogourt, ce serait mieux.

— Ça sent le lait pourri et ça prend trop de place.

— Trop de place ?

— Oui, j'essaie la stratégie de démobilisation.

— Ce qui signifie ?

— Ça signifie que tu commences à croire que tu fais partie des meubles. Tu te fonds dans le décor, tu souhaites que je t'oublie. Eh bien, non, je ne t'oublie pas. De là, la stratégie de démobilisation.

— J'ai eu mon prêt, mais toujours pas de bourse, et je cherche un coloc activement. Je fais le ménage, je vous ai remboursé les actions de Bombardier, je cuisine. En fait, je suis une vraie bonniche. Vous allez vous ennuyer quand je ne serai plus là.

— Ça m'étonnerait énormément. Écoute Barack maintenant.

Ils tendirent l'oreille pour entendre un discours des plus prometteurs et des moins engageants finalement. L'idole des démocrates parlait de rebâtir le pays, d'améliorer les écoles, de donner à manger à ceux qui ont faim : *All this we can do. And all this we will do.*

— En parlant de miracle, j'ai trouvé le petit catéchisme de 1944 que tu m'avais demandé en faisant appel à mes « amis » sur Facebook. C'est une édition de 1976. On y parle effectivement de capitalisme et de syndicalisme, dans l'appendice sur la doctrine sociale de l'Église. Ce n'est certainement pas la version que j'ai apprise par cœur au primaire. On n'y parlait que de Jésus, de Dieu et de la Vierge Marie. Et des péchés, évidemment.

Nicolas s'empara du livre.

— *Cool*! Merci. Ça va être très utile pour mon travail sur l'influence politique de l'Église au Québec dans les années cinquante.

— Tu me paieras les frais de livraison.

— Bien sûr.

— Et ce n'était pas une influence, c'était une tyrannie.

Nicolas ouvrit le catéchisme et posa une question au hasard à son oncle.

— Où est Dieu?

— Dieu est partout.

— Un point. On continue. Dieu a-t-il donné à chacun de nous un ange gardien?

— Oui, Dieu a donné à chacun de nous un ange gardien, pour nous préserver du mal et nous aider à être de bons chrétiens.

— Impressionnant. Deux points. On continue.

Nicolas prit une gorgée de café fumant sorti de la nouvelle machine espresso.

— Quels sont nos devoirs à l'égard de notre ange gardien?

— Nous devons respecter la présence de notre ange gardien, lui témoigner notre reconnaissance pour les soins charitables qu'il prend de nous, l'invoquer avec confiance dans les tentations, et éviter tout ce qui peut déplaire à Dieu et l'éloigner de nous.

— Trois points, bravo! Peut-être que je suis votre ange gardien et que vous ne le savez pas.

— J'en douterais. Maintenant que tu en as fini avec la dope, tu es en train de tomber dans la religion, ma parole!

— Je suis catholique, j'ai toujours été catholique.

— Le seul problème, c'est que l'Église condamne les homosexuels.

— Oui, je sais, c'est malheureux. Mais ça va changer un jour.

— Et tu pourras devenir prêtre. «Laissez venir à moi les petits enfants. »

Sur la table, près du catéchisme, Nicolas vit un livre de moleskine noir, usé et défraîchi, avec des marque-pages rouges, beiges et noirs effilochés. Il l'ouvrit. Un missel quotidien et vespéral datant de 1924.

— Vas-y doucement, dit Edgar, il tombe en morceaux.

Nicolas l'ouvrit avec précaution. Il en tomba deux images et une carte aux pourtours brodés avec, au centre, une mèche de cheveux protégée par une pellicule transparente. Sur la carte bleue, il était inscrit : cheveux de ma chère mère.

Nicolas écarta l'image de Paul VI et celle de la Vierge immaculée pour observer la mèche de cheveux.

Sur la page de garde, deux noms : Lise St-Louis, 1975, Stanislas, Ville Saint-Laurent, P.Q., et plus bas : Jeannine St-Louis, avec la même adresse. Edgar, qui avait reçu le missel en prime dans le même colis que le petit catéchisme, observa à son tour la mèche de cheveux et les signatures.

— C'est curieux ce qu'on peut trouver dans les vieux livres parfois.

Il prit avec précaution la mèche et la glissa dans une enveloppe.

— Vous n'allez pas lancer une recherche sur Facebook pour retrouver les descendants de la mèche, quand même ?

— Non, ça ne donnerait rien. Je n'ai pas tant d'amis que ça. Un jour, en lisant un roman, peut-être que les descendants de Lise ou de Jeannine St-Louis vont vouloir connaître la couleur des cheveux de leur ancêtre. Et ils remonteront jusqu'ici. Ce souvenir peut avoir une signification pour quelqu'un.

— Voudriez-vous retrouver la mèche de cheveux de votre mère ?

— Sûrement pas. D'ailleurs, elle ne m'a jamais confié ses cheveux, elle ne m'a jamais confié une partie d'elle qui en valait la peine.

Nicolas savait qu'il y avait un malaise entre Edgar et sa mère. Il savait aussi qu'Edgar n'en parlerait pas de cette manière, en toute lucidité, à sept heures du matin.

— Je vais arrêter à la SAQ du métro prendre une bouteille de riesling alsacien pour accompagner la choucroute, se contenta de dire Nicolas avant d'aller se recoucher.

— N'oublie pas que Carmen passe cet après-midi, alors tu ne laisses rien traîner dans l'évier, conclut Edgar avant de composer le numéro de son taxi particulier.

Le mardi, c'était un jour festif pour Nicolas. Son oncle se rendait en général chez Margot pour un petit souper intime et il ne rentrait qu'au matin pour se changer. Nicolas avait l'appartement à lui tout seul. Il invitait Akand pour un cari ou un tajine. Ils allaient à la piscine, buvaient de la Guinness et discutaient de leurs travaux tout en se caressant.

Mais Edgar, à qui ces soirées n'échappaient pas, lui avait lancé un message clair. Il serait chez lui ce soir et s'attendait à engloutir une choucroute garnie alsacienne. La présence culinaire de Nicolas et de Margot dans sa vie l'avait éloigné du steak et ouvert à un monde gastronomique. Il ne se gavait plus, délaissait les Whippets et se contentait d'une salade le midi.

Arrivé au bureau, il ouvrit son courriel pour constater qu'on était en pleine crise de gestion du personnel. La responsable des publications et des relations avec les membres avait écrit une lettre au conseil d'administration au cours du week-end pour se plaindre de la directrice. Elle avait jugé utile d'en faire parvenir un exemplaire à tout le personnel.

Edgar lut alors un des plus beaux joyaux de la bureaucratie déviante. Il aurait voulu inventer une telle histoire qu'il en aurait été incapable, malgré son imagination fertile.

Chers membres du conseil d'administration,

Je me vois obligée, aujourd'hui, de faire appel à vous toutes et tous, à cause du harcèlement (le mot semble fort, mais c'est vrai) que notre directrice me fait subir en tant que rédactrice en chef du bulletin Parlons retraite.

Elle me glisse des messages dans lesquels elle laisse entendre que je suis coupable de diverses offenses. J'en ai plein mon casque de cette situation. Les procédés de la directrice sont injustifiables.

Je fais appel à vous pour que cette situation cesse, la direction générale ne donne pas droit aux abus de pouvoir.

Je vais me tenir très loin de tout cela, se dit Edgar en plongeant dans une étude des Bourses émergentes d'Asie.

Nicolas, Akand, Edgar et la choucroute

En sortant de son cours d'éthique des partis politiques, Nicolas consulta le message texte que lui avait envoyé son oncle. Il rentrerait tard. Il avait un surplus de travail au bureau. Crise existentielle, avait-il précisé. On devrait remettre la choucroute au lendemain.

Nicolas ne l'entendait pas ainsi. Il avait passé une partie de la matinée à faire des courses. La choucroute trempait déjà dans la bière, les pommes de terre étaient pelées, le petit lard, le jambonneau et les saucisses reposaient au frigo. Edgar pourrait la manger quand il arriverait à l'appartement. Et comme il y en aurait pour une armée, pourquoi ne pas inviter Akand comme chaque mardi ? On commencerait par les cajoleries pendant que les composantes de la choucroute se marieraient entre elles au four. On dégusterait le plat, et son amoureux pourrait quitter les lieux quand l'oncle se pointerait.

Il appela Edgar.

— Cela me convient, mais ne buvez pas tout le vin, j'aurai besoin d'un bon verre quand je rentrerai. C'est un peu fou ici.

— Promis.

Nicolas s'empressa de repérer Akand dans le stationnement du campus.

— Mon oncle ne rentrera pas tôt, finalement. On a une partie de la soirée à nous. Je vais te faire goûter une choucroute garnie. Ça aide à surmonter le froid.

— J'espère, répondit Akand, emmitouflé jusqu'aux yeux. Il faut justement que je te parle d'une nouvelle importante.

Akand semblait contrarié. Nicolas s'apprêtait à monter du côté du passager.

— Veux-tu conduire? J'aime vraiment pas rouler sur la neige.

Il y avait eu une bonne bordée la veille, et Montréal n'était déneigé qu'à pas de tortue. Toute cette neige à laquelle Akand n'était pas habitué le traumatisait un peu. Il préférait prendre le métro, mais ce matin-là, il avait dû déposer sa cousine à l'hôpital pour son échographie. Elle était enceinte de quatre mois. Ce qui voulait aussi dire que la chambre qu'il occupait au premier devrait être libérée à la fin de la session pour céder la place au bébé.

En fait, Akand avait plusieurs options qui s'offraient à lui. C'est ce dont il voulait discuter avec Nicolas.

Après que la voiture se fut réchauffée un peu, Akand commença à se déballer tranquillement. On était en pleine heure de pointe. Ils mettraient une bonne demi-heure avant même d'atteindre le pont Jacques-Cartier. Akand sortit son BlackBerry et fit part de la grande nouvelle à Nicolas.

— L'homosexualité n'est plus un crime en Inde, du moins dans la capitale.

— Vraiment? C'est toute une nouvelle. Alors, le fameux article 377 n'est plus valide? Ta mère doit être heureuse.

— Très heureuse.

En disant cela, Akand hésitait toutefois.

— Tu veux que je te lise la nouvelle qui circule partout dans le monde?

— Bien sûr.

— La Cour suprême de Delhi a jugé que les rapports sexuels entre adultes consentants de même sexe ne

253

devaient plus être considérés comme un crime en Inde. Une loi (article 377 du Code pénal indien), héritée du colonisateur britannique, punissait l'homosexualité et notamment la sodomie de dix années d'emprisonnement. Bien que l'arrêt de la Cour suprême de Delhi n'ait pas de portée jurisprudentielle pour toute l'Inde, ses juges ont estimé que l'article 377 du Code pénal ne devait plus s'appliquer dans l'ensemble du pays en cas de rapports homosexuels entre « adultes consentants dans un cadre privé ».

Nicolas alluma du coup. Coincé dans la circulation, au volant de la voiture de son ami et amant, il réalisa que ce qui avait amené Akand au pays pouvait le ramener en Inde aussi rapidement. De là le malaise.

— Ça veut dire que... émit Nicolas, secoué, qui n'en pouvait plus de cette vie en montagnes russes.

Deux ans et demi. Et après, tout serait encore à recommencer. Nicolas se dit qu'il n'était que le jouet du destin.

— Est-ce que tu m'aimes ?

Akand ne lui avait jamais dit qu'il l'aimait. Parfois, il disait que son corps sentait la framboise, que son sexe était puissant, que ses yeux étaient innocents comme ceux d'une vierge. Akand parlait souvent en paraboles et Nicolas ne savait jamais si on naviguait dans les brumes du désir ou dans les éclairs des sentiments. La réponse fut longue à venir. Akand leva finalement la tête et répondit avec un étranglement dans la voix.

— Oui.

Nicolas ne savait plus que dire, que penser. Il essayait de se projeter dans l'avenir avec ce oui, mais il n'y parvenait pas. La circulation reprit son cours normal, et il garda le silence jusqu'à Longueuil. Akand recevait régulièrement des messages textes auxquels il répondait. Pendant un arrêt sur le pont Jacques-Cartier, Nicolas jeta un coup d'œil sur le BlackBerry et y lut le nom de Chadna.

Nicolas s'arrêta au bureau pour chercher une vignette permettant aux visiteurs de stationner au garage. Qui était donc cette fille? Du corridor menant à l'administration, il appela Valérie de son cellulaire.

— Connais-tu une certaine Chadna?

— Non, mais je connais le mot de passe de courriel d'Akand si tu veux vraiment l'espionner. Il le tape souvent devant moi.

— Vraiment? Est-ce que ça se fait?

— C'est ton choix, mon petit cœur.

— J'hésite. Je veux savoir s'il tient à moi.

— Je peux te le donner, tu verras si tu peux résister, si tu en auras la force. Ce sera peut-être ça, la véritable épreuve.

Nicolas restait muet.

— On peut parler d'un animal sacré en Inde. Je ne t'ai rien dit et je nierai tout si tu en venais à me compromettre. À toi de décider maintenant ce que tu vas faire.

Nicolas salua Valérie et redescendit avec le laissez-passer de stationnement. Il était torturé, au point d'oublier le riesling. Mais il se ressaisit et prit le chemin du centre commercial.

Akand s'emmitoufla de nouveau pour le suivre, même s'ils n'avaient que quelques mètres à franchir.

Nicolas se moqua de lui.

— Tu as l'air d'une momie.

Akand traînait toujours avec lui des chauffe-mains et des chauffe-pieds. Il avait installé un siège chauffant qui se branchait à l'allume-cigarette dans la Mini Cooper, qu'il trouvait sans défense devant l'adversité de l'hiver et qu'il surnommait la Puce.

Étant donné le défi que s'était donné Nicolas de passer une belle soirée malgré tout, et la présence d'un troisième convive, il fut décidé que deux bouteilles feraient mieux l'affaire.

Akand se chargea de faire revenir les lardons et les saucisses pendant que bouillaient les pommes de terre. Nicolas rinça légèrement la choucroute pour qu'il y demeure un léger goût acidulé avant de la faire mijoter dans la bière avec le jambonneau de la Gaspésie.

Nicolas avait branché son iPod sur son nouveau haut-parleur et Ariane Moffatt chantait à tue-tête. N'eût été cette boule de questionnements qui se logeait au fond de son estomac, la vie de Nicolas aurait été parfaite ce soir-là.

Dans un arôme de baies de genièvre, de clou de girofle, de porc rôti et de chou braisé, les deux amoureux se culbutaient joyeusement en oubliant le temps. D'une caresse lascive à une autre, d'un baiser prolongé à un autre, d'une extase arrosée de riesling à un plaisir exalté, ils entendirent à peine Edgar lorsqu'il rentra. Il ne se sentit pas tout à fait chez lui, mais il frappa à la porte de la chambre pour signifier à Akand qu'il pouvait bien rester manger du moment qu'il s'habillait un peu. L'Indien, qui ne connaissait pas encore l'humour d'Edgar, s'empressa de sauter dans ses vêtements avant de sortir de la chambre. Habitué de transporter une cravate dans sa poche, il la noua même autour de son cou avant de serrer formellement la main d'Edgar en l'appelant Monsieur l'oncle.

— Quand j'ai dit «habiller», je n'en demandais pas tant, dit-il à Akand en indiquant sa cravate.

La tenue de son neveu, qui s'était contenté de revêtir un peignoir de ratine blanche, contrastait étrangement avec celle d'Akand. Edgar opta pour la même tenue que Nicolas et se délesta avec plaisir des habits de l'empereur.

La présence prolongée de la choucroute au four ne lui causa aucun préjudice, au contraire.

— Parfaitement réussie, émit Edgar en déclarant aux deux jeunes que, si leurs études ne les menaient nulle part, ils pourraient toujours jouer les cuistots pour gagner leur vie. D'ailleurs, j'ai eu l'occasion d'apprécier la recette de ton cari d'agneau, confia-t-il à Akand. Vraiment délicieux.

— Mon oncle commence à ouvrir ses horizons culinaires, jeta Nicolas dans la conversation en remplissant les verres de riesling. Avant, il se contentait de bœuf bien saignant et bien gras.

Akand fit une moue malgré lui. Du bœuf...

— C'était par manque de temps, rétorqua Edgar, je ne suis pas un plouc. Je sais apprécier la bonne cuisine. Justement, mon amie Margot...

— C'est sa nouvelle blonde, chuchota Nicolas à l'oreille d'Akand.

— Je disais donc, avant que tu m'interrompes, cher neveu, que mon amie Margot suivait des cours de cuisine en vue d'une nouvelle carrière.

— Ah! vous allez donc changer de chef, ça va me libérer un peu.

— Pas si vite, mon petit bonhomme. Depuis que je mange ta cuisine, je maigris, c'est pratique et non négligeable. Il n'y a qu'une façon de te soustraire à tes responsabilités...

Akand avait de la difficulté à suivre la conversation. Sa tête allait de l'un à l'autre, essayant de capter le flux des paroles et les jeux de mots.

— On parle trop vite, dit Nicolas à son oncle, en réduisant son propre débit.

Il se leva de table, s'approcha d'Akand, posa ses bras autour de son cou et lui donna un baiser sur les lèvres.

Edgar ressentit un malaise, un léger mouvement de surprise. C'était la première fois qu'il voyait un proche embrasser un autre homme. Il n'avait pourtant aucun préjugé quant aux homosexuels. Tout en se considérant comme un ermite, il faisait preuve d'une grande ouverture vis-à-vis des comportements individuels. Il prenait même la défense des femmes qui portaient la burqa ou le niqab, en invoquant le droit à la liberté de religion, rappelant les grandes inquisitions, l'époque où l'on brûlait les adversaires mécréants ou celles qu'on considérait comme des sorcières. Il était de la génération de l'amour libre, de la pensée libre, de la trudeaumanie.

Et pourtant, ce trouble qu'il avait ressenti l'embêtait, le fâchait même. Il avait l'impression de ne pas être l'homme progressiste qu'il avait toujours estimé être.

Edgar et l'argent de Carmen

On aurait pu trancher l'atmosphère au couteau tant elle était lourde, épaisse et sombre au bureau du fonds de retraite. Edgar n'avait pas pris ses courriels la veille.

Il avait promis à la directrice générale de la soutenir auprès du conseil d'administration. Ce qu'il avait fait la semaine précédente, mais, comme le vice-président du conseil avait défendu la responsable des publications et des relations avec les membres, on avait accepté qu'elle vienne défendre son point de vue.

Depuis une semaine que durait le litige, chacune restait sur ses positions. Le conseil d'administration ne bougeait pas, et la directrice avait finalement joué le tout pour le tout deux jours auparavant en informant le CA que, si la responsable des publications et des relations avec les membres ne démissionnait pas, c'est elle qui le ferait.

Fidèle à lui-même, Edgar attendait. *Wait and see*, comme le personnage de John Irving dans *The Cider House Rules*.

Être marginal et indifférent au monde avait ses avantages. On se mettait à l'abri des tempêtes. En réponse aux dernières revendications de la responsable des publications et des relations avec les membres, qui n'avait de cesse d'expédier des courriels en copie conforme à tout le monde, Edgar avait répondu une seule fois: « Si un problème se lève, notre vision objective barre la route à la souffrance. » (Phrase extraite de *Pratique de la méditation profonde*, Dhiravamsa, sage hindou.)

Il consulta d'abord les cotes boursières des marchés émergents. Sa tâche consistait à faire de l'argent, pas à materner le personnel. Il lui faudrait envisager les Bourses d'Asie, sinon, en respectant des frais de gestion de 1,5 %, on ne réussirait même pas à maintenir les salaires des employés. En réalité, il y avait un poste de trop dans cette organisation. C'était celui du directeur des ressources humaines.

Sébastien avait une mine d'enterrement. Le bureau de la responsable des publications et des relations avec les membres était inoccupé, mais ses effets personnels étaient toujours en place. Partie à l'imprimerie sans doute.

— Vous devriez lire vos courriels, lui glissa la comptable, levant le nez de ses factures.

— Tout de suite après mon café, répondit Edgar en se dirigeant vers la cuisinette.

La porte du bureau de la directrice était fermée.

En revenant à son minuscule appentis où il avait dû installer une chaufferette, il lut rapidement ses courriels pendant qu'une dame patientait en vue d'une consultation.

Lorsqu'il lut le mot DÉMISSION dans la case Objet, il se sentit rassuré.

C'est dimanche soir, et je vous annonce ma démission. Je ne comptais pas le faire ; je comptais travailler avec les autres membres du CA pour que ce dernier retrouve la place qui lui est due dans les affaires du fonds. Pour que, dans ce dernier, règne le respect des autres. Mais un conseil qui accepte que la directrice puisse se comporter comme elle l'a fait avec moi, c'est signe que je n'ai plus rien à faire dans cette entreprise. À mon sens, une directrice n'a aucun droit de regard sur le bulletin. Mais puisque le CA a jugé que j'étais indigne de la moindre considération, alors bon vent!

Et c'était signé seulement du prénom de la dame, sans le titre, qui était devenu de toute façon un peu épuisant à prononcer à la longue.

Il appela Sébastien pour lui dire de faire entrer la dame.

— Carmen, qu'est-ce que vous faites ici?

La technicienne sanitaire observait les lieux.

— Ça doit pas être long à nettoyer ici.

— En effet. Voulez-vous un café?

— Pourquoi pas?

— Je reviens à l'instant.

Edgar passa devant Sébastien en rasant les murs, connaissant maintenant la raison de sa mauvaise humeur, et, après avoir déposé un café devant Carmen, il s'enquit des raisons de sa visite.

— Vous ne venez pas me rendre votre tablier, j'espère.

— Un peu, oui, mais ne vous inquiétez pas, ce ne sera pas pour demain. Et nous avons formé deux jeunes pour la relève. Vous serez mon dernier client.

— J'en suis très honoré, mais ça veut dire quand?

— Deux ou trois ans peut-être.

— Oh! il n'y a pas d'urgence alors. On aurait pu en discuter chez moi.

— Mais vous n'êtes jamais là. Vous partez quand j'arrive, et je verrouille la porte en sortant quand votre neveu est déjà sorti. On n'a même plus le temps de prendre un café avec des biscuits. Je suis venue aussi vous parler d'autre chose. Margot m'a dit que vous étiez consultant en placements pour la retraite. Comme vous êtes le chum de Margot...

— Je suis le chum de Margot? C'est elle qui vous a dit ça?

— Oui. Ce n'est pas vrai?

— Si Margot le dit, ce doit être vrai.

De s'entendre qualifier de chum de Margot l'avait flatté et rassuré.

— Alors, que puis-je faire pour vous aider?

— Je sais que, pour faire partie du fonds de retraite, je dois être membre ou travailler pour un organisme communautaire. Comment ça peut s'arranger pour moi?

— Mais quel argent voulez-vous placer?

— Celui qui est dans mon oreiller.

— Votre oreiller?

— Oui. Comme on se fait payer *cash*, on peut pas vraiment le déposer parce que ça apparaîtrait sur notre compte de banque et on se ferait vite couper notre B.S. J'ai été économe, vous savez. Je ne dépense pas pour rien.

— Alors, vous gardez tout cela dans votre oreiller? Même si vous vous trouvez du travail dans un organisme communautaire, vous aurez des problèmes de comptant. Il faudra vous trouver une façon de «blanchir» cet argent.

— Du blanchiment d'argent? Je ne comptais pas aller jusque-là. Je ne suis pas une criminelle. Cet argent-là, je ne l'ai pas volé, je l'ai gagné. Vous savez, on ne peut pas vivre juste du B.S. et on ne peut pas vivre juste des ménages non plus. Quand on est jeune et en santé peut-être, mais pas en vieillissant. Il faut que j'assure mes vieux jours.

— Je suis parfaitement d'accord avec vous. Mais mon fonds ne peut pas vous aider. J'aurais peut-être une autre idée. Je vais en parler à un conseiller et je vous appelle. Pourquoi ne pas déjeuner ensemble à la pâtisserie alsacienne samedi? J'aurai une solution d'ici là.

— J'ai un ménage tôt le matin, je serai disponible seulement à onze heures trente. Ça vous convient ?

— Ça me convient parfaitement.

Carmen balaya le bureau du regard avant de partir.

— Il me semble que vous méritez mieux que ça, lança-t-elle en serrant son manteau contre elle. On gèle ici.

— Vous avez raison, on n'est pas toujours traité au mérite.

Le téléphone retentit. C'était Sébastien, le ton bougon.

— La directrice veut te voir.

C'était à prévoir. Edgar était déjà debout pour reconduire Carmen. Il eut le temps de voir le directeur des ressources humaines sortir du bureau de la directrice en lui faisant un signe amical ou… affectueux de la main.

La patronne avait l'air soulagée.

— C'est un sublime débarras, si vous voulez mon opinion, dit Edgar d'entrée de jeu.

— Pour une fois, mon cher Edgar, je suis de votre avis.

— Vraiment ?

Et Edgar ne feignait pas la surprise. En même temps, il se sentait un peu lâche.

— Maintenant, il faut évaluer l'utilité d'une responsable des publications et de relations avec les membres. Nous pourrions donner le bulletin en sous-traitance : articles, corrections, montage graphique. Comme vous travaillez déjà avec les membres, peut-être pourriez-vous…

— Cette fois, nos opinions divergent. Je suis spécialiste en placements, pas en relations publiques. Ce ne serait pas un succès, croyez-moi. Je dois d'ailleurs vous souligner qu'il y a un poste de trop dans cette organisation.

— C'est pour cela que je veux abolir celui de responsable des publications.

— Je ne suis pas certain que c'est celui-là qui est de trop.

La directrice rougit.

— Je vous remercie pour vos conseils, Edgar, j'ai du boulot en retard avec cette crise que j'ai dû gérer. Veuillez m'excuser.

— Si vous n'y voyez pas d'inconvénient, je vais travailler chez moi cet après-midi. Mon placard, pardon, mon bureau, n'est pas chauffé adéquatement.

— Je vais demander à Sébastien de vous commander une nouvelle chaufferette.

— Alors, vous me ferez signe lorsqu'elle sera installée. Je vous salue. Il faudra penser à investir en Asie si on veut obtenir un rendement intéressant pour nos membres cette année et payer nos salaires.

— Le CA n'est pas d'accord pour l'instant.

— Comme vous voulez.

Edgar laissa volontairement la porte de la penderie ouverte. Ce qui força le réceptionniste à se lever pour la claquer bruyamment. Il y a de petites batailles qui se gagnent à l'usure, conclut Edgar. Le temps est un allié précieux. Il devait maintenant appeler Vézina pour lui parler des placements de Carmen.

— Je suis à Sanibel Island, en Floride, répondit Vézina, mais je peux te faire une recherche d'ici. Après le golf et la plage, les soirées sont plutôt tranquilles. Au fait, pourquoi tu ne sautes pas dans un avion avec Margot pour venir nous rejoindre ?

— Parce que je travaille.

— C'est vrai, j'oublie toujours que tu travailles, ce n'est tellement pas toi. Enfin, de quoi s'agit-il ?

— Précision : j'ai toujours travaillé. Seulement, maintenant je travaille pour quelqu'un d'autre et c'est très emmerdant. La recherche concerne une affaire personnelle.

J'aimerais que tu survoles les petits commerces à vendre en région. Pas à Montréal; la moindre parcelle est occupée et c'est trop cher. Tu sais, genre boutique de souvenirs, cantine, de la *business cash* autant que possible. C'est pour ma femme de ménage qui songe à sa retraite.

— Je vois. J'imagine que je serai son agent hypothécaire?

— Bien sûr, et je serai son fondé de pouvoir. Elle ne peut agir en son nom.

— Pourquoi tu le fais pour elle et pas pour moi?

— Parce que, si tu as les moyens de prendre des vacances en Floride pendant qu'on se gèle les couilles ici, c'est que tu te débrouilles très bien.

— Mais je travaille aussi. Je ne fais pas que m'amuser.

— Tu vois, tout le monde travaille. La vie est belle et productive. Peux-tu me revenir là-dessus d'ici samedi?

— Sans doute.

Edgar s'engouffra dans la station Berri-UQAM où la chaleur étouffante contrastait avec le froid humide et pinçant du dehors. Il sortit de son sac *La canicule des pauvres*, qu'il avait dû reprendre du début tant il y avait de personnages, et y lut un passage particulièrement savoureux: « Si seulement elle pouvait prendre la pilule comme une femme normale. Mais non, mademoiselle pense que ça peut donner le cancer des ovaires à quarante ans. Non, mais un cancer c'est toujours mieux qu'un môme; le cancer, ça se traite... »

Délirant, pensa Edgar, qui sortit de sa lecture avec regret. La vie dans les livres est toujours plus captivante. De plus, l'histoire a une fin, pas comme cet hiver éternel et cette Bourse qui ne se redresse pas assez vite. De plus, un livre, c'est bien écrit, alors que la vie est peuplée de fautes d'orthographe, de mauvaise syntaxe et de propos orduriers.

Un message texte l'attendait à la sortie du métro : « Je ne sais plus quoi faire, je vais mourir. » C'était Nicolas, évidemment. Encore à se demander ce qu'il devait faire. « Ne te jette pas en bas du balcon, petit con, j'arrive. »

Après avoir essayé de résister à la tentation d'aller fouiller dans les courriels d'Akand, Nicolas avait succombé à la jalousie et lu quarante-deux messages que s'étaient échangés son ami et sa soi-disant fiancée. Quand il avait lu le mot « fiancée », Nicolas avait avalé un verre de huit onces de gin Bombay Sapphire et quinze comprimés de Seroquel avant de se raviser et d'appeler son oncle au secours.

Démuni, Edgar avait dû alerter Margot.

— J'arrive. Un de mes fils nous a fait le coup quelques fois. J'ai un bon vomitif maison. Inutile d'aller passer la nuit dans une salle d'urgence. Ils vont le forcer à voir un psychiatre, on n'en finira plus.

Margot était arrivée, calme, ferme, rassurante, avait préparé un mélange de soda à pâte, de Bromo-Seltzer et de Seven Up qu'elle avait forcé Nicolas à boire jusqu'à ce qu'il ait tout rendu. Pendant que Nicolas gémissait en vomissant, elle lui tenait la tête en répétant doucement : « Ça ne fait pas mourir, ces choses-là, ça fait juste rendre très malade. Tâche de t'en souvenir. »

Isabelle la chasseresse

Fin mars. Le soleil était puissant. Sur le balcon, une pousse de brocoli émergeait d'une boîte à fleurs qu'Edgar utilisait pour composter ses déchets de table afin de nourrir ses orchidées.

Nicolas appela son oncle, l'invitant à venir le rejoindre sur le balcon.

— Saute pas, j'arrive, répondit Edgar, qui aimait bien lancer sa plaisanterie de mauvais goût chaque fois qu'il en avait l'occasion.

Pourtant, après sa tentative de suicide de janvier, le moral de Nicolas avait connu une montée vertigineuse, comme si le fait d'avoir touché le fond du baril l'avait forcé à remonter. En observant la tête de brocoli, Edgar émit un grognement.

— Pendant des années, j'ai tenté de faire pousser des fleurs sur ce balcon et voilà qu'en plein mois de mars, un vieux trognon de brocoli accouche d'un petit.

— Faut dire que vous ne mangiez pas de brocoli.

Nicolas creusa la terre et montra à Edgar plusieurs tiges du légume vert qu'il y avait déposées pendant l'hiver.

— Avec la pollution des autos et le vent, je ne sais pas s'il va résister, commenta Edgar.

Le balcon était sale et poussiéreux. Nicolas ouvrit deux chaises pliantes qui s'y trouvaient et les essuya afin qu'ils puissent boire leur café en regardant le fleuve. Tout en bas, Isabelle Rodrigue pratiquait son taï chi sur un des rares espaces gazonnés. Son BlackBerry retentit. Quand elle eut terminé sa conversation, Nicolas l'appela.

— Isabelle, viens voir notre brocoli.

— Téléphone-moi sur mon cell, je n'entends pas.

Nicolas fouilla sur le bureau de son oncle, trouva le numéro d'Isabelle et lui transmit un message texte. Elle le lut, intriguée, et fit signe qu'elle montait. Isabelle Rodrigue examina le brocoli sous tous ses angles, tâta la terre, mesura l'inclinaison du soleil.

— Du brocoli au mois de mars, c'est curieux en effet. Avez-vous fait des serres chaudes?

— Pas du tout, répondit Edgar, c'est du compost. Comment peut-on faire pour le garder?

— Sûrement pas dans une boîte de deux pieds sur six pouces. Je vais demander à un agronome de l'UPA lundi.

— Tu n'es pas à la campagne? s'enquit Edgar.

— Non, nous en sommes à l'étape du vernis sur les boiseries et le plancher, et ça pue sans bon sens cette affaire-là.

— Toi qui connais les Cantons-de-l'Est, peux-tu me suggérer une cabane à sucre artisanale? demanda Nicolas. Mon ami indien voudrait voir ce que c'est.

— Une cabane à sucre avec accommodements raisonnables?

— Non, une cabane à sucre avec du sucre, ça va aller. De plus, le chef, au Bleu Raisin, aimerait intégrer plus de produits de l'érable à son menu et il m'a mandaté pour lui rapporter des échantillons. Moi-même, je ne suis jamais allé à une cabane à sucre.

— J'en connais une, biologique, à Bolton. Si vous êtes suffisamment nombreux, le propriétaire pourrait vous organiser une petite partie de sucre familiale.

Nicolas se tourna vers son oncle, qui acquiesça:

— Ça pourrait m'intéresser. Je vais en parler à Margot et à Vézina.

Nicolas se tira de sa chaise avec peine.

— Je dois étudier en vue de mon examen d'éthique avant d'aller travailler.

— Quand est-ce que tu déménages? demanda Edgar à Isabelle Rodrigue, qui examinait toujours la pousse de brocoli, subjuguée par le mystère.

— En juillet. La montagne, un lac à proximité, mon jardin potager, quinze acres pour faire des folies.

— Depuis quand tu fais des folies? Quel genre de folies, des orgies, genre tout le monde tout nu ou quoi?

— Chasser des canards sauvages.

— Non! moi qui t'ai toujours cru granola.

— Tu vois, on peut se tromper sur les gens. Mais il ne faudrait pas que ça se sache à l'UPA.

— Pourquoi, eux aussi te croient végé?

— Non, je chasse sans permis.

— De mieux en mieux. Tu as une arme chez toi?

— Chut! Je n'ai pas de permis de port d'arme non plus.

Nicolas sortit le nez de son livre.

— Est-ce que c'est bon, du canard sauvage?

— C'est comme le canard élevé du lac Brôme, mais meilleur.

— Comment vous faites pour les préparer?

— J'ai un voisin qui les plume et les vide pour moi.

— Est-ce que ça se cuisine avec du sirop d'érable?

— C'est délicieux. Jules, mon voisin, fabrique aussi des saucisses au canard qu'il fait griller sur un feu de bois d'érable. Divin, quand il ne les fait pas brûler, évidemment. Il prépare des magrets et des cuisses confites, du gras, du bouillon.

— Arrête, dit Edgar, je salive juste à y penser.

— OK, il faut que je me sauve. Je vous appelle lundi pour vous parler du brocoli.

— C'est ça, la braconnière !

— C'est un beau mot, je n'y avais pas pensé.

Après le départ d'Isabelle, Nicolas demanda à son oncle la signification du mot « braconnier ».

— Quelqu'un qui chasse sans permis ou en dehors du temps de chasse.

— Ça doit être *cool*.

— Quand on a les moyens de payer les amendes, oui. Ce qui n'était pas le cas de mon père. Une fois en prison, le joyeux coureur des bois appelait à l'aide pour qu'on l'en sorte.

— Mon grand-père était un genre de Robin des bois ? Je ne savais pas ça.

— Tu peux l'appeler ainsi, si tu veux. Donc, pour le sortir de prison, ma mère cassait d'abord nos cochons et prenait toutes les pièces de cinq cents qu'on avait gagnées pendant l'été en faisant les foins chez le voisin ou en cueillant des bleuets.

— Elle vous le demandait pas ?

— Non, elle était du genre à prendre sans demander.

— Pourquoi vous les cachiez pas ?

— Bonne question, on devait être bien innocents. On travaillait déjà dix heures par jour à la ferme. On pensait qu'on avait le droit de garder ce qu'on gagnait ailleurs.

— Maman aussi ?

— Non, elle a été chanceuse. Quand Micheline est venue au monde, deux ans après moi, ma mère trouvait qu'elle avait déjà assez de marmots. La douzième était de trop. Elle l'a placée comme élève chez notre cousine Cécile, qui n'avait qu'un garçon. Elle est revenue chez nous pendant six mois, à dix-sept ans; maman avait besoin d'une bonne. Mais elle s'est vite réfugiée chez notre sœur Thérèse, qui travaillait de soir comme infirmière et qui profitait d'une gardienne à peu de frais pendant que ta mère étudiait au cégep le jour.

— Elle m'a jamais dit cela.

—Tu vois comme on en apprend, des choses, aujourd'hui. Le brocoli pousse en hiver, Isabelle Rodrigue est une braconnière et ta grand-mère était une mégère.

— Et moi, j'en ai fini avec le Seroquel.

— Plus de menace de suicide non plus?

— Je ne crois pas.

Akand et la jalousie de Nicolas

Après sa tentative de suicide, Nicolas avait confronté Akand, qui lui avait répondu qu'il s'était fiancé avec cette cousine éloignée il y avait trois ans, cherchant à nier son homosexualité. Qu'il l'aimait, oui, mais d'un amour qui dépassait l'aspect physique, d'un amour quasi spirituel. Il n'avait plus de désir physique pour elle. Il lui avait tout révélé un an auparavant, mais ils avaient continué de correspondre en amis. C'est pour s'amuser qu'elle signait encore « sa fiancée » et qu'elle l'accompagnait encore dans des sorties officielles lorsqu'il était en Inde.

— Je croyais que ce serait plus simple de faire comme si j'étais hétéro, avait confié Akand. Ça facilitait la vie de ma mère, de ma famille. C'est déjà difficile de trouver du travail en Inde, alors imagine si je suis gai en plus. Évidemment, comme je l'aimais et qu'elle m'aimait aussi, ça a été très difficile pour nous deux.

— Ça va, je te crois, avait alors répondu Nicolas.

— Non, ça ne va pas, avait rétorqué Akand. Je ne peux accepter que mon amoureux fouille dans mes courriels. J'ai été élevé dans l'honneur et le respect des autres. C'est inacceptable de ta part. Tabarnak ! Tu as envahi mon espace sacré, ce n'est pas *fair*.

Nicolas tenta de se défendre. Mais Akand fut implacable. Il devait prendre ses distances, faire une pause.

— Pouvons-nous rester amis ? risqua Nicolas, qui préférait le revoir comme ami que de ne pas le revoir du tout.

— Amis, oui.

Akand était triste, Nicolas aussi.

— Est-ce que tu m'aimes encore ? avait alors demandé Nicolas.

Le refus de répondre d'Akand signifiait que oui. C'est cet espoir qui portait Nicolas depuis sa tentative de suicide. Il lui fallait rebâtir le lien de confiance avec Akand, le lien aussi avec la vie. C'était faible, se disait-il, cette idée de vouloir se tuer quand ça n'allait pas, cette jalousie possessive. Il ne voulait pas mourir comme Nelly Arcan, il voulait vivre selon ses critères et ses exigences propres. Et Akand avait été le premier à vraiment lui imposer des limites. Nicolas avait une étape à franchir : reconquérir quelqu'un. Voilà ce qui lui avait donné cette énergie nouvelle.

— Quand auras-tu fini ta réflexion ? avait-il demandé.

— C'est la sagesse hindoue qui s'applique ici, avait répondu Akand. Les signes arrivent comme une rivière au confluent du fleuve, et c'est au fond de notre âme que se forge la réponse. Mais pour accueillir cette réponse, il faut que l'âme de l'autre soit en paix, et la tienne ne l'est pas.

— C'est compliqué.

— Au contraire, c'est très simple. Il faut pacifier ton âme.

Depuis ce jour, Nicolas s'exerçait à le faire, se prenant à la fois pour Dieu et Gandhi. Pour ce faire, en ce samedi après-midi, il jeta un coup d'œil sur le missel qu'Edgar traitait comme une relique de famille. L'oncle était assez taré pour penser que les petits-enfants de Lucie et de Jeannine St-Louis débarqueraient un jour dans sa vie pour récupérer la mèche de cheveux.

Nicolas ouvrit le missel avec soin, y trouva un passage qui pouvait, dans la religion catholique, correspondre à la paix de l'âme. «C'est avec un esprit humilié et un cœur contrit que nous vous demandons, Seigneur, de nous recevoir, et que notre sacrifice s'accomplisse aujourd'hui en votre présence, de telle sorte qu'il vous plaise, ô Seigneur notre Dieu.»

— Tu devrais plutôt faire du yoga si tu veux te rapprocher d'Akand, lui suggéra Edgar.

— Non, je suis catholique et Akand respecte ça.

— Lis-moi donc un passage en latin pour voir s'il me reste quelque chose de mon cours classique, réclama Edgar.

— *Que sedes, Dòmine, super Cherubim, excita potentiam tuam, et veni.*

— Quelque chose comme: «Dieu, qui êtes un superchérubin, que soit louée votre puissance lorsque vous viendrez sur terre.»

— Je crois que la traduction du missel porte un peu à confusion. Écoutez bien: «Vous qui êtes assis sur les chérubins, Seigneur, excitez votre puissance et venez.»

— Oh! Je crois que ça porte en effet à confusion.

Nicolas se tordait de rire.

— Excitez votre puissance et venez, ah! ah! ah!

— C'est peut-être ça que certains prêtres ont lu et mal compris.

Nicolas appela Valérie pour lui dire qu'il partait la rejoindre au restaurant et vérifier s'il y avait plusieurs réservations.

— Je dois partir, dit Nicolas à son oncle, on a une grosse soirée au restaurant.

— Tu peux y aller, je ne m'ennuierai pas.

— Vous m'avez sauvé la vie en janvier, vous êtes un peu responsable de moi maintenant. Je crois que c'est une parabole ou une pensée de Confucius.

— Dieu, ce que tu peux être tordu! Je ne t'ai pas sauvé la vie, on t'a fait vomir les saletés que tu avais avalées. C'est à toi de sauver ta vie. Le Seigneur n'a-t-il pas dit que, pour atteindre le salut, l'homme devait être pénitent?

— Je vous rapporte de la tarte au sucre et aux noix de Grenoble, s'il en reste.

— Voilà ce qui est plus intelligent comme réflexion. Je contacte Vézina pour la cabane à sucre. Vois donc avec Valérie et son chum, il faudrait être au moins huit.

Edgar expédia un courriel à Margot: « Ça t'amuserait, une partie de sucre? »

Le projet de Carmen

Le bâtiment en bois rond orné d'une pancarte FERMÉ avait de l'allure. Une enseigne gravée « La cantine du village ».

— Où est le village ? demanda Carmen.

— Bonne question. Il y a un hôtel de ville et deux églises, répondit Vézina.

— C'est suffisant pour un village, commenta Edgar. Pour paraphraser Schumacher, *small is beautiful*.

— Schumacher, le coureur automobile ?

— Non, l'économiste Ernst Friedrich Schumacher, qui préconisait des entreprises de dimension plus humaine, décentralisées, avec des outils de gestion à la fine pointe de la technologie.

— À propos de technologie, mon cellulaire ne fonctionne pas, dit Vézina.

— C'est normal, le service n'est pas disponible ici, répliqua l'agent d'immeubles. Mais on a Internet haute vitesse maintenant.

Carmen observait la cuisine. Pas de fenêtre ; le four à pizza, juché au-dessus du four à convection, côtoyait, dans une promiscuité peu commune, la plaque de cuisson, la friteuse, l'évier, le frigo, la cuisinière. L'endroit était fermé depuis quelques mois, resté en plan comme un décor de cinéma. Pendant que Vézina discutait avec l'agent et que Carmen jetait un regard dédaigneux sur la saleté bien incrustée dans le plancher, Margot et Edgar allèrent marcher le long de la rivière qui coulait, tranquille.

— Penses-tu que ça pourrait aller pour Carmen, une fois la cuisine rénovée évidemment? demanda Edgar.

— Oui, elle n'a pas peur du travail. Elle m'a demandé d'être sa cuisinière.

— Ça veut dire...

— Non, ça ne veut pas dire que je m'installerais ici. Trois jours par semaine seulement. Ça t'ennuierait que je quitte Longueuil?

Nicolas et le débroussaillage

Scié en deux par la fatigue, Nicolas s'était étendu sous une épinette noire. Il jouit de son ombre, respira sa chlorophylle, compta ses aiguilles qui filtraient le soleil.

— Si t'arrêtes pas de te reposer, tu finiras pas ta *patch* aujourd'hui, lui dit un contremaître, surgi d'un mur de branches.

— Je m'en fous, répondit Nicolas, je suis fatigué.

Muni de sa débroussailleuse qu'il avait achetée lui-même, de son bidon d'essence pour la faire fonctionner, qu'il avait payé lui-même, de son lourd habillement qu'il n'avait pas fini de payer justement, Nicolas avait joint un camp forestier, près de Dolbeau-Mistassini, au Lac-Saint-Jean, deux semaines après le départ d'Akand pour l'Inde.

Désœuvré, le cœur en reconstruction, Nicolas était retourné dans sa région natale, le temps des vacances. Son ex-amoureux, Simon, n'avait pas déménagé à Montréal. Les deux se croisaient souvent au dépanneur, au bar, à l'église. Pour le fuir et pour se retrouver, Nicolas avait alors décidé que la mortification et l'isolement de la forêt ne pourraient que lui être bénéfiques. Il était tombé sur cette phrase de Volker Schlöndorff : « Il faut parfois accepter d'aller dans la forêt pour retrouver l'endroit où on s'est perdu. »

Il aurait pu opter pour la plantation d'arbres, c'était plus *hip*, idéal pour les jeunes qui cherchaient encore leur destin. Mais il n'était pas sûr que cela correspondait au degré de *spleen* qu'il rêvait d'atteindre. Le débroussaillage, ce n'était pas de la job de fifo, lui avait dit le grand *boss* du chantier, sans savoir qu'il s'adressait justement à un fifi. C'est ce qu'on va voir, s'était dit Nicolas. Il avait décidé qu'il en avait assez de souffrir de l'âme, qu'il était temps que le mal change de place. Et le mal avait fait son chemin dans ses bras, ses jambes, ses genoux. Le soir, afin de pouvoir dormir, il devait fumer un joint en plus de sa dose quotidienne de Tylénol pour arthrite. En trois semaines, il avait perdu cinq kilos. L'équipement pesait une tonne. Ce qui l'attendait avant d'arriver là, il n'en avait aucune idée. Il avait découvert une nouvelle planète où il n'y avait pas de lois du travail, pas de lois du salaire minimum, pas de lois pour assurer la santé et la sécurité.

Je suis un esclave consentant, se disait-il en suant de tout son corps lorsqu'il tentait de faire avancer sa débroussailleuse. Il dormait dans un conteneur transformé en dortoir muni d'une salle de bain primaire qu'il partageait avec cinq gars qui se moquaient de lui lorsqu'il sortait son Purell.

La première journée avait été infernale. D'abord, la marche. Se déplacer sur un fond de mousse, recouvert d'un mètre de branches coupées, de squelettes d'arbres, de framboisiers maléfiques, relevait du sacrifice humain. Il fallait avancer en pliant constamment les genoux pour sentir enfin le terrain sous ses pieds, enjamber les obstacles, éviter de s'engouffrer dans les profondeurs de la terre. À sa première expédition en sol hostile, Nicolas s'était enfoncé jusqu'à la taille dans la tourbe humide et hypocrite. Le contremaître avait dû l'aider à se sortir de là. On ne savait jamais ce que pouvait dissimuler un simple lit de branches.

— Débroussailler, c'est comme jouer au hockey, lui avait dit Jos, un des rares Québécois de souche à travailler sur le chantier, sauf que la *game*, elle dure pas trois heures, elle dure huit heures.

Pour Nicolas, la *game* durait dix heures, parfois douze. En plus de manipuler une débroussailleuse, cette grande scie circulaire fixée à l'aide d'un harnachement pour nettoyer les repousses autour des arbres, il y avait le masque protecteur, le plastron et le pantalon de caoutchouc qui faisaient transpirer à grosses gouttes. Et il y avait ce défi qu'était la *patch*. Cet espace de terrain rubanné qu'on devait nettoyer dans un temps donné.

Le patron, déjà reconnu coupable de plusieurs délits, jonglait allègrement avec les faux certificats de cessation d'emploi, les valises d'argent comptant qui circulaient sur le chantier, les menaces de délation vis-à-vis des immigrants illégaux, ouvrant tout grand la voie aux *pushers* du coin.

Levé à quatre heures trente, Nicolas essayait de se faufiler en premier dans la salle de bain pour prendre une douche et se raser avant les autres, qui laisseraient les lieux dans un état de saleté repoussante. La cuvette serait dégoûtante et il y aurait des poils partout autour du lavabo de fortune. Nicolas n'aimait pas les poils sur le lavabo. Ça le hérissait. Il n'aimait pas non plus le pâté chinois qui revenait souvent au menu, alors il se reprenait sur la tarte aux bleuets qu'il adorait.

L'autre soir, pendant que madame Tremblay, la cuisinière, était descendue au village pour sa journée de congé, Nicolas s'était glissé dans la cuisine et avait convaincu la jeune Geneviève qui la remplaçait de le laisser se cuisiner des spaghettis au citron pendant que les autres dormaient.

— Du spaghetti au citron, s'était exclamée Geneviève, j'ai jamais vu ça. De la tarte au citron, oui, mais pas du spaghetti.

Il y avait heureusement quelques citrons frais dans le rudimentaire frigo de la cuisine. Nicolas se mit à les râper pour en faire sortir le zeste pendant que Geneviève, sceptique, mettait les pâtes à bouillir. Il n'y avait ni basilic frais ni vrai parmesan. Nicolas préféra se passer de fromage plutôt que d'utiliser la boîte de Kraft.

Il fit mousser l'huile d'olive, le jus de citron et le poivre. Une fois les pâtes égouttées, il les versa dans un grand bol, y ajouta le mélange d'huile et y incorpora le zeste d'un citron et du basilic séché.

— C'est bon, chuchota Geneviève à la lueur de la cuisinière au gaz propane. Je n'aurais jamais cru qu'on pouvait faire du spaghetti au citron.

— Eh bien, tu le sais maintenant, dit Nicolas avant de se diriger vers le dortoir. Essaie de convaincre le *boss* d'acheter du parmesan frais et de la pancetta, et tu vas voir ce que je vais te faire goûter la prochaine fois.

— J'essaierai.

Au début du mois, un gars du syndicat était venu au chantier, discrètement, comme un espion.

—Parles-y pas, ça va te mettre dans le trouble, lui avaient conseillé quelques Africains d'origine qui plaisantaient en disant souvent que, pour la première fois de leur vie, ils travaillaient vraiment comme des nègres.

Nicolas ne les avait pas écoutés et avait parlé au conseiller de la CSN qui lui avait expliqué que, depuis les années soixante-dix, le nombre de syndiqués dans le domaine forestier avait chuté de 60 %.

— On multiplie la sous-traitance, on fraude le gouvernement, le *boss* ferme la compagnie dès qu'on réussit à avoir une accréditation. Puis il redémarre la saison suivante sous un autre nom et on repart la *business* avec les mêmes travailleurs, à qui on demande de ne pas se syndiquer. C'est pire que dans les années vingt. Au moins, dans ce temps-là, les gars étaient encore payés au salaire horaire. En plus, ce sont les débroussailleurs qui occupent le fond du baril dans la hiérarchie du travail forestier. On leur fait miroiter des salaires de cinq cents dollars par jour, la belle affaire !

Après la visite du gars de la CSN, Nicolas avait trouvé un écureuil éventré, les tripes sanglantes, sur son oreiller. Il bougeait encore. Ses compagnons de dortoir faisaient semblant de dormir.

*

Remis de sa fatigue, Nicolas s'était secoué et avait endossé son habit protecteur, qui ferait monter la chaleur de son corps à trente-neuf degrés. Il entreprit de glaner les corps morts laissés par des abatteuses à tête multifonctionnelle, de véritables monstres qui faisaient plus de dégâts qu'un ouragan.

La bouteille d'eau était vide. Il n'en apportait jamais assez et il craignit un coup de chaleur. S'il tombait, qui viendrait le secourir ? S'il criait, qui l'entendrait dans le bruit étourdissant des moteurs de débroussailleuses ?

Il n'y avait qu'un téléphone satellite pour les vraies urgences et il se trouvait loin. Le cerveau de Nicolas, habitué aux fonctions tactiles de son iPhone, avait dû se programmer à une autre réalité : celle de la survie en forêt.

Les autres s'approchaient peu de lui. Il savait bien qu'il y avait des luttes de clans, des guerres de territoire pour le marché de la mari, aussi achetait-il directement du patron ; c'était plus simple, et il avait ainsi l'impression d'être protégé sur le chantier. Surtout depuis l'incident de l'écureuil, il se sentait menacé. Comme Nicolas était payé au rendement et comme sortir de cet enfer relevait de son libre arbitre, il se complaisait à prolonger la douleur. Ce n'était pas comme le jeune Sébastien, dix-sept ans, qui avait quitté l'école à quinze ans, sans diplôme d'études secondaires, et qui se morfondait en espérant qu'un jour il « pognerait le *beat* » comme il s'épuisait à le dire au contremaître qui tolérait mal les *rookies*.

*

Nicolas regarda autour de lui : une nature sauvage aux paysages troublants de beauté, à la flore déjantée et dangereuse. Il était déjà treize heures, la surface cernée de rubans jaunes que le contremaître lui avait assignée en début de semaine était restée à peu près intacte. Pour quelques débroussailleurs expérimentés, la journée de travail était déjà terminée. Ils déposaient leurs scies et leur équipement de sécurité et marchaient péniblement vers un chemin forestier où les cueillerait un vieil autobus jaune. Un véhicule tout-terrain transporterait le matériel. Nicolas leur emboîta le pas.

Assis sur le siège du conducteur du véhicule tout-terrain, Léo, homme de main et garde du corps du grand *boss*, avait activé une application de jeux virtuels et tuait le temps sur le cellulaire de Nicolas.

À la fois soulagé d'avoir retrouvé son joujou et contrarié de le voir ainsi manipulé par les mains grasses et souillées du fier-à-bras, Nicolas savait qu'il n'aurait pas la partie facile.

Il s'approcha doucement et demanda à Léo si, par hasard, ce téléphone ne serait pas le sien.

— Plus maintenant, mon petit bonhomme, il est à moi. Je l'ai trouvé.

— Mais il ne fonctionne pas ici.

— C'est pour ça que je considérerais te le vendre pas cher. Mettons deux cents piastres.

— Deux cents piastres! C'est pas avec mon chèque de cette semaine que je vais te payer, j'ai eu mon premier talon de paie négative : moins cinquante-six dollars. J'ai pas fini de rembourser mon équipement, semble-t-il. En plus de l'hébergement et de la bouffe.

— Il y a d'autres façons de faire de l'argent sur un chantier.

— Vendre du pot?

— Ouais, le *boss* est pas mal surveillé par la GRC ces jours-ci.

— Pas question, répondit Nicolas, voyant ressurgir le cauchemar du *crystal meth*.

— En tout cas, tu me dois deux cents dollars! lui cria l'animal aux multiples tatouages en lui lançant son cellulaire. Vendredi au plus tard. C'est une dette.

Dans l'autobus, Nicolas eut une crise de panique.

— T'as peut-être eu trop chaud, lui dit Jos, un vétéran, qui lui tendit sa bouteille d'eau.

Assis au fond, il y avait un homme qui ne parlait pas beaucoup, tout bonnement parce qu'il ne possédait que quelques rudiments de français.

— Je suis médecin, réussit-il à formuler en s'adressant à Nicolas. Tu vas respirer lentement, en même temps que moi, et compter jusqu'à dix. Un, deux, trois.

Nicolas apprit ce jour-là que l'homme au regard tranquille et déterminé était un cardiologue originaire de la Moldavie, une ancienne république socialiste, et qu'il tentait de gagner assez d'argent pour reprendre ses études de médecine au Québec.

Arrivé au campement, Nicolas alla voir Geneviève à la cuisine.

— Il faut que je sois sorti d'ici avant vendredi sans que Léo le sache. Il m'a menacé.

— Il y a des inspecteurs du ministère des Ressources naturelles qui viennent demain. J'ai mis au point une petite potion qui permet aux gars qui veulent fuir Léo de pouvoir le faire rapidement. Ça te rendra juste assez malade pour que le contremaître te laisse partir avec eux. Le grand *boss* viendra pas cette semaine.

— Pourquoi?

— Il aurait des affaires à régler.

Geneviève s'approcha de Nicolas et chuchota :

— Il aurait mangé une méchante raclée de la part de ses créanciers.

— Ses créanciers?

— Oui, il aurait négligé de régler certaines dettes.

Madame Tremblay leva la tête de ses chaudrons.

— Geneviève, assez de commérages, viens éplucher les patates. Puis, s'adressant à Nicolas, elle cria: C'est pas l'heure des repas, ça fait que sors de la cuisine, tu reviendras à cinq heures et demie.

— Je te rejoins dans le dortoir dans une demi-heure avec la potion magique.

— Qu'est-ce qu'il y a dedans?

— C'est composé de Bromo-Seltzer et d'un produit secret. Ça marche à tous coups pour ceux qui doivent partir vite.

— Pas du Bromo-Seltzer.

— À ta place, je prévoirais une bassine et de l'eau fraîche à portée de la main.

Nicolas se dirigea vers le dortoir comme un animal vers l'abattoir.

Edgar, Nicolas et Carmen

Climatiseur, café, pain grillé. Edgar n'aurait pas à sortir pendant cette journée de canicule. Longueuil s'épanouissait en un florilège d'humidité, de pollution et de grandiose cacophonie automobile. Il ouvrit *Le Devoir* du samedi en attendant Carmen. Les biscuits chinois ne sont pas de notre bord, l'avait-il avertie au téléphone.

Le propriétaire du restaurant ne voulait pas réduire son prix de vente malgré une évaluation de la banque beaucoup plus basse que le montant demandé. Vézina avait suggéré de se retirer pour l'instant, ce serait trop risqué pour Carmen, avait-il dit. Edgar relut la pensée du biscuit chinois : « Ne cherchez pas les ennuis tant qu'ils ne vous trouvent pas. »

Quelle crampe au cerveau l'avait donc atteint le jour où il avait accepté d'aider Carmen ? Cela faisait pourtant partie de sa bible de misanthrope : ne pas aider. D'abord, les gens ne sont pas reconnaissants et en général ils ne veulent pas vous devoir quelque chose. Pis encore, ils vont parfois jusqu'à vous blâmer quand la situation tourne à leur désavantage.

Un bruit de clef dans la porte. Ce n'était sûrement pas Carmen. Généralement, elle appelait du premier avant de monter par l'escalier et elle frappait toujours avant d'introduire sa clef.

— Ma parole, souffres-tu de la peste bubonique? demanda Edgar en voyant la tonne de boursouflures sur le corps de son neveu.

— Non, j'arrive du bois. Ce sont des piqûres de moustiques.

Nicolas commença à entrer ses bagages, dont sa débroussailleuse qu'il avait ramenée avec lui dans l'autobus.

— Que veux-tu faire avec cette espèce de scie, tailler les haies?

— C'est une débroussailleuse. Je l'ai payée avec l'usufruit de l'héritage. Il n'était pas question de la leur laisser.

— Descends-moi ça dans le cagibi.

— Vous voulez pas savoir comment ça marche?

— Pas vraiment. Quand est-ce que tu retournes au Saguenay?

— Je ne peux pas. J'ai eu des menaces, j'ai dû sauter dans le premier autobus pour Montréal, je n'ai même pas pris le temps de passer saluer mes parents. Je dois jouer les fantômes pour un bout de temps. Mais ne vous inquiétez pas, c'est temporaire, je vais me trouver un appartement.

— J'ai déjà entendu ça.

— C'est que je suis un peu serré. Ma première paie était de moins cinquante-six dollars et j'avais déjà déboursé près de mille deux cents dollars pour ma débroussailleuse.

— Veux-tu bien me dire pourquoi t'es allé te fourrer dans un tel guêpier?

— Un genre d'initiation; j'ai connu l'enfer, mais c'est comme faire le chemin de Compostelle. J'en suis sorti grandi.

— Grandi? Je dirais plutôt bouffi. Sauf que Saint-Jacques de Compostelle, c'est plus loin et qu'on part plus longtemps.

— Est-ce que ma chambre est libre?

— Ta chambre?

— Enfin, je veux dire la chambre du fond. J'ai mes draps de coton égyptien avec moi. Pas besoin de sortir les vôtres.

— Bon, il semble qu'on n'a pas le choix. Mais j'ai un rendez-vous avec Carmen. Alors, tu t'installes vite et tu disparais pour un bout de temps. Qu'est-ce que tu dirais d'aller faire quelques courses? Je n'ai pas envie de sortir par cette chaleur.

Le téléphone d'Edgar vibra.

— C'est ta mère. Tiens, prends l'appel.

Nicolas s'esclaffa.

— Mais non, maman, je ne suis pas perdu en forêt. C'est juste que j'ai dû annuler mon numéro de iPhone. Je vais en demander un nouveau. J'ai eu quelques ennuis sur le chantier.

Micheline était soulagée. L'opération de sauvetage de Nicolas avait été si discrète et rapide que le contremaître n'en avait rien su. Paniquée devant l'effet du petit extra qu'elle avait ajouté au Bromo-Seltzer, Geneviève avait prié un des techniciens forestiers de la compagnie de vite transporter Nicolas à l'hôpital de Dolbeau. Nicolas s'était vidé de ses entrailles mille fois jusqu'à vomir un liquide noir.

Le petit extra était une pincée de Draino réduit en poudre. Peut-être Geneviève avait-elle été trop généreuse sur la dose?

À l'aube, pressée par Jos qui disait que le jeune allait y passer, Geneviève avait réveillé un technicien. Jos avait fait les bagages du malade et chargé la débroussailleuse en avertissant Nicolas de partir le plus loin possible s'il ne voulait pas trouver Léo sur son chemin.

Tout le monde dans le dortoir était resté muet le matin, de même que le technicien qui était revenu l'après-midi. Il s'était couché tôt et n'avait pas eu l'occasion de faire son rapport. Si bien que ce n'est qu'à l'heure du souper que le contremaître avait noté l'absence de Nicolas. Il avait envoyé des hommes en forêt, dépêché quelqu'un au poste satellite pour appeler Micheline, tenté de faire parler les gars du dortoir, questionné Léo qui avait, bien sûr, omis de révéler les menaces qu'il avait proférées à l'endroit de Nicolas. Finalement, vers vingt et une heures, le contremaître avait appris avec soulagement par le technicien que le jeune avait été amené d'urgence à l'hôpital.

— Bon débarras, il valait pas une claque. Ils comprennent pas, ce monde-là, que pour débroussailler, il faut être prêt à endurer la misère. Des mangeux de crevettes qui viennent s'amuser dans le bois. Où est-ce qu'il a laissé sa débroussailleuse?

— Je ne sais pas, mentit le technicien, qui ne voulait pas avouer qu'il l'avait laissée dans une station-service près de l'hôpital de Dolbeau.

Le contremaître ne se donna pas la peine de rappeler Micheline ni de prendre des nouvelles auprès de l'hôpital. Le grand *boss* s'occuperait de cela quand il serait rétabli de sa «chute» dans l'escalier du sous-sol.

Nicolas mit sa mère en garde avant de rendre à Edgar le cellulaire.

— Si un grand barbu tatoué se présente chez nous, dis-lui que je suis mort. Parce que s'il me trouve, je ne suis pas mieux que mort.

— Bon, te voilà mêlé à la petite pègre locale maintenant, commenta Edgar. C'est du grand-guignol.

— Je dirais plutôt que la pègre locale m'a ciblé.

— Et c'est ici que tu viens te réfugier.

— Pas pour longtemps, je vous l'ai dit. Avez-vous peur?

— Qu'ils s'amènent donc ici pour voir.

Le bruit roulant d'un coup de tonnerre déferla sur la porte de l'appartement.

— C'est Carmen, libère la place.

— Je vais dans ma chambre et je fais le mort.

— C'est vrai que tu es déjà presque mort à t'entendre, ironisa Edgar. Pas de bruit et pas d'indiscrétion: j'ai de mauvaises nouvelles pour elle.

— Pour le restaurant?

— Oui. Dégage et sors ça sur le balcon, lui ordonna-t-il en montrant la débroussailleuse.

Carmen était, comme à son habitude, à bout de souffle après avoir grimpé les onze étages de l'immeuble en raison de sa claustrophobie. Edgar lui servit un café.

— Peut-être un peu de cognac pour parfumer le café? offrit-il, la bouteille de Château de la Perraudière, qu'il gardait pour les tristes occasions, à la main.

— On a fait évaluer et inspecter le bâtiment; le propriétaire demande vingt-cinq mille dollars de plus que la valeur, on ne peut pas lui donner ça. La banque ne nous prêtera pas cette somme-là, il faudrait la débourser en comptant.

— Je pourrais peut-être...

— Vider au complet votre oreiller? Non, Carmen, ce ne serait pas raisonnable.

Edgar étala les rapports, indiquant les travaux à faire, les chiffres de l'évaluateur prouvant ses dires noir sur blanc.

— Pourquoi il faut toujours être raisonnable? rétorqua Carmen en se versant une généreuse rasade de cognac. Vous avez jamais eu de rêves, vous? Vous me faites miroiter quelque chose, après vous me dites que ça marche plus.

— Peut-être un peu de café pour allonger votre cognac?

— Non, ce ne sera pas nécessaire, une dernière petite *shot* et je retourne dans mon trou.

Elle remplit sa tasse à demi et l'avala d'un trait.

— On va trouver autre chose, se commit Edgar en songeant qu'il transgressait ses principes encore une fois.

— Autre chose, comme quoi? C'était parfait pour Margot puis moi. Avez-vous pensé à Margot qui aurait été ma cuisinière, qui aurait gagné un bon salaire?

— Bien sûr que j'ai pensé à Margot.

— Non, vous autres, les hommes, vous pensez juste à vous. Égoïstes!

— Vous y allez peut-être un peu fort. On va étudier d'autres options.

— Non, je m'en vais chez nous.

Carmen aligna la porte en chancelant. Elle manqua la poignée de peu, mais elle la manqua quand même. Son regard était brumeux et méchant tout à coup.

— Je crois que je vais vous appeler un taxi.

— Qui va le payer, le taxi?

— Moi, ne vous inquiétez pas.

— Ah oui? Vous êtes tellement fin, ajouta Carmen, vous êtes mon meilleur client. Je suis désolée pour tout ce trouble.

— Ça va aller, Carmen.

Tout en la soutenant, il composa le numéro de son chauffeur de taxi personnel.

— Jean, je descends avec une dame, tu vas la conduire chez elle. Elle ne se sent pas bien.

— Je serai en bas dans dix minutes.

— Je vais vous aider, dit Edgar en tentant de la soulever.

Mais la masse corpulente de Carmen entraîna Edgar et sa propre masse tout aussi imposante vers le plancher.

— Nicolas, cria-t-il, viens me sortir de là!

— Tiens donc, on dirait que quelqu'un est allé se fourrer dans un guêpier.

En hâlant Carmen du mieux qu'il pouvait, il put dégager Edgar qui l'aida à la remettre sur pied.

— T'es qui, toé? lança-t-elle à Nicolas.

— Vous ne me reconnaissez pas?

— Ah oui! le petit parfait. Parle-moé pas, je veux pas t'entendre.

— Ben voyons, Carmen...

— Chus fatiguée, tellement fatiguée. Farme ta yeule.

On ne savait plus à qui elle s'adressait. Elle divaguait. Nicolas recula d'un pas, mortifié.

— Essayons de la faire entrer dans l'ascenseur, signifia Edgar à voix basse. On ne pourra jamais descendre onze étages par l'escalier.

Avançant d'un pas, reculant d'un autre, Carmen s'effondrait régulièrement dans le corridor. Devant la porte de l'ascenseur, elle se cabra comme un appaloosa digne de sa race. Mais avec l'aide du concierge aux triceps pompeux appelé en renfort, on la poussa au fond de la cabine, malgré la puissance de sa résistance.

Elle s'écroula sur le plancher en tenant la main de Nicolas très serrée, puis s'agrippa à lui lorsque l'ascenseur amorça sa descente.

— Je crois que je vais mourir de peur, dit-elle en reprenant sa litanie d'excuses. Je suis tellement désolée et je t'aime tellement, Nicolas. J'aime Edgar, mais toi, t'es tellement délicat, tellement fin. Je suis vraiment désolée. J'avais jamais bu du cognac comme ça.

— Moi aussi, Carmen, je vous aime...

Edgar fronça les sourcils.

— Êtes-vous en train de dire que vous aimez Nicolas plus que moi? Je suis très jaloux, là, dit-il à la blague pour la distraire.

— C'est un amour fusionnel, rétorqua Nicolas en essayant de se dégager un peu.

— J'espère qu'elle vomira pas, j'ai laissé mon seau pis ma moppe au quinzième, émit le concierge à voix haute.

À peine remis de sa cure de Draino et de Bromo-Seltzer, Nicolas détourna la tête.

Au rez-de-chaussée, il fallut encore tirer sur Carmen qui, cette fois, refusa de bouger, cramponnée à Nicolas.

— Allez, un petit effort, fit Edgar. Vous voulez rentrer chez vous, n'est-ce pas, alors il faut sortir d'ici.

Jean avait ouvert la portière arrière et s'approcha pour faire entrer Carmen, qui se cabra encore une fois.

Edgar lui tendit un billet de vingt dollars.

— Aide-nous à la faire monter.

Carmen regimbait, insultait et s'excusait tout à la fois, récalcitrante à l'idée de monter à bord du taxi.

— Comment je vais faire, rendu chez elle? demanda Jean, le chauffeur.

— Vous seriez mieux de l'accompagner, dit Nicolas à Edgar.

— OK, mais je vais aller chercher mon téléphone et mes clefs.

Lorsqu'il redescendit, Carmen était ressortie du taxi et se mit à hurler lorsqu'on tenta de la convaincre d'y remonter.

Nicolas aperçut le type paraplégique du quatrième qui rentrait de faire ses courses en fauteuil roulant.

— On aurait un service à te demander, dit Edgar, un peu gêné.

— Vous voulez emprunter mon fauteuil pour la dame, c'est ça ?

— Oui, dit Edgar, en sortant une autre billet vert pour le tendre au paraplégique qu'on étendit sur la pelouse. Ce ne sera pas long, elle habite tout près.

Curieusement, Carmen accepta de s'asseoir dans le fauteuil roulant. Nicolas prit les commandes et Edgar suivit, suant à grosses gouttes.

Le retour d'Akand

Le bouquet de ballons rouges était d'un ridicule fini. La pancarte avec le nom d'Akand écrit en lettres majuscules l'était tout autant. Nicolas avait décidé d'agrémenter le retour d'Akand d'un brin de fantaisie kitsch.

Un message texte lui signala que l'avion roulait sur le tarmac, que dans dix, quinze, vingt minutes, si les douaniers n'étaient pas trop zélés, celui qu'il considérait comme son amoureux serait devant lui.

L'aéroport Montréal-Trudeau était désorganisé et encombré comme à l'habitude. Nicolas se posta bien en vue devant la sortie des passagers, poussant du coude les chauffeurs de limousine pour se frayer un chemin. Les portes de verre s'ouvrirent sur les passagers de première classe, en tenue de voyage chic et décontractée. Akand était de ceux-là. Il se mit à rire en voyant la pancarte.

— Où est « le » limousine ?

— Évidemment, quand on voyage en première classe... Tu devras te contenter de ta Mini Cooper. Mais je peux être ton chauffeur si tu veux.

— Bonne idée, je n'ai pas conduit à droite depuis des semaines. Et c'est ma mère qui a acheté mon billet ; habituellement, je ne voyage pas en première classe.

Nicolas avait la gorge nouée, le cœur qui battait la chamade, une poignée de clous de girofle dans l'estomac et une envie terrible de faire l'amour. Chose qu'il n'avait pas faite depuis la rupture reliée à l'affaire des courriels. Cela remontait à mars. Était-il donc devenu un moine?

Ils cheminèrent sans parler vers la voiture.

— C'est propre, dit Akand en voyant sa voiture luire.

— Je l'ai nettoyée un peu lorsque je l'ai sortie du garage chez ta cousine.

En fait, Nicolas avait passé des heures à bichonner la bagnole comme si c'était Akand lui-même.

— As-tu choisi tes cours? demanda Nicolas.

— Oui.

— Il ne reste qu'une semaine avant le début de la session. J'ai promis à mon oncle Edgar que je déménagerais bientôt.

— Et tu vas déménager où?

— Je n'en ai aucune idée. Il faut que je me trouve un ou deux colocataires. Valérie serait intéressée, elle pense aménager avec Charles. Alors, on serait trois. Je te dépose chez ta cousine ou tu veux venir manger avec moi? Mon oncle est absent ce soir. J'ai cuisiné un peu aujourd'hui.

En fait, Nicolas avait fait une razzia au marché Jean-Talon et passé la journée aux fourneaux. Il avait préparé du poulet au beurre, du riz à la cardamome, des carottes au lait de coco. Il avait même acheté du lassi, une boisson dont il ne raffolait pas. Et comme il savait qu'Akand aimait la tarte au sucre du Bleu Raisin, il en avait rapporté un bon morceau qu'il réchaufferait pour le servir avec de la glace à la vanille.

— Ça me ferait énormément plaisir d'aller manger avec toi. Je vais appeler ma cousine et lui dire que je rentrerai plus tard. Il faut que je déménage, moi aussi. Je dois maintenant partager la chambre du bébé.

Akand baissa la vitre de la voiture et huma l'air.

— C'est frais, Montréal. C'est vaste. Je suis heureux d'être de retour.

— Nous avons eu un été épouvantablement chaud. C'est sûr que ça ne bat pas l'Inde, mais c'était chaud quand même.

Durant l'absence d'Akand, ils avaient correspondu par courriel, se racontant leurs aventures, comparant les politiques des deux pays, potinant sur leurs amis, tout cela sans jamais parler de leurs sentiments. Leur amour était figé dans le temps. Mais ils étaient encore liés. Nicolas apprenait les vertus de la patience. Il avait eu vingt et un ans en juillet. Il s'était débarrassé du *crystal meth*, du Seroquel, de la déchirure de son premier amour, mais il conservait la peur de l'échec et du rejet.

La circulation était dense, il se concentra sur la route. Akand alluma la radio et soupira.

— Il faut que je me remette au français. J'ai perdu l'accent.

— Peux-tu encore dire « tabarnak » ?

Akand y pensa à deux fois et cracha le juron comme le lui avait appris Valérie.

— Tu vois, tu n'as pas perdu l'accent.

À la radio, on parlait d'une lente reprise de l'économie.

— Je suis fatigué d'entendre toujours parler de chômage et de problèmes économiques, dit Akand. Comment va le Canadien ?

Nicolas soupira en haussant les épaules.

— Il faudra le demander à Valérie. Comme tu le sais, je ne suis pas amateur de hockey.

Le téléphone d'Akand retentit. C'était justement Valérie.

— Oui, je suis bien arrivé. Nicolas m'a pris à l'aéroport, nous sommes en route vers Longueuil.

— On se fait une petite soirée bientôt. Charles a organisé un *pool* de hockey, il faudrait que tu te joignes à nous. Demain, peut-être ?

— Un *pool* de hockey, ça doit être *cool*. Ça m'intéresse.

Nicolas leva les yeux au ciel, désespéré, et réclama le téléphone.

— Valérie, es-tu en train de devenir cinglée ou quoi ? Un *pool* de hockey !

— Pourquoi pas, c'est amusant. Tu ne veux pas participer ?

— Non, je déteste le hockey, tu le sais, et il y a mieux à faire dans la vie.

Il remit l'appareil à Akand.

— Elle est folle.

— Je t'entends, clama-t-elle au bout du fil.

Ils entrèrent dans le pont-tunnel Hippolyte-Lafontaine. Ce qui eut pour effet de couper la communication.

À destination, Akand sortit sa valise du coffre de la voiture. Nicolas l'observait, s'efforçant de ne pas se faire d'illusions. Une fois dans l'appartement, il risqua une bise, puis une légère accolade. Akand répondit prudemment.

— J'ai attrapé un bordeaux au magasin Duty Free de l'aéroport. Comme dit ton oncle, le bordeaux va avec tout.

— Justement, j'ai cuisiné du poulet au beurre. Il ne sera peut-être pas aussi bon que celui de ta mère.

— Ma mère ne cuisine plus de poulet au beurre depuis longtemps, elle est trop prise par la politique.

— Alors, qu'est-ce que vous mangez ?

— Du poulet au beurre préparé par une domestique. Ça goûte la même chose.

— Vraiment ? Je ne crois pas que la nourriture de ma mère goûterait la même chose préparée par une autre.

De toute façon, on n'a pas de domestique.

Akand ouvrit le bouteille et remplit les verres pendant que Nicolas mettait les plats à chauffer.

— Impressionnant, déclara Akand, un vrai festin.

Ils levèrent leurs verres au poulet au beurre, puis ils attaquèrent un morceau de pain nan bien chaud, badigeonné de beurre.

— Je dois me replonger dans la littérature québécoise. Que me proposes-tu ?

— *La canicule des pauvres,* de Jean-Simon DesRochers. Ça décrit magistralement un Montréal que tu ne connais pas, que je ne connaissais pas, mais dans un univers complètement déjanté.

Nicolas fouillait dans la bibliothèque de son oncle, appuyé au bras du fauteuil où Akand prenait place. En extirpant le volume, il bascula légèrement vers Akand, qui l'accueillit dans ses bras. Et c'est lui qui, le premier, le caressa doucement, fit glisser la fermeture éclair de ses jeans et y enfouit la main.

— Je crois que mon âme est en paix, murmura Nicolas, soufflé par la force du désir.

Lorsqu'ils ressortirent de la chambre de Nicolas, le poulet au beurre avait perdu de sa sauce, le riz était un peu sec et les carottes trop cuites, mais cela ne les empêcha pas de se régaler.

— As-tu profité de l'abolition de l'article 377 pendant tes vacances ? demanda Nicolas.

— Non, répondit Akand.

Nicolas réprima un sourire de satisfaction. Akand l'avait donc attendu.

— En fait, reprit Akand, avant que n'arrive l'affaire des courriels, je voulais te proposer que nous prenions un appartement avec Valérie. Mais comme tu le sais, je suis ici pour deux ans encore ; après, je ne sais pas.

Nicolas ne pouvait envisager de s'investir autant dans une relation assujettie à une date butoir. Il venait de reconquérir Akand, et voilà que déjà se profilait la fin de leur histoire. La bouteille de bordeaux était vide, ils étaient agréablement ivres, Nicolas ne voulait pas gâcher ce moment, il se mit à lire des extraits de *La canicule des pauvres* à haute voix.

— C'est *weird*! s'exclama Akand.

— C'est très *weird*, en effet.

— Mais c'est très intéressant.

Akand revint à la charge.

— Vas-tu répondre à ma question?

Cette fois, c'est la tarte au sucre qui lui servit d'échappatoire. Réchauffée, garnie de crème glacée, réconfortante et décadente.

Avant de sombrer dans le sommeil, Nicolas se déclara enfin:

— Je supporte mal le rejet et l'abandon. Et pourtant, je ne veux pas rater l'occasion d'être avec toi le plus longtemps possible.

Lorsque Edgar rentra prendre une douche et se changer avant d'aller travailler ce matin-là, il vit le plus beau des désordres amoureux. Il sourit en reconnaissant la trace d'Akand, qui lui avait laissé une bouteille de bordeaux accompagnée d'une note.

Il ouvrit le frigo pour découvrir qu'il restait des vestiges intéressants des agapes de la veille. Il griffonna lui-même quelques mots: «Merci pour les restes, ça va me faire un excellent lunch. Je garde la bouteille pour célébrer un départ prochain. Un biscuit chinois me l'a prédit. En attendant, nettoyez-moi ce bordel avant de partir, sinon ce sera la fin du monde à mon retour ce soir.»

Réveillé par le bruit de la douche, Nicolas n'aspirait qu'à une chose: rester lové contre son amoureux et se rendormir. Il n'était que huit heures quarante-cinq. Les vacances s'achevaient. Il fallait profiter des dernières matinées sans fin. Son téléphone retentit soudain de façon agressive près de l'oreiller. Il jeta un coup d'œil sur l'appel entrant. Numéro inconnu. Il se contenta de couper la sonnerie, qui reprit de plus belle dix secondes plus tard.

— Tu devrais répondre, c'est peut-être important, lui dit Akand.

Nicolas lança un « Allô » contrarié.

— C'est Annie Roy, la responsable d'État d'urgence, tu avais donné ton nom pour être bénévole. Nous avons une rencontre à onze heures pour distribuer les tâches, nous aurions besoin de toi aux communications.

Nicolas regrettait amèrement d'avoir décroché. Il se cherchait une excuse. L'artiste avait perçu l'hésitation de Nicolas. Un autre qui signait, mais ne persistait pas. Nicolas se rappela les paroles d'Annie Roy lors de l'entrevue : « Chaque bénévole a son utilité et son importance, et c'est grave quand il ne prend pas ses responsabilités, qu'il les laisse aux autres. »

Il se secoua, le cerveau en compote, l'estomac en dérive et fit, comme aurait dit son grand-père homophobe, un homme de lui.

— Je serai là.

Annie Roy, l'air étonnée, le salua chaleureusement.

— Merci, on t'attend.

Nicolas embrassa Akand avant de se traîner hors du lit.

— J'ai des obligations sociales et communautaires. On se texte cet après-midi.

En lisant la note d'Edgar, deux heures plus tard, Akand entreprit de nettoyer la cuisine et de faire le lit.

Dans la salle de bain, il y avait un mot doux écrit sur un papier rose. «Je suis prêt à me lancer dans l'aventure. Aimerais-tu rencontrer ma mère? Elle n'a pas de domestique, mais elle fait de la bonne tourtière.»

En sortant, Akand croisa une grosse femme qui sortait de l'escalier de service. Elle déposa une enveloppe sur le seuil de l'appartement d'Edgar et repartit.

Edgar et le consultant en gestion de personnel

C'est à la troisième bouchée de poulet au beurre que le sort d'Edgar se joua. La bouche pleine, les doigts graisseux, il « réseautait » socialement sur Facebook lorsqu'il aperçut le directeur des ressources humaines qui l'observait.

— Je crois que je vais faire installer une caméra de surveillance, je ne m'habitue pas à ces visites impromptues, lança Edgar, cinglant.

— Je suis désolé d'interrompre votre repas, mais la directrice et moi aimerions vous rencontrer.

Edgar fixa son poulet, c'était désolant de l'abandonner ainsi.

— Je suis à mon heure de pause, vous savez. Est-ce que je peux terminer mon repas ?

— Vous pourrez le terminer après. C'est important que l'on se voie maintenant, pendant que les autres sont absents.

Edgar avala une bouchée de riz avant de suivre le directeur des ressources humaines. Dans le bureau, il y avait la directrice et un type qui s'appelait John. Il se présenta comme un consultant en gestion de personnel et en réorientation de carrière.

— Assoyez-vous, Edgar, je peux vous appeler Edgar ? dit l'homme au complet sombre.

— Vous pouvez m'appeler Fido si vous voulez.

Le consultant ne releva par l'ironie.

La directrice restait en retrait, coite et moite. Le directeur de ressources humaines attendait que la dent soit extirpée pour pouvoir enfin respirer.

— Nous avons analysé votre attitude comportementale en regard de votre entourage au sein du département, en nous basant sur les différents témoignages recueillis parmi les employés. Il appert, Edgar, que, bien que vous soyez doué pour les chiffres, vous n'avez pas suffisamment de leadership pour mener à terme un projet à caractère communautaire comme celui qui prend son envol ici. De là notre inquiétude quant à la poursuite de votre travail au sein de l'équipe.

John sortit cérémonieusement un dossier comportant plusieurs commentaires des employés, qu'il s'apprêta à lire.

Edgar en avait assez entendu.

— Qu'est-ce que vous proposez comme solution ?

— Vous ne voulez pas entendre les commentaires ?

— Non, pas vraiment.

— Alors, nous n'avons guère de solution. Étant donné votre position, il vaudrait mieux que vous cédiez votre poste à quelqu'un d'autre.

— Je suis parfaitement à l'aise avec ça. Est-ce que je peux aller terminer mon poulet au beurre ?

— Il faudrait d'abord que vous signiez ce document, dit John d'un ton doucereux. C'est votre lettre de démission. Ensuite, je vous demanderais d'aller vider votre bureau et de partir avant que le reste du personnel revienne ; ça se sait vite, ces choses-là, vous savez. Si vous avez besoin de parler un peu, je resterai avec vous.

— Ma démission, la belle affaire ! Vous venez de me sacrer dehors. Un certificat de cessation d'emploi fera très bien l'affaire. Sinon, mon avocat vous contactera pour la prime de séparation. Puis-je enfin aller terminer mon poulet ?

Une fois dans son minuscule local, il glissa tous les dossiers des clients sur une clef USB, jeta les originaux dans la poubelle de l'ordinateur, arracha la plaque de métal gravée à son nom, la plia en deux et la laissa sur une chaise.

Il n'y avait rien d'accroché au mur, c'était plus pratique quand on devait partir vite. Il referma le contenant de son lunch. Il terminerait son poulet chez lui.

En sortant, il se heurta au directeur des ressources humaines.

— Je suis venu vous aider à vider votre bureau.

— C'est déjà fait, merci, bonjour.

L'air avait un avant-goût frais de fin d'été. Le Festival des films du monde déroulait sa programmation au cinéma Quartier Latin. Edgar s'assit sur un banc en face du cinéma. Son repas était encore tiède. Il le mangea en observant les cinéphiles puis acheta un billet pour la représentation en cours. Une coproduction franco-roumaine où on louvoyait d'un enterrement à un autre, sans intérêt, mais d'une lenteur rassurante. Il y avait longtemps que la vie d'Edgar n'avait pas été lente. Le départ que lui avait prédit le biscuit chinois s'était réalisé. Bien qu'il eût souhaité également le départ du neveu. Sur son cellulaire, un déferlement de messages textes en provenance du régime de retraite. Le directeur des ressources humaines le sommait de leur rendre les dossiers des clients. Pas possible, réfléchit Edgar, ces abrutis n'avaient pas pris la peine de sauvegarder la liste des clients avant de le *flusher*.

Edgar leur répondit: «J'attends mon certificat de cessation d'emploi, nous ferons un échange.»

Il y avait aussi un message vocal de Margot qui lui annonçait que Carmen avait quitté la *business* du ménage à domicile pour travailler à l'entretien ménager dans un centre pour personnes âgées, à Potton, dans les Cantons-de-l'Est, et qu'il y avait un poste pour elle comme cuisinière.

Il y avait décidément trop de départs pour une seule journée, et toujours pas celui espéré. Il composa le numéro de Margot, qui lui répondit en l'appelant mon chéri.

— Je me suis fait congédier aujourd'hui, j'ai vu un film ennuyeux et tu m'apprends que tu pars dans les Cantons-de-l'Est.

— Je n'ai pas dit que je partais, j'ai dit qu'il y avait un poste pour moi. Je réfléchis, je suis désolée pour ton emploi.

— Pas moi, la Bourse remonte tranquillement, je n'ai plus à m'en faire et j'étais vraiment désabusé. Ils m'ont eu à l'usure.

— Si c'est pour le mieux, Edgar, je suis contente pour toi. On se reparle bientôt.

— Bonne soirée, je t'aime.

— Bonne soirée à toi aussi.

Elle n'avait pas répondu « moi aussi », elle avait juste dit « Bonne soirée ». Edgar sentit que très bientôt il recevrait un courriel de Margot mettant fin à leur relation.

Il avait envie de pleurer. Il n'avait jamais pleuré auparavant pour une femme. Il était quinze heures ; il appela Vézina, qui venait de rompre avec Martine. Il avait rencontré la future mère de ses enfants.

— J'ai toujours aimé les enfants, mais je n'étais pas prêt. Maintenant, je suis prêt.

— Je crois que je ne serai jamais prêt à quoi que ce soit. J'ai perdu mon emploi. Margot va sans doute partir dans les Cantons-de-l'Est, le neveu colle toujours. Je suis fatigué de moi-même. Je veux la paix.

— Pourquoi pas une retraite fermée, tu sais, quelques jours de détente, de réflexion, avant de faire des bêtises. J'ai un client qui possède un spa à Bolton, tu sais, près du restaurant qui est toujours à vendre d'ailleurs. Je dois rencontrer quelqu'un là-bas, je t'emmène.

— Moi, faire des bêtises? Je ne fais jamais de bêtises. C'est peut-être ça mon problème.

— C'est une façon de parler. Je viens te prendre chez toi dans une heure. On se paie un massage dans une yourte, un sauna, un bain dans la chute et tu pourras méditer pendant toute la soirée si tu veux. Puis on s'offre une poutine avec beaucoup, beaucoup de bière. Tu vas voir, ça va être bon pour le moral. Tu seras ensuite en mesure de prendre une décision.

— Prendre une décision?

— C'est ce que font les grands.

— OK. Je vais préparer mon sac.

En entrant chez lui, il vit Nicolas qui travaillait, concentré, sur son portable.

— As-tu commencé tes travaux scolaires en avance?

— Non, je travaille pour État d'urgence comme bénévole. Je suis aux communications.

— Eh bien, bravo! Va travailler dans ta chambre, j'ai besoin d'air.

— J'ai compris. J'oubliais, j'ai trouvé la clef de l'appartement sous la porte. Akand m'a dit qu'il avait vu une grosse dame la déposer. C'est Carmen?

— Ouais. Carmen a changé de travail. Il va falloir qu'on se ramasse nous-mêmes ou qu'on laisse tout traîner.

Edgar effleura une orchidée en passant, sortit un arrosoir et l'humecta.

— Vous êtes bien étrange. Pourquoi êtes-vous rentré aussi tôt?

— Je vais passer deux jours dans les Cantons-de-l'Est. Vézina vient me prendre, je vais me préparer.

— Je peux inviter Akand ce soir?

— Du moment que vous n'êtes plus là quand je reviens.

Interloqué, Nicolas se retira aussitôt dans sa chambre sans demander son reste.

Le nouveau voisin laissa claquer sa porte comme chaque fois qu'il revenait chez lui. Edgar composa le numéro de l'administration, puis raccrocha.

— Ça ne sert à rien.

Quand il entendit son oncle partir, Nicolas appela aussitôt Akand.

— Je ne peux pas, je vais rejoindre la gang à la Cage aux Sports. Tu ne viens pas?

— *Over my dead body.*

— OK, je peux aller te voir après si tu veux.

Nicolas fit un effort pour ne pas se montrer trop envahissant. Un autre obstacle à surmonter.

— Ça va, je vais lire un peu.

— *Cool*! À plus tard.

Le téléphone fixe d'Edgar sonna, ce qui arrivait rarement, seulement lorsqu'il y avait quelqu'un à la porte. C'était la directrice du régime de retraite.

— Dites-lui que son certificat de cessation d'emploi est prêt. J'aimerais le voir demain.

— Il est parti dans les Cantons-de-l'Est.

— Pouvez-vous lui téléphoner? Il ne répond pas à mes appels sur son cellulaire.

— Je vais essayer. Au revoir.

Son oncle ne travaillait donc plus. Il serait toujours à l'appartement. Ça deviendrait insupportable. Et lui qui n'avait pas vraiment prévu déménager avant novembre, le temps de toucher l'usufruit annuel de l'héritage. Personne du groupe n'avait vraiment commencé à chercher un appartement pour quatre. Et il n'osait pas mettre sa débroussailleuse en vente sur Kijiji, de peur d'être repéré par Léo, le fier-à-bras du chantier. Il s'étendit sur le divan et poursuivit l'envoi de courriels aux différents médias pour État d'urgence. Puis, après avoir mangé une soupe en boîte, il se mit à la lecture de *Ru*, le récit de vie d'une immigrante, qu'Edgar avait lu trois fois, et sombra dans un sommeil léger.

Après sa sieste, il se rappela qu'il devait appeler son oncle. Le cellulaire sonnait dans le vide. Edgar l'avait tout simplement balancé sur le siège arrière de la décapotable de Vézina.

Les feuilles avaient commencé à tourner, l'air des montagnes calmait les neurones, la migration urbaine n'avait pas trop dénaturé ce coin de pays. En entrant dans un village, Edgar aperçut un commerce spécialisé dans le fudge.

— Oh! du sucre à la crème, lança-t-il, émergeant subitement de son état neurasthénique. J'ai besoin de sucre à la crème comme celui que fait ma sœur Micheline.

Vézina fit demi-tour, en pleine rue Principale, pour se retrouver dans le stationnement du commerce.

Une beauté au cheveux blonds bouclés en sortait, un carnet à la main, suivie d'un photographe. Vézina s'arrêta sur place.

— Anne Normand!

— François Vézina!

Edgar observait le morceau de fudge que tenait la fille entre ses doigts. Elle l'enfouit dans sa bouche et entreprit de se lécher l'index et le pouce.

— Edgar, je te présente Anne Normand, nous avons étudié ensemble à l'UQAM.

— Enchanté. Étiez-vous communiste aussi?

— Oui, mais moi, je le suis encore un peu, dit-elle en secouant ses longues boucles striées de mèches pâles qui accrochaient les derniers rayons du soleil.

Le photographe rangeait son équipement dans le coffre d'une voiture identifiée au quotidien *La Voix de l'Est*.

— Tu n'as pas changé, émit Vézina pendant qu'Anne Normand finissait de faire disparaître le reste du sucre.

— Comment c'est?

— Pas mal bon. On est venus faire un reportage sur la dame au fudge. Elle a créé deux cent cinquante saveurs.

— C'est beaucoup, rétorqua Edgar, pour qui il n'y avait qu'une saveur de sucre à la crème, celle composée de sucre brun, de beurre et de crème, avec un peu de vanille.

— Voulez-vous goûter?

Anne Normand ouvrit une boîte au contenu bigarré. Des pièces qui avaient l'air moulées plutôt que brassées à la cuillère de bois, des couleurs vives, du rose, du vert fluo. Edgar ne se sentait pas inspiré.

Il choisit la friandise qui lui semblait le plus près de sa conception du sucre à la crème : noix et vanille. Il reconnut tout de suite la texture et le goût de carton-pâte trop sucré aromatisé d'un parfum artificiel. Il en avait déjà testé à la Bonbonnière, une chaîne de confiseries qui recevait la préparation prête à être malaxée et placée dans un présentoir.

— Avez-vous déjà mangé du vrai sucre à la crème, Anne?

— Oui, mais il y a longtemps. La dame nous disait tout à l'heure qu'elle avait refusé de livrer sa recette à une émission culinaire parce que c'était un secret de sa mère.

— Qu'elle lui avait révélé sur son lit de mort, poursuivit Edgar. C'est un mélange de sucre, de gras trans et de cent produits chimiques pour varier sommairement les saveurs et conserver le produit un siècle et demi. C'est pourquoi elle ne peut pas livrer sa recette à la télé. Il n'y a pas de recette. Avez-vous senti en entrant une bonne odeur de cassonade, de beurre et de crème qui ont bouilli longtemps?

— Merde! Non, on n'a rien senti.

Elle reprit un morceau de sucre à la crème.

— Vous avez peut-être raison.

— Excusez-moi de déboulonner un mythe local.

Anne Normand était plus que contrariée. Ce qui la rendait encore plus attirante.

Elle cria au photographe:

— *Scrape* les photos! On va dire qu'elle n'était pas là. Son fudge, c'est commercial. Crisse! C'était notre reportage de samedi. Il faut que je trouve autre chose.

— Je suis désolé, dit Edgar. J'aurais peut-être dû me taire.

— Non, vous avez bien fait. Si on allait plutôt prendre un café? Je suis sûre que c'est du vrai, il est torréfié sur place.

Edgar, Margot et l'église

Les mains étaient à la fois douces et puissantes. Edgar sentit ses muscles se délier. Le bruit de la cascade, la chaleur du poêle à bois dans la yourte, le calme des lieux néantisèrent ses dernières résistances. Il n'y avait plus de directrice générale, plus de neveu, plus de bruit de la ville ni de porte du voisin qui claque. Il y avait Edgar avec lui-même, forcé de mesurer la peine de la rupture anticipée. Après le massage, il se trouva un coin tranquille pour pratiquer son yoga en attendant le retour de Vézina.

Lorsqu'il vit la décapotable rouge garée dans le stationnement, il se força à abandonner sa kundalini et se dirigea vers la voiture.

Il cueillit son téléphone, prit les trois messages de Nicolas, lui retourna un message texte pour lui dire d'appeler Jean, son chauffeur de taxi, et de lui confier la clef USB rouge pour qu'il la remette en personne à la directrice du régime de retraite.

— Je t'ai trouvé un endroit pour dormir ce soir, dit Vézina. Demain, je dois rencontrer un client dans une ville près de la frontière américaine. Veux-tu venir avec moi ?

— Oui, pourquoi pas ?

— Maintenant, on se paie la plus écœurante des poutines. Et c'est moi qui invite.

— Tu es en train de devenir vraiment sérieux.

En rentrant au gîte du passant, Vézina et Edgar avaient légèrement dépassé l'alcoolémie permise de .08, et le seul agent de la Sûreté du Québec qui patrouillait ce soir-là était pris ailleurs.

Le lendemain matin, un reflux de houblon encore actif habitait le corps d'Edgar.

— Une bonne cuite, c'est presque aussi efficace que le yoga, confessa-t-il en avalant ses deux œufs-jambon-crêpes-sirop d'érable pour se rabibocher l'estomac.

— Tu t'es soulé la gueule pour régler une peine d'amour qui n'est même pas officielle.

— Je le sens. Ça se sent, ces choses-là.

— Ce serait ta première peine d'amour. Comment tu peux savoir?

— Je le sais, c'est tout. Crois-tu qu'elle part parce que je ne veux pas m'engager?

— Ça, il n'y a qu'une façon de le savoir.

— Le mariage? C'est bien connu, le quotidien tue l'amour.

— Je sais, mais moi, je tente ma chance quand même. Le temps de monter une famille au moins.

— Tu parles comme s'il s'agissait d'une hypothèque.

— C'est une hypothèque! Un mariage double, ça ne te plairait pas?

Muet, Edgar prit une gorgée de café, *Le Devoir* et se mit à feuilleter.

Dans la section Carrières et professions, son poste était déjà annoncé. Il montra l'encadré à Vézina.

— On se pense indispensable, et puis voilà, lui dit ce dernier.

— Je ne me suis jamais pensé indispensable.

— C'est vrai, c'est une de tes grandes qualités.

Edgar se replongea dans sa lecture quelques instants. Voyant qu'il ne tournait pas les pages, Vézina lui demanda ce qu'il faisait.

— Je suppute.

— Il me semblait aussi. Si tu fais le grand saut, tu vas peut-être le regretter, mais si tu ne fais rien, tu vas peut-être le regretter encore plus.

La sonnerie du BlackBerry de Vézina retentit.

Il sourit en voyant l'afficheur.

— Oui, j'ai passé une bonne nuit, et toi? Une robe de soie blanche, avec une traîne, tu rigoles... des fleurs blanches partout... la totale, quoi! Pourquoi pas? Fais-toi plaisir, ma douce. Attends-moi pour le test de grossesse. Je serai là à la fin de l'après-midi.

Edgar observait Vézina, dubitatif.

— Le test de grossesse? Ça fait un mois que tu la connais.

— On est prêts, je te dis. Elle cherchait un géniteur. Y a-t-il meilleur géniteur que moi?

— Et Martine?

— On joue toujours au golf ensemble. On est restés amis.

Edgar saisit son téléphone, le regarda, puis se décida à composer le numéro de Margot.

— Qu'est-ce que tu fais?

— Je l'appelle pour faire ma demande.

— Non, mais quel con! On fait pas ça par téléphone.

Vézina s'empara du combiné, mais Margot répondait déjà à l'autre bout. Il fallait se démerder.

— Bonjour Margot, c'est François Vézina, j'utilise le téléphone d'Edgar parce que ma pile est épuisée. Je me marie et j'aimerais vous inviter à la noce.

— Ça me ferait plaisir, mais ça dépendra de l'endroit où je serai à ce moment-là.

— Bien sûr. Aimeriez-vous dire bonjour à Edgar ? Je vous le passe.

— Non, ça va, je lui parlerai lorsqu'il sera de retour.

Vézina jeta un regard navré à Edgar.

— Elle ne voulait pas me parler ? Elle ne veut plus me parler, c'est ça ?

— Elle va te parler à ton retour. Je crois que, si tu veux frapper le grand coup, c'est le moment, et il faut créer des conditions favorables. Dans une salle à manger d'hôtel pour s'éviter les regards des curieux, surtout en cas de refus. C'est aussi plus officiel.

— Elle ne veut pas me parler...

— Cesse ton cinéma. Tu l'invites à souper ce soir et tu te jettes dans le vide. Si c'est ce que tu veux, évidemment.

— Crois-tu qu'elle exerce une pression pour que je la marie ?

— Non, je ne crois pas.

Vézina lui rendit son téléphone.

— Appelle-la.

Edgar se retira pour parler à Margot. Lorsqu'il revint, il avait l'air nerveux.

— Alors ?

— On se voit chez elle ce soir. Elle ne tient pas à sortir.

— Et qu'est-ce qu'elle vous cuisine ?

— Je ne sais pas, je n'ai pas demandé.

— Là, tu m'inquiètes.

— J'ai aussi oublié de demander quel vin apporter. Qu'est-ce que tu suggères ?

— Ouais, c'est embêtant. Arriver avec une bouteille de Veuve Cliquot pour ce qui se révélerait un souper d'adieu, c'est un peu tordu...

— Tu as toujours dit que le champagne se prêtait à toutes les occasions.

— Oui, mais arroser une rupture au champagne, ça risque de laisser des séquelles. Chaque fois que tu ouvriras une bouteille de champagne à l'avenir, ça va te sauter au visage.

Vézina rit de sa blague.

— Devrais-je acheter une bague?

— On n'est plus au XIXe siècle. Tu n'as pas besoin de t'agenouiller non plus. Allez, on s'en va rencontrer mon client et après on rentre à la maison. Tu pourras méditer en route.

Le paysage avait rougi depuis la veille. L'automne en Estrie, c'était une sérénade, un doux prélude à l'hiver. De loin, on apercevait le mont Owl's Head. Sur le chemin défilaient les églises: immenses catholiques, sobres protestantes, étroites baptistes ou unies. De brique, de bois ou de pierre.

Là, justement, devant lui, s'élevait une plaisante bâtisse au clocher pointu, aux formes toutes simples, aux dimensions d'une église de poupée.

— Arrête! cria-t-il à Vézina.

— Qu'est-ce qu'il y a? Un écureuil, une marmotte, un lapin?

— Regarde, il y a une pancarte à vendre. On pourrait visiter. Je veux voir l'intérieur de cette église.

— Hier, c'était le sucre à la crème, aujourd'hui, c'est une église. Tu retombes en enfance. Je connais l'agente. Je l'appelle, tu l'attends ici et je passe te prendre dans une heure. Tu auras le temps de confesser tous tes péchés.

— Nicole, c'est Vézina, le courtier en hypothèques. J'ai quelqu'un qui voudrait visiter l'église. Peux-tu venir le rejoindre?

Vézina referma son BlackBerry.

— Elle va être ici dans quinze minutes. Je te donne une heure, ensuite on repart.

— Je sais, il y a un test de grossesse qui t'attend.

Edgar fit d'abord le tour pour admirer les vitraux en hauteur, la rosace en rondeur, le clocher et le pignon garnis de bardeaux de cèdre en forme de pierre de lune et patinés par les intempéries. Il s'assit sur le parvis de l'église et contempla l'érable qui lui faisait face. Une racine sortait de terre comme la tige de marronnier dans les pages centrales de *La nausée*. Comme Sartre, il se demanda si l'existence précédait l'essence. Il se demanda aussi pourquoi la dernière année l'avait tant remué.

L'agente immobilière se gara dans l'allée. Elle le fit entrer par le rez-de-chaussée qui était particulièrement frais, puis ils montèrent dans la nef qui avait le même parfum de bois que les églises de son enfance. Edgar prit place sur un banc. Il n'y avait pas de prie-Dieu, il n'y avait pas d'autel ni de lampions. La lumière perçait les vitraux aux lignes pures. Bel éclairage pour les orchidées, qui pourraient envahir la nef, meubler de leur « vivance » les vingt bancs de chêne.

Sur une banderole à l'entrée, on pouvait lire : United Church, 1873. Edgar ressentit, pour la première fois depuis des années, une véritable paix. Il jeta un coup d'œil rapide sur la fiche technique. Le prix, ça allait. Pour le reste, on verrait.

— On va faire une offre, dit-il à l'agente.

— Ce sera la première, je vais chercher le document dans ma voiture. On va d'abord appeler le révérend White pour lui proposer un prix.

Lorsque Vézina revint, Edgar achevait de signer la promesse d'achat. Le révérend avait accepté l'offre théoriquement. Le reste n'était que formalité.

— Habituellement, on emprunte les églises pour se marier, dit Vézina dans la voiture. Pas nécessaire de les acheter.

— C'est là que je veux vivre.

Il se brancha sur un CD de méditation et ne pipa mot jusqu'à Longueuil.

Dans son appartement, il trouva Nicolas, Akand et Valérie qui discutaient.

— Faites comme chez vous, dit-il simplement d'un ton détaché en se dirigeant vers sa chambre pour choisir ses vêtements, prendre sa douche, s'asperger d'un nuage de Monsieur de Givenchy. Il marcha lentement vers l'appartement de Margot.

En sonnant, il se rendit compte qu'il avait oublié le vin. Quel imbécile !

Un odeur d'agneau, de légumes et de sauce harissa flottait dans l'air. Un couscous.

— T'es bien élégant ! Cherches-tu un nouveau travail ? lui demanda Margot.

— Non, répondit Edgar, qui ne pouvait envisager d'attendre au dessert pour faire sa demande, je cherche une épouse.

Margot avala de travers.

— Si on prenait un verre ? Assieds-toi. Un cidre de glace ?

— Devant une réponse aussi tiède, un cidre de glace, ce serait parfait.

— Connais-tu la légende du prince qui demande à la princesse de l'épouser ?

— Je ne fraie pas beaucoup avec la monarchie.

—Belle princesse, voulez-vous m'épouser ? Non, mon prince, répondit la princesse, et le prince vécut heureux pendant de nombreuses années.

Edgar s'esclaffa.

— Et vous, princesse ?

— Pourquoi se marier ?

— Parce qu'on s'aime.

— On peut s'aimer quand même. J'ai accepté le travail en Estrie, j'y ai loué un petit appartement avec Carmen, mais si tu m'invites, je reviendrai toutes les fins de semaine.

— Je n'ai jamais été marié. J'aimerais bien me marier.

— Est-ce sur ta liste des dix choses à faire avant de mourir? En ce qui me concerne, je l'ai déjà été une fois, c'est suffisant.

Edgar se renfrogna.

— Es-tu déçu?

— Un peu.

Margot l'embrassa avant d'aller remuer le couscous.

Le nœud qui gonflait l'estomac d'Edgar commençait à se résorber sous l'effet des parfums du Maghreb. Il disposa les couverts sur la table, mit une musique de Dave Brubeck, ouvrit une bouteille de merlot et laissa tomber son amertume. Le repas fut agréable et délicieux comme à l'accoutumée.

— Les vieux gourmands de l'Estrie ont de la chance...

Vers vingt-deux heures trente, Vézina expédia un message texte : « Le test de grossesse est positif, et toi? »

Edgar ne répondit pas. Il rentra dormir chez lui, histoire de décanter tant d'émotions. Pour un misanthrope, ce n'était pas une mince affaire.

La pizza trônait sur la table du salon. Celui qu'on lui présenta comme Charles et qui semblait être le copain de Valérie s'était joint au groupe. Edgar les observa un moment. L'espace d'une minute, il les trouva jeunes et sympathiques, mais il leur demanda quand même de déguerpir.

Une fois tout le monde dehors, Nicolas s'excusa.

— Je croyais que vous dormiez chez Margot.

— Sais-tu quoi? Puisque tu ne te décides pas à déménager, c'est moi qui vais le faire. Toi, ton chum, l'autre chum, la blonde de l'autre chum, emparez-vous de la place, je vous la cède.

Et devant un Nicolas interloqué, Edgar ouvrit son iMac sur un portefeuille d'actions qui s'élevait à sept mille dollars.

— J'ai placé pour toi l'argent que tu m'avais remis pour les actions de Bombardier. Tu es tombé juste au bon moment dans le marché boursier. C'est suffisant pour payer la moitié du loyer pendant un an. Tes amis combleront la différence. Moi, je me tire. Bonne nuit.

— Merci, dit Nicolas, qui sentait qu'il ne fallait pas en dire plus.

Edgar s'assit devant son ordinateur et écrivit un courriel à Margot: «Ce matin, je me suis acheté une église. Elle est blanche, les vitraux sont magnifiques, le clocher de bois légèrement décati, recouvert de jolis bardeaux. Avec un peu de travail et beaucoup d'amour, on va lui redonner du lustre. Elle est à deux minutes du foyer où tu vas travailler. La fin de semaine, tu n'auras pas besoin de venir à Longueuil. Je t'aime. Edgar».

FICTION
aux Éditions Triptyque

Boulanger, Patrick. *Selon Mathieu* (roman), 2009

Bourgault, Marc. *L'oiseau dans le filet* (roman), 1995

Bourque, Paul-André. *Derrière la vitre* (scénario), 1984

Brunelle, Michel. *Confidences d'un taxicomane* (récit), 1998

Bunkoczy, Joseph. *Ville de chien* (roman), 2007

Bush, Catherine. *Les règles d'engagement* (roman), 2006

Butler, Juan. *Journal de Cabbagetown* (roman), 2003

Caccia, Fulvio. *La ligne gothique* (roman), 2004

Caccia, Fulvio. *La coïncidence* (roman), 2005

Caccia, Fulvio. *Le secret* (roman), 2006

Caccia, Fulvio. *La frontière tatouée* (roman), 2008

Campeau, Francine. *Les éternelles fictives ou Des femmes de la Bible* (nouvelles), 1990

Caron, Danielle. *Le couteau de Louis* (roman), 2003

Chabin, Laurent. *Écran total* (roman), 2006

Chabin, Laurent. *Corps perdu* (roman), 2008

Chabot, François. *La mort d'un chef* (roman), 2004

Champagne, Louise. *Chroniques du métro* (nouvelles), 1992

Chatillon, Pierre. *L'enfance est une île* (nouvelles), 1997

Clément, Michel. *Le maître S* (roman), 1987

Clément, Michel-E. *Ulysse de Champlemer* (roman), 1997

Clément, Michel-E. *Phée Bonheur* (roman), 1999

Clément, Michel-E. *Sainte-Fumée* (roman), 2001

Cliche, Anne-Élaine. *La pisseuse* (roman), 1992

Cliche, Anne-Élaine. *La Sainte Famille* (roman), 1994

Cliche, Mireille. *Les longs détours* (roman), 1991

Cloutier, Annie. *Ce qui s'endigue* (roman), 2009

Cloutier, Annie. *La chute du mur* (roman), 2010

Cloutier, Annie. *Une belle famille* (roman), 2012

Collectif. *La maison d'éclats* (récits), 1989

Corbeil, Marie-Claire. *Tess dans la tête de William* (récit), 1999

Côté, Bianca. *La chienne d'amour* (récit), 1989

Côté, Johanne Alice. *Mégot mégot petite mitaine* (nouvelles), 2008

Dé, Claire. *Hôtel Septième-ciel* (nouvelles), 2011

Daigle, Jean. *Un livre d'histoires* (récits), 1996

Daigneault, Nicolas. *Les inutilités comparatives* (nouvelles), 2002

Dandurand, Anne. *Voilà, c'est moi : c'est rien, j'angoisse* (récits), 1987

Daneau, Robert. *Le jardin* (roman), 1997

Demers, Olivier. *L'hostilité des chiens* (roman), 2012

Depierre, Marie-Ange. *Une petite liberté* (récits), 1989

Déry-Mochon, Jacqueline. *Clara* (roman), 1986

Désalliers, François. *Un monde de papier* (roman), 2007

Désaulniers, Lucie. *Occupation double* (roman), 1990

Desfossés, Jacques. *Tous les tyrans portent la moustache* (roman), 1999

Desfossés, Jacques. *Magma* (roman), 2000

Desrosiers, Sylvie. *Bonne nuit, bons rêves, pas de puces, pas de punaises* (roman), 1998 (1995)

Des Rosiers, Joël. *Un autre soleil* (nouvelle), 2007

Desruisseaux, Pierre. *Pop Wooh, le livre du temps, Histoire sacrée des Mayas quichés* (récit), 2002

Diamond, Lynn. *Nous avons l'âge de la Terre* (roman), 1994

Diamond, Lynn. *Le passé sous nos pas* (roman), 1999

Diamond, Lynn. *Le corps de mon frère* (roman), 2002

Diamond, Lynn. *Leslie Muller ou le principe d'incertitude* (roman), 2011

Doucet, Patrick. *Foucault et les extraterrestres* (roman), 2010

Dugué, Claudine. *Poisons en fleurs* (nouvelles), 2009

Duhaime, André. *Clairs de nuit* (récits), 1988

Dupuis, Hervé. *Voir ailleurs* (récit), 1995

Dussault, Danielle. *Le vent du monde* (récits), 1987

Forand, Claude. *Le cri du chat* (polar), 1999

Forest, Jean. *Comme c'est curieux... l'Espagne!* (récit), 1994

Forest, Jean. *Jean Forest chez les Anglais* (récit), 1999

Fortin, Julien. *Chien levé en beau fusil* (nouvelles), 2002

Fournier, Danielle. *Les mardis de la paternité* (roman), 1983

Fournier, Danielle et Coiteux, Louise. *De ce nom de l'amour* (récits), 1985

Francœur, Louis et Marie. *Plus fort que la mort* (récit-témoignage), 2000

Fugère, Jean-Paul. *Georgette de Batiscan* (roman), 1993

Gagnon, Alain. *Lélie ou la vie horizontale* (roman), 2003

Gagnon, Alain. *Jakob, fils de Jakob* (roman), 2004

Gagnon, Alain. *Le truc de l'oncle Henry* (polar), 2006

Gagnon, Daniel. *Loulou* (roman), 2002 (1976)

Gagnon, Lucie. *Quel jour sommes-nous?* (récits), 1991

Gagnon, Marie-Noëlle. *L'hiver retrouvé* (roman), 2009

Gauthier, Yves. *Flore ô Flore* (roman), 1993

Gélinas, Pierre. *La neige* (roman), 1996

Gélinas, Pierre. *Le soleil* (roman), 1999

Gervais, Bertrand. *Ce n'est écrit nulle part* (récits), 2001

Giguère, Diane. *La petite fleur de l'Himalaya* (roman), 2007

Gobeil, Pierre. *La mort de Marlon Brando* (roman), 1989 (1998)

Gobeil, Pierre. *La cloche de verre* (récits), 2005

Gobeil, Pierre. *Le jardin de Peter Pan* (roman), 2009

Gosselin, Michel. *La fin des jeux* (roman), 1986

Gosselin, Michel. *La mémoire de sable* (roman), 1991

Gosselin, Michel. *Tête première* (roman), 1995

Gosselin, Michel. *Le repos piégé* (roman), 2000 (1988)

Gray, Sir Robert. *Mémoires d'un homme de ménage en territoire ennemi* (roman), 1998

Guénette, Daniel. *J. Desrapes* (roman), 1988

Guénette, Daniel. *L'écharpe d'Iris* (roman), 1991

Guénette, Daniel. *Jean de la Lune* (roman), 1994

Harvey, François. *Zéro-Zéro* (roman), 1999

Jacob, Diane. *Le vertige de David* (roman), 2006

Julien, Jacques. *Le divan* (récits), 1990

Julien, Jacques. *Le cerf forcé* (roman), 1993

Julien, Jacques. *Le rêveur roux : Kachouane* (roman), 1998

Julien, Jacques. *Big Bear, la révolte* (roman), 2004

Kimm, D. *Ô Solitude!* (récits), 1987

Lacasse, Lise. *L'échappée* (roman), 1998

La Chance, Michaël. *De Kooning malgré lui* (roman), 2011

Laferrière, Alexandre. *Début et fin d'un espresso* (roman), 2002

Laferrière, Alexandre. *Pour une croûte* (roman), 2005

Lamontagne, Patricia. *Somnolences* (roman), 2001

Landry, Denise. *Ma mère est une porte* (roman), 2011

Landry, François. *La tour de Priape* (récit), 1993

Landry, François. *Le comédon* (roman), 1997 (1993)

Landry, François. *Le nombril des aveugles* (roman), 2001

Langlois, Fannie. *Une princesse sur l'autoroute* (roman), 2010

LaRochelle, Luc. *Amours et autres détours* (récits), 2002

LaRochelle, Luc. *Hors du bleu* (nouvelles), 2009

Lavallée, Dominique. *Étonnez-moi, mais pas trop!* (nouvelles), 2004

Lavallée, François. *Le tout est de ne pas le dire* (nouvelles), 2001

Laverdure, Bertrand. *Gomme de xanthane* (roman), 2006

Leblanc, François. *Quinze secondes de célébrité* (roman), 2009

Leblanc, François. *Quelques jours à vivre* (roman), 2012

Lebœuf, Gaétan. *Bébé... et bien d'autres qui s'évadent* (roman), 2007

Ledoux, Lucie. *Un roman grec* (roman), 2010

Leduc-Leblanc, Jérémie. *La légende des anonymes* (nouvelles), 2011

Lefebvre, Marie. *Les faux départs* (roman), 2008

Lejeune, Maxime. *Le traversier* (roman), 2010

Le Maner, Monique. *Ma chère Margot* (roman), 2001

Le Maner, Monique. *La dérive de l'Éponge* (roman), 2004

Le Maner, Monique. *Maman goélande* (roman), 2006

Le Maner, Monique. *La dernière enquête* (polar), 2008

Le Maner, Monique. *Roman 41* (roman), 2009

Lemay, Grégory. *Le sourire des animaux* (roman), 2003

Lepage, Sophie. *Lèche-vitrine* (roman), 2005

Lépine, Hélène. *Kiskéya* (roman), 1996

Lépine, Hélène. *Le vent déporte les enfants austères* (récit), 2006

Lévy, Bernard. *Comment se comprendre autrement que par erreur* (dialogues), 1996

Lévy, Bernard. *Un sourire incertain* (récits), 1996

Locas, Janis. *La maudite Québécoise* (roman), 2010

Maes, Isabelle. *Lettres d'une Ophélie* (récits), 1994

Manseau, Pierre. *L'île de l'Adoration* (roman), 1991

Manseau, Pierre. *Quartier des hommes* (roman), 1992

Manseau, Pierre. *Marcher la nuit* (roman), 1995

Manseau, Pierre. *Le chant des pigeons* (nouvelles), 1996

Manseau, Pierre. *La cour des miracles* (roman), 1999

Manseau, Pierre. *Les bruits de la terre* (récits), 2000

Manseau, Pierre. *Ragueneau le Sauvage* (roman), 2007

Manseau, Pierre. *Les amis d'enfance* (roman), 2008

Manseau, Martin. *J'aurais voulu être beau* (récits), 2001

Marquis, André. *Les noces de feu* (roman), 2008

Martel, Jean-Pierre. *La trop belle mort* (roman), 2000

Martin, Daniel. *La solitude est un plat qui se mange seul* (nouvelles), 1999

McComber, Éric. *Antarctique* (roman), 2002

McComber, Éric. *La mort au corps* (roman), 2005

Ménard, Marc. *Itinérances* (roman), 2001

Messier, Judith. *Jeff!* (roman), 1988

Michaud, Nando. *Le hasard défait bien les choses* (polar), 2000

Michaud, Nando. *Un pied dans l'hécatombe* (polar), 2001

Michaud, Nando. *Virages dangereux et autres mauvais tournants* (nouvelles), 2003

Michaud, Nando. *La guerre des sexes ou Le problème est dans la solution* (polar), 2006

Monette, Pierre. *Trente ans dans la peau* (roman), 1990

Moreau, François. *La bohème* (roman), 2009

Moutier, Maxime-Olivier. *Potence machine* (récits), 1996

Moutier, Maxime-Olivier. *Risible et noir* (récits), 1998 (1997)

Moutier, Maxime-Olivier. *Marie-Hélène au mois de mars* (roman), 1998

Neveu, Denise. *De fleurs et de chocolats* (récits), 1993

Neveu, Denise. *Des erreurs monumentales* (roman), 1996

Nicol, Patrick. *Petits problèmes et aventures moyennes* (récits), 1993

Nicol, Patrick. *Les années confuses* (récits), 1996

Nicol, Patrick. *La blonde de Patrick Nicol* (roman), 2005

Noël, Denise. *La bonne adresse suivi de Le manuscrit du temps fou* (récits), 1995

O'Neil, Huguette. *Belle-Moue* (roman), 1992

O'Neil, Huguette. *Fascinante Nelly* (récits), 1996
Ory, Marc. *Zanipolo* (roman), 2010
Ory, Marc. *La concession* (roman), 2011
Painchaud, Jeanne. *Le tour du sein* (récits), 1992
Paquette, André. *La lune ne parle pas* (récits), 1996
Paquette, André. *Les taches du soleil* (récits), 1997
Paquette, André. *Première expédition chez les sauvages* (roman), 2000
Paquette, André. *Parcours d'un combattant* (roman), 2002
Paré, Marc-André. *Chassés-croisés sur vert plancton* (récits), 1989
Paré, Marc-André. *Éclipses* (récits), 1990
Pascal, Gabrielle. *L'été qui dura six ans* (roman), 1997
Pascal, Gabrielle. *Le médaillon de nacre* (roman), 1999
Patenaude, Monique. *Made in Auroville, India* (roman), 2009 (2004)
Pépin, Pierre-Yves. *La terre émue* (récits), 1986
Pépin, Pierre-Yves. *Le diable au marais* (contes), 1987
Perreault, Guy. *Ne me quittez pas!* (récits), 1998
Perreault, Guy. *Les grands brûlés* (récits), 1999
Piuze, Simone. *Blue Tango* (roman), 2011
Poitras, Marie Hélène. *Soudain le Minotaure* (roman), 2007 (2002)
Poitras, Marie Hélène. *La mort de Mignonne et autres histoires* (nouvelles),
    2008 (2005)
Poulin, Aline. *Dans la glace des autres* (récits), 1995
Quintin, Aurélien. *Barbe-Rouge au Bassin* (récits), 1988
Quintin, Aurélien. *Chroniques du rang IV* (roman), 1992
Raymond, Richard. *Morsures* (nouvelles), 1994
Renaud, France. *Contes de sable et de pierres* (récits), 2003
Renaud, Thérèse. *Subterfuges et sortilèges* (récits), 1988
Ricard, André. *Les baigneurs de Tadoussac* (récit), 1993
Ricard, André. *Une paix d'usage. Chronique du temps immobile* (récit), 2006
Robitaille, Geneviève. *Chez moi* (récit), 1999
Robitaille, Geneviève. *Mes jours sont vos heures* (récit), 2001
Rompré-Deschênes, Sandra. *La maison mémoire* (roman), 2007
Rousseau, Jacques. *R.O.M. Read Only Memory* (polar), 2010
Saint-Pierre, Jacques. *Séquences ou Trois jours en novembre* (roman), 1990
Schweitzer, Ludovic. *Vocations* (roman), 2003
Sévigny, Marie-Ève. *Intimité et autres objets fragiles* (nouvelles), 2012
Shields, Carol. *Miracles en série* (nouvelles), 2004
Soudeyns, Maurice. *Visuel en 20 tableaux* (proses), 2003
St-Onge, Daniel. *Llanganati ou La malédiction de l'Inca* (roman), 1995
St-Onge, Daniel. *Trekking* (roman), 1998
St-Onge, Daniel. *Le gri-gri* (roman), 2001
St-Onge, Daniel. *Bayou Mystère* (roman), 2007

Strano, Carmen. *Les jours de lumière* (roman), 2001

Strano, Carmen. *Le cavalier bleu* (roman), 2006

Tétreau, François. *Le lai de la clowne* (récit), 1994

Théberge, Gaston. *Béatrice, Québec 1918* (roman), 2007

Thibault, André. *Schoenberg* (polar), 1994

To, My Lan. *Cahier d'été* (récit), 2000

Turcotte, Élise. *La mer à boire* (récit), 1980

Turgeon, Paule. *Au coin de Guy et René-Lévesque* (polar), 2003

Vaillancourt, Claude. *L'eunuque à la voix d'or* (nouvelles), 1997

Vaillancourt, Claude. *Le conservatoire* (roman), 2005

Vaillancourt, Claude. *Les onze fils* (roman), 2000

Vaillancourt, Claude. *Réversibilité* (roman), 2005

Vaillancourt, Marc. *Le petit chosier* (récits), 1995

Vaillancourt, Marc. *Un travelo nommé Daisy* (roman), 2004

Vaillancourt, Marc. *La cour des contes* (récits), 2006

Vaillancourt, Yves. *Winter et autres récits* (récits), 2000

Vaïs, Marc. *Pour tourner la page* (nouvelles), 2005

Valcke, Louis. *Un pèlerin à vélo* (récit), 1997

Vallée, Manon. *Celle qui lisait* (nouvelles), 1998

Varèze, Dorothée. *Chemins sans carrosses* (récits), 2000

Villeneuve, Marie-Paule. *Derniers quarts de travail* (nouvelles), 2004

Villeneuve, Marie-Paule. *Salut mon oncle !* (roman), 2012

Vincent, Diane. *Épidermes* (polar), 2007

Vincent, Diane. *Peaux de chagrins* (polar), 2009

Vincent, Diane. *Pwazon* (polar), 2011

Vollick, L.E. *Les originaux* (roman), 2005

Wolf, Marc-Alain. *Kippour* (roman), 2006

Wolf, Marc-Alain. *Sauver le monde* (roman), 2009

Wolf, Marc-Alain. *Un garçon maladroit* (roman), 2012

GARANT DES FORÊTS
INTACTES

Tous les livres des Éditions Triptyque sont désormais imprimés sur du papier 100 % recyclé postconsommation (exempt de fibres issues des forêts anciennes) et traité sans chlore.

L'impression de *Salut mon oncle!* a permis de sauvegarder l'équivalent de 10 arbres de 15 à 20 centimètres de diamètre et de 20 mètres de haut. Ces bienfaits écologiques sont fondés sur les recherches effectuées par l'Environmental Defense Fund et d'autres membres du Paper Task Force.

Marquis imprimeur inc.

Québec, Canada
2012